HANDA Katsuyoshi
半田勝良

教室の外の「国語」雑話

論　創　社

教室の外の「国語」雑話　目次

第Ⅰ部

第Ⅱ部

第Ⅲ部

第Ⅰ部

吉本隆明と私

1　「固有時との対話」のこと（その1）

今年（二〇一二年）の三月十六日に吉本隆明が亡くなった。今、「国語総合」の教材にその吉本の文章が取り上げられていることもあるので、ここで話題にしようと思う。とは言うものの、この人を取り上げるのは本当に重いし、難しい。

この文章の主旨は、高校生に様々な話題を取り上げ、それらに興味関心を持ってもらい、様々な知識を伝えようとすることにある。だから、吉本についてもそのようにすればよいのだが、個人的な思い入れが強いので、なかなかどうして、滑らかに語り出せないでいるのである。が、前置きはこの位にしておこう。

次の文は、昔ある書店から、自分の影響を受けた本を、「私の一冊」という題で書いてもらいたいと依頼され、記したものだが、私はここに吉本との出会いを述べている。まずこれを読んでもらえば、私の個人的な思い入れが見てとれると思う。

（……）この作品（吉本隆明「固有時との対話」）に初めて触れたのは十年程前、私が二十歳の頃だ。当時私は、大学の三年生で、先輩諸兄と集まって「現代文学ゼミ」なる読書会を開いていた。そこで私の自分だけの勝手な読み方は叩かれ、そしてまた私が理解されたり、評価されたりしたことはほとんどなかったかもしれないが、この会での絡み合いを体験することで開眼された部分は相当大きかったのではないかと今では思っている。

さて、その会で吉本を読もうということになり、まず詩から入ったわけだが、その時読んだ「固有時との対話」に相当まいったのであった。おそらく自分一人では読むきっかけを持たなかったに違いない。というのも、大体十八歳位までの私の読み方は、自分がきつく問われるような作品、即ち批評的な要素を持った作品を避ける傾向があり、自分を説明してくれたり、代弁してくれるような傾向の作品、または陶酔に誘うようなものを好んで読んでいたのであったからだ。

吉本のこの作品は私に、いわば現代詩との出会い、さらに言えば「歌の別れ」をもたらしたものであった。立原道造、室生犀星、石川啄木といった優しい抒情はことごとく叩かれ、打ちのめされ、「固有時」に絡もうとすればするほど、私の内部の不協和音は高鳴ったのだった。「固有時との対話」というのは長編の詩であるが、かなり難解である。加えて、読者を硬質な抒情、というより抒情を拒否したような世界に連れて行く。だから、陶酔することは拒まれ、覚醒された状態で真冬の戸外に独り立たされているようなきつい詩なのである。これが吉本との最初の出会いであった。

そもそも現代詩というのは、基本的に単純な抒情詩が成り立たないということを前提としているが、その現代詩というのは多様だし、多くの詩人が存在するのであるから、何も出会いは吉本でなくても構わない。ところが、私の場合は吉本であったということなのである。今思えば随分ときつい出会いであったと思う。参考までにこの詩の中の気になる箇所を取り上げてみよう。まず、冒頭部分は次のようにある。

街々の建築のかげで風はとつぜん生理のやうにおちていつた　その時わたしたちの睡りは同じ方法で空洞のほうへおちた　数かぎりもなく循環したあとで風は路上に枯葉や塵埃をつみかさねた　わたしたちはその上に睡つた

また、次の箇所も気になるところである。

けれどわたしがX軸の方向から街々へはいつてゆくと　記憶はあたかもY軸の方向から蘇つてくるのであつた　それで脳髄はいつも確かな像を結ぶにはいたらなかつた　忘却という手易い未来にしたがふためにわたしは上昇または下降の方向としてZ軸のほうへ歩み去つたとひとびとは考へてくれてよい

粟津則雄は、「この詩句は、既成のイメージをはぎとった外部と自然の『形態』に刻々に触れながら展開する意識の自働運動に集中している」（粟津則雄「吉本隆明論」）と述べ、また、北川透は「固有時との対話」について「内部世界を直観的な詩的言語において論理化するという、同一主題の執拗な持続、それを高度な抽象に高める硬質な意志力において出現した」（北川透「吉本隆明」）と述べている。また、吉本自身も「〈時間　建築　夢〉これらは胚胎において同じ一つの抽象に約元される」（「箴言Ⅰ」）「僕はすべてを抽象に翻訳しようとしてゐる」（「箴言Ⅱ」）と述べている。

これらの指摘からおおよそのこの詩の捉え方が分かるのではないだろうか。正に、抽象的で硬質な世界が感じられるだろう。細部の理解がしにくいとしてもだ。

（「国語」雑話1／平成24・6）

2　「固有時との対話」のこと（その2）

細部の理解と言うのは、例えば「風」「建築」「空洞」とはどういうことなのか（何を譬えているのか）とか、「その上に睡った」とはどういうことか、等々読解する上でのハードルを越えるということだ。まあしかし、ここではその読解は省略する。難しいのだ。そして、それは当然のことだ。粟津が述べたように、これは「意識の自働運動」なのだ。ある意味の妄想や妄念と見まごうことになりかねないような世界なのだ。

が、その運動をしながらも、それ自体が（シュールリアリズム運動の詩文のように）表現の目的ではないせいもあり、意外にテーマをつかむヒントは随所に見られる。北川も述べている「同一主題の執拗な持続」という指摘は、正にそのことを語っている。

それは、例えば先の引用文の「記憶」「忘却」「未来」辺りに着目して見てみると、この辺りにもヒントはありそうな気はする。時間に関する思いがありそうだ。しかし、これだけではやはり、分かりにくい。分かりやすい箇所を少し示してみよう。

忘却といふものをみんなが過去の方向に考へてゐるやうにわたしはそれを未来のほうへ考へてゐた　だから未来はすべて空洞のなかに入りこむやうに感じられた。

追憶によって現在を忘却に導かうとすることは衰弱した魂のやりがちのことであった　わたしは砂礫の山積みされた海辺で〈どこから　どこから　おれはきたか〉といふ歌曲の一節によ

ってわたしのうち克ち難い苦悩の来歴をたしかめようとしたのだ　むしろたしかめるといふよりも歌曲のもってゐる時間のなかにまぎれこまうとしたのだ

ここからは、まず作者にとって「過去」すなわち「追憶」は、「衰弱した魂のやりがちのこと」であり、さらに「まぎれこまうとした」時間であり、否定されているということが分かる。一方「未来」の方は、「すべて空洞のなかに入りこむやうに感じられ」るものであり、やはり、これも否定、もしくは通常の「未来」というイメージとは異質なものということが分かる。

この詩では、このような「過去」と「未来」の否定が繰り返されているのである。これが第一のテーマであろう。従って、その場は必然的に次のような色合いを帯びてくる。

わたしが依然として望んでゐたたことは　過去と感じてゐる時間軸の方向に　ひとつの切断を　言はば暗黒の領域を形成するといふことであったらしい

とあるようにそれは「暗黒の領域」の「過去」であり、それをさらに突き詰めると、詩中の語句、「何の主題もない生存」「孤独」という地点に達するのである。たとえば、次のように。

且てわたしにとって孤独といふのはひとびとへの善意とそれを逆行させようとする反作用との別名に外ならなかった　けれどわたしは自らの隔離を自明の前提として生存の条件を考へるやうに習はされた　だから孤独とは喜怒哀楽のやうな言はばにんげんの一次感覚の喪失のうへに成立つわたし自らの生存そのものに外ならなかった

さらに、この「孤独」はそこに静止してはいない。前に出る。例えば「沈黙が通ふみち」とか「荒涼とした共通」というような詩句も右の引用部分の周辺に出てくるが、それはそのことを示しているだろう。この後の吉本の詩や思想を見て行くと、静止しない「孤独」ということの意味がよく分かることになるだろう。

（「国語」雑話2／平成24・6）

3　「関係の絶対性」「孤独」（その1）

さて、この詩の出会いの後は、「マチウ書試論」であった。これは、「マチウ書」（『新約聖書』の中の「マタイ伝」のこと。マタイのフランス語読み）を素材にして、その作者マタイが自分の史観をいかに「凝集」してイエス・キリストなる救世主を作り上げたかが論じられている。あわせて、そこに「ジェジュ（イエスのフランス語読み）に象徴されるひとつの、強い思想の意味」を見出そうとしている。

ここでおさらいをするが、そもそもキリスト教の聖典である聖書は『旧約聖書』と『新約聖書』の二種類から成立しており、旧約の方はキリスト教の母体となったユダヤ教の聖典（ユダヤ教では「旧約」とは言わない）でもある。従ってここではイエス・キリストが出生する前の時代のユダヤ民族の歴史と教訓、さらに神と民との契約が語られている。

一方「新約」の方は、今までの神との契約（キリスト教で言う「旧約」）が、民の義務の不履行によって破られたが、十字架上のイエスの受難を通して神と人類すべての間に新しい契約が結ばれたとしている。そして、その「新約」の体現者イエスの語録や活動の伝承を編集し、後代に伝えていこうとした書である。

その『新約聖書』の中の幾つかの書の中の冒頭部分にあるのが「マタイ伝」（「マタイによる福音

書」とも言う）なのである。

さて、話を急ごう。

「マチウ書試論」の何よりのポイントは、既述した「ジェジュに象徴されるひとつの、強い思想の意味」というところにある。吉本は「マタイ伝」の作者を通して何を（どういう意味を）見い出そうとしたのか。

結論から言えば、「マタイ伝」の作者の創作意図を「ユダヤ教に対する敵意や憎悪感」、「原始キリスト教の苛烈な攻撃的パトス（感情・激情）、陰惨なまでの心理的憎悪感」と位置づけ、それぞれの箇所における思想的な意味を確認しながら、秩序に対する「反逆」の意味（「マチウ書試論」の副題は「反逆の倫理」とある）を提示している。

その最終結論は有名な次の語句の入った文である。


秩序に対する反逆、それへの加担というものを、倫理的に結びつけ得るのは、ただ関係の絶対性という視点を導入することによってのみ可能である。

人間は、狡猾に秩序をぬってあるきながら、革命思想を信ずることもできるし、貧困と不合理な立法をまもることを強いられながら、革命思想を嫌悪することも出来る。自由な意志は選択するからだ。しかし、人間の情況を決定するのは関係の絶対性だけである。

原始キリスト教の苛烈な攻撃的パトスと、陰惨なまでの心理的憎悪感を、正当化しうるものがあったとしたら、それはただ、関係の絶対性という視点が加担するよりほかに術がないのである。

この「関係の絶対性」という言葉が当時（私の学生の頃）、そしてその前から話題（問題）になっていたようだ。私および私以前の学生には吉本は教祖みたいな存在だったから、ある意味で当然のことだろうが。「教祖」というのはその人の発言がその社会や時代の中で刺激的で、学生や若者から注目・評価されているような言論人をいうのであるが、ともかく私達もこの語句の意味を考え議論したのだが、どういう議論だったか今は覚えていない。

今新たに考えると、このテキスト（「マチウ書試論」）を丁寧に読めばかなり分かる気がする。すなわち、「関係の絶対性」とは、このわれわれの現実の世界＝関係の世界というものは、否定のしようがなく相対的世界であるということ、相対的であることが至上命題である、相対的であることが絶対であるということだ。

ここで、当時ある箇所で引用した文章があったのを思い出した。横光利一の『機械』という小説について論評した、確か伊藤整の文章だ。（大学時代の神谷忠孝先生が昔、引用していた。）

『機械』に定着された人間社会観は、人間の実在は、他の人間との出逢ひによつて、その価値や力が絶えず変るものであり、またある事件が甲なる存在に与へる影響と乙なる存在に与へる影響とが違つたものとなる可能性があること、また努力がかへつて人間を駄目にすることがあり、失敗がかへつて実益を多くもたらすこともあるといふ考へ方である。善意や努力と関係なく、人間は浮び上り、また破滅する。（伊藤整『横光利一集』解説）

（「国語」雑話3／平成24・6）

4 「関係の絶対性」「孤独」（その2）

さて、この捉え方は現実に対するある大きな断念というものが前提にあるだろう。ある意味での虚無である。個の思いが拡充することへの不信感といってもよい。人は、大人になるに従って、大抵自分の外への思いの拡充に対しては何らかの断念をするに違いないから、ここでの指摘はある意味では一見、極めて常識的なことを述べているように見える。

しかし、私達はこの認識を持ったとしてもこれが「思想」として深められるわけではなく、別の瞬間にはそんな相対性などコロッと忘れて自己の思いの拡充に邁進《まいしん》したりするのだ。「『思想』として深められる」というのは、吉本の次の言葉がヒントになるような気がする。先程、「関係の絶対性」の箇所で引用した二番目の文章「人間は、狡猾に秩序を（中略）しかし、人間の情況を決定するのは関係の絶対性だけである」の後には次のような文がある。

ぼくたちは、この矛盾（現実の秩序の中で生きねばならない相対性と絶対性のこと—たぶん教義と実践的な感情との矛盾などを指すのであろう。すなわち、たとえば、「お前の隣人を愛せ」などという立派な教義と「ユダヤ教旧派およびそれと結びついたローマ的秩序への反感」の感情などを指しているのだろう。——半田注）を断ちきろうとするときだけは、じぶんの発想の底をえぐり出してみる。そのとき、ぼくたちの孤独がある。孤独が自問する。革命とは何か。もし人間の生存における矛盾を断ちきれないならばだ。

この終わりの方にある「孤独」という言葉が鍵となるだろう。吉本の発想の根底にはいつも、この「孤独」（特段に騒ぎ立てないが）がある。これは既に「固有時との対話」のところで指摘した「孤独」と同じものであることは確かなのだが、その吉本の自己史における「孤独」に加え、言わば社会的関係性の中での「孤独」といったらよいだろうか、二十歳で敗戦（終戦）を迎えた時の外界＝社会の風景の見え方への自問からやってくるものだ。

戦争中（前の世代）の理論的指導者達は、戦争と敗戦によってさして傷つきもせず戦後を解放と捉え、いち早く進歩的反戦主義者として戦後を送る。戦争による死というものを自明のこととして受け入れる決意をしていた吉本世代にとっては、彼らの明るさは到底信じられないものであった。深い傷を受けているならば、立ち直るのには相当の時間がかかるはずである。なぜそんなに早く立ち直れるのか。戦争によって挫折しなかったのか。なぜ抵抗運動、反戦運動は、その思想は生きられなかったのか。このような問いが内向し、吉本の「孤独」はその答えを見つけるために下へ下へと降りてゆく。それが言葉となって、表現となって世に上がっていくのには、従って何年かの下降する時間が必要だった。

その時間が「固有時との対話」（昭和二七年、自費出版）の中の時間であったのだ。「マチウ書試論」が書かれたのは昭和二九〜三〇年、終戦から十年の時間が必要だったのだ。

吉本は、「関係の絶対性」という鍵となる言葉を発してこの文章を閉めているが、結局この視点を持つためにではなく、持ち続けて行くために必要な言わば条件として「孤独」ということを言ったのではないのだろうか。もちろんこの「孤独」という語には「固有時との対話」に見られたように、甘さは一切ない、突き放された「孤独」である。吉本は「固有時との対話」で自分のいわば立ち位置を確認したということになるであろう。

さて、記憶が定かでないが、この辺りから「現代文学ゼミ」は他の作家・作品を取り上げて行ったように思う。

吉本との付き合いはこの後彼の重要な著作『言語にとって美とは何か』『共同幻想論』等へ移っていき、それ以後も常に気になる存在であり多くの著作に触れたが、『言語にとって美とは何か』が特に私にとって今でも重要な作品である。これは「言語論」であるが、言語の持つ機能の一面である伝達的な面（吉本はこれを指示表出と名付けている）、これに引きずられる言語論を否定（その機能を否定しているわけではない）し、言語の主観的側面（吉本は自己表出と言っている）自体に目を向けて、文学作品を捉えて行こうとしている、そういうことが論じられている作品である。

ただこの「自己表出」というのはこんなにすっきりと説明できるものではないようだが、取りあえずこう書いておく。いずれにしろこれは、われわれ「国語」という授業を扱う者にとってもかなり重要な問題を提示しているものと言える。例えば、教材作品をどのように取り扱うかの根本を原理的に考えることを促すような作品なのである。

（「国語」雑話4／平成24・6）

天皇の名前の話

1

天皇の名前についてであるが、例えば百人一首の中には天智天皇を始めとして計八人の天皇が登場している。また、NHK大河ドラマ「平清盛」の中にも白河天皇（譲位して上皇、さらに仏門に入って法皇）を始めとして堀河、鳥羽、崇徳、後白河と何人も登場してくる。また、天皇は取り上げる者の歴史観に関わらず、当然のことながら日本の歴史に深い関わりがあることは間違いない。歴史の二つの側面のその一は政治面であり、その二を文化面とここで言っておくが、この両面において天皇は大きな関わりを持っているのである。

だから、今図らずも取り上げた「平清盛」では前者の政治面を、「百人一首」は後者の文化面での関わりを示していると捉えてもよいだろう。時代や状況によって天皇の政治や文化への関わり方は一定ではないが、この二面があり続けたという点は、不変であったと思われるのである。

例えば「百人一首」冒頭の天智天皇の「秋の田の〜」は、天皇（＝国のリーダー）として農民の苦労を思いやったもの、というような政治的解釈（無理があるが）から「百人一首」の1番天智、2番持統の対に対応する形で99番後鳥羽院、100番順徳院で並べられてあるが、これは1、2番で大化の改新で新時代を示し、99、100番で承久の乱における無念の思いを込めている、と言うような政治がらみの話も成り立つのである。

また、「平清盛」では、天皇は最高権力者として政治力を発揮しているが、その力が平安朝後期において失われていく過程が丹念に示されている。武士を抑える権威も力も失われていく様子が、保元、平治の乱辺りで一気に加速している感じがよく分かる。しかし、一面文化の担い手としての存在価値は決して失われないのである。平安朝文化を象徴するような宮中での歌会も、あのドラマの中によく出てくる。このように、天皇の歴史においての関わり（役割と言ってもいいだろう）は二面的なのである。

さて、本題に入ろう。天皇の名前である。これについて整理してみたい。また、清盛の時代辺りから俄《にわ》かに登場するという印象が強いが、後白河や後鳥羽の「後～」というのはどういうところから付けているのか、というようなことについても整理してみたい。

まず、天皇の名前は原則としてその天皇の死後に付けられる。（ただし、例外として亡くなる前に天皇自身が付けたり、死の前に天皇自身が要望したりするようなこともあったようだが。）その名前のことを「謚号《しごう》」ないしは「追号《ついごう》」と言う。

一方、生前の名は「諱《いみな》」というが、こちらが一般人の名前の事である。これでいくと、例えば第一代神武天皇は神日本磐余彦命《かんやまといわれひこのみこと》、第二二代清寧天皇は白髪武広国押稚日本根子《しらがたけひろくにおしわかやまとねこ》とあり、かなり長い名前である。時代が少し下ってくると、第五四代仁明天皇（八三三～八五〇）か、第五五代文徳天皇（八五〇～八五八）辺りからだろうか、漢字二文字に落ち着いてきているようだ。以後二文字が通例となり、現在に至っている。男性は「〇仁」、女性は「〇子」のようだ。ちなみに昭和天皇は裕仁、現天皇は明仁、皇太子は徳仁《なるひと》である。

さて、本題に入ろうと言いながらつい寄り道してしまった。本題は「謚号」と「追号」である。

分かりやすく次のように表にしてみた。

	諡号（しごう）	追号（ついごう）
由来	その天皇の業績に基づく	一定のルールに従い自動的に
例	神武・仁徳・雄略・継体・欽明・推古・天智・天武etc.	平城・嵯峨・清和・醍醐・村上・白河・鳥羽・後三条・明治 etc.
時代	平安前期までに多い	平安後期以後に多い
付け方	①武…武力が強い。乱を治める。法で民を治めるetc. 神武・武列・天武・文武・聖武・桓武の六人。 ②光…よく前行を継ぐ（傍系から即位した）光仁・光孝・光格の三人。 ③徳…儒学で最高の字、深く考えて威を張らない、民を安んじる。懿徳・仁徳・孝徳・称徳・文徳・崇徳・安徳・順徳の八人。懿徳《いとく》・仁徳は「徳」という字で称えた。孝徳はクーデターで失脚し息子に殺される。文徳は若死に、暗殺説もあり。崇徳は保元の乱に敗れ、悶絶死。安徳は八歳で壇の浦に沈む。順徳は承久の乱に敗れ、流刑地にて亡くなる。霊を鎮め、怨霊化を防ぐために贈られたもの。	①生前の在所によるもの（地名・寺など）…平城・嵯峨・淳和・清和・陽成以下31人。 ②墓所によるもの…醍醐・村上・東山の3人。 ③天皇の追号、別称に「後」の字を加えたもの…後一条・後朱雀・後冷泉・後三条・後白河・後鳥羽以下二八人。これらの追号は、父子関係であったり、事績や境遇が似ていたり、在所が同じだったりした天皇の追号に「後」を付けることによって贈られている。

（「国語」雑話5／平成24・8）

2

一覧表で示したように、「後〜」はかつての天皇の名前（「追号」）に「後」を加えるのであるから、必然的に「追号」と言うことになるだろうが、この付け方を総称して「加後号」と言っている。「加後号」には普通の「追号」より意図的なものがありそうである。それは、昔活躍した天皇に準《なぞら》えたい、権威を高めたいといったようなものである。

また、この「加後号」は特に一時期に集中して使われている。それは、天皇家が二系列に分かれている時期（南北朝など）、武士の支配が強固になっていた時期（戦国・江戸時代など）がそれに当たる。天皇家の危機の時期に、有力天皇に肖《あやか》ろうとするのは分かりやすい話だ。

さて、次に大河ドラマに出てくる天皇の名前に触れておこう。ざっとこんな具合になる。

白河	譲位後の御所のあった場所
鳥羽	右同
崇徳	始めは流刑地の讃岐の国にちなんで讃岐院と呼ばれた。後に祟りを恐れて崇徳院となった。（前頁一覧「諡号」の③「徳」の項参照）
後白河	譲位後の御所が白河にあった。しかし、白河天皇は既にいるので後白河とした。

スペースが余ったので「Ｙａｈｏｏ知恵袋」の質問とベストアンサーのコメントを掲載しておく。これも参考になる。質問は「歴代天皇の名前で 後白河天皇や後醍醐天皇などに付いている〝後〟の文字に特別な意味があるのでしょうか?」というものである。

「ベストアンサーに選ばれた回答」は以下のとおりである。

加後号は皇統が不安定な時期に多く現れます。加後号は後一条天皇より始まりますが、この時期は円融系と冷泉系の二統鼎立が崩れる時期にあたります。三条天皇(冷泉系)から後一条天皇(円融系)への移行を最後に帝位は円融系が独占するようになります。この時期に四例の加後号が現れます。後白河・後鳥羽の時期は武家政権の勃興期にあたると同時に朝廷内の権力争いもあり即位の事情は複雑です。南北朝〜後南朝の前後には九例が集中しています。

通常、諡号や追号は死後に決められますが、加後号の場合は本人の遺勅(遺言)によるものも多く見られます。中には後三条のように生前より名乗っていた例もあります。つまり皇統が不安定な時期の加後号には、先達を慕うだけではなく自らの正統性を積極的に宣言する意図を見ることができます。

(「国語」雑話6/平成24・8)

「平清盛」と百人一首

1

今年（二〇一二年）のＮＨＫの歴史大河ドラマ「平清盛」は不人気らしい。視聴率は最初から低かったようだが、その後数カ月が経っても一向に上がらないようだ。話題の俳優等、豪華キャストで臨んだにもかかわらずこうなっているので、なぜなのかということが、あれこれと話題にもなっているようだ。民放でもないし、何も視聴率を極端に気にすることもなかろうにとも思うが、ご時勢のせいもあるのか関係者は特に苦慮しているようである。

　不人気の意見、否定的意見はどのようなものがあるか。まず一つ目は、兵庫県知事もコメントして話題にもなったが、画像が汚いということだ。結局その意見をどうやら制作者の方も受け入れて、もっと明るい画像にしていくらしい。あるいは、清盛が出世していくに従って明るくなっていくらしい。しかし、もともとこれは当時の状況をよりリアルに明示するために、例えば粉を撒《ま》いて埃っぽい空気を作りだしたのも意図的であって、汚いからといって取り下げるようなものではないのではないか。

　折も折、ＴＶの画像もハイビジョンやら何やらで、きれいな画像になった。きれいということはより汚く見えるように示せば、当然より汚く見えるであろう。それなら、ハイビジョンなど止めてしまえばいいのではないかとも言いたくなるが、そんな極論は言わずとも、きれいな画像に見慣れていない視聴者もやがて見慣れてくれれば、きれい過ぎる画像だとかえってインチキ臭く見えてしまうのではないだろうか。そう考えれば、やいのやいのと騒ぐことはないだろう。適当な着地点がやがて生まれてくるに違いない。

登場人物が多く、ストーリーが分かりにくいというのが二つ目である。朝廷、藤原摂関家、平氏、源氏、そしてその家臣達。彼らが大勢登場するので、その構図や関係性は大変分かりにくい。分かりにくいと言えば、ドラマの中には『源氏物語』の一節があったり、和歌が出てきたり、佐藤義清《のりきよ》の出家があったりするのもある意味分かりにくい。あれらの文学的匂いは一体何かとも思うが、あれはまあ、王朝文化が継続していることを示すと考えればいいのではないかと思う。武士文化とは明らかに異質なものと。

分かりにくさの解決策としては、難しそうなところで人物等の説明をテロップ（テレビなどの字幕）で流すそうである。また保元の乱についての説明の別番組を作るようである。このように涙ぐましい努力を重ねているが、残念ながら視聴率は一向にアップしていない。ああ、そう言えば清盛は怒鳴ってばかりいてちっとも成長しない、などという意見もあるようだ。成程とは思うが、しかし、それはこれから成長していくのではないかと思われる。長い目で見ればいいのではないか。

さて、ここからが本題の「百人一首」の歌人との絡みであるが、あのドラマで今のところ、「百人一首」の歌人は計四人登場してきていると思われる。「百人一首」の通し番号で若い順に挙げれば、76番「わたの原こぎいでてみれば久方の雲ゐにまがふ沖つ白波」の法性寺入道前関白太政《ほっしょうじにゅうどうさきのかんぱくだいじょう》大臣《だいじん》（藤原忠通）、77番「瀬をはやみ岩にせかるる滝川のわれても末にあはむとぞ思ふ」の崇徳院、80番「長からむ心もしらず黒髪のみだれてけさは物をこそ思へ」の待賢門院堀川、そして86番「なげけとて月やは物を思はするかこち顔なるわが涙かな」の西行法師（佐藤義清）である。

人物紹介の前に、まず「百人一首」の基礎知識だが、ご存じの通り「百人一首」とは鎌倉時代初期の大歌人の藤原定家が息子の舅《しゅうと》の宇都宮蓮生《れんしょう》の求めに応じて作成した色紙（蓮生の別荘の襖の装飾のためのもの）のことである。それは、飛鳥時代の天智天皇から鎌倉初期（定家の時代）の順徳院まで百人の歌人の優れた和歌を一首ずつ選び、ほぼ年代順に並べたものである。世に様々な「百人一首」があるが、特にこの定家によって作られた「百人一首」のことを「小倉百人一首」と言って、通常「百人一首」と言えば、これを指すのである。

先程述べたように、このドラマにおける和歌等の文学的匂いは王朝文化の継続を示している。「百人一首」もいわば定家による王朝文化アンソロジー（詞華集）であり、王朝文化讃歌である。ならば、ここに取り上げた四人の歌人の存在も、あのドラマではそういったことを示していると言えるのではないか。結局平安朝末期に、清盛によって作られた武士の権力は、文化的には武士的なものを立てることはできずに王朝文化・貴族文化に吸収されていくが、それはある意味では、王朝文化がそれほど根強く継承されていたということの証明でもあるだろう。

（「国語」雑話7／平成24・5）

2

定家がなぜこのようなアンソロジー（詞華集・私選集）を作成したかについては、歌人とその和歌をそれぞれ丁寧に見て行けば分かるわけだが、実はこの問題はなかなか一筋縄ではいかない要素がある。というのも実は、選ばれている歌人が必ずしもふさわしくないのではなかろうかとか、また選ばれている和歌が必ずしもその歌人にとっての優れた作品ではないのではないか、というような疑問が昔から出され続けてきているのである。だからどういう意図で定家がこの作者やこの作品を選んだかについての答えが、しっくりこない点が多いのである。これはいまだに決着のつかない問題なのである。

しかし、最近は定家の、特に選歌意識を個々の作品に探ろうとするのではなく、「百人一首」を全体として一つの構築物と捉えようという傾向も見られるようになってきたので、俄然面白くなってきている。（中には、学者ではないが、あれはクロスワード・パズルだなどと珍説を主張する人もいたりするのだが、なかなかこれは興味深く、珍説でも奇説でもなく説得力があると私は思っている。）

細かな点はさて置き、いずれにしろ定家が帝王、すなわち天皇が王者である王朝文化に対する強い思いを抱き、歌人と和歌をいわばその証明として示そうとしたことは確かであろう。和歌文化・王朝文化は十世紀初めの「古今集」を始めとして花開いたことは言うまでもないことだが、それは実はその前からそしてその後も、何百年も続いているのである。そういう視点で取り上げているのが定家の「百人一首」である。

正確にいえば、第1番の天智天皇の時代をおおよそ六五〇年頃とし、97番の定家や100番の順徳院の時代を一二四〇年頃とすると、約六〇〇年間がその対象となった時代の幅である。平安王朝の約四〇〇年をさらに二〇〇年ほど前後に引き伸ばしていることになるのである。

さて、その最後に近い時代が清盛の時代であり、前回紹介だけしたが、その対象の四人は、76、77、80、86番の歌人であり、時代は一二世紀前半~中頃、当然平安朝末期となる。以下にその歌人と和歌のエッセンスだけを紹介するとしよう。

まず76番は、名前が法性寺入道前関白太政大臣としか書かれないが、これは名前が長い歌人ということで有名ではあるが、これは藤原忠通のことである。

彼は藤原摂関家忠実の嫡男《ちゃくなん》であって、二十七年間に関白を三度、太政大臣を二度、摂政を三度歴任した。が、その父そして父の推す弟頼長と対立し、あの保元の乱（ドラマでは間もなくそこに行く）で兄弟、そして父親と対立することになった人物である。人柄もおおらかで、漢詩・和歌・書をよくし、風格もあったと言われている。この歌もいかにもおおらかな歌いぶりである。「わたの原こぎいでて見れば久方の雲ゐにまがふ沖つ白波」。

次は77番、崇徳院である。

保元の乱の敗者の上皇である。歌は「瀬をはやみ岩にせかるる滝川のわれても末にあはむとぞ思ふ」。仲を裂かれた恋人同士が将来再び会おうという思いを詠んだ歌だが、この歌に見られる激しさや気迫がやがて保元の乱につながっていくと、そこに結び付ける指摘が多い。

三番目は80番、待賢門院堀川である。

待賢門院とは崇徳・後白河両天皇の御母待賢門院璋子《しょうし》（たまこ）である。その人に仕えたので待賢門院堀川と言う。歌はかなり良い（しびれる）と思う。「長からむ心もしらず黒髪のみだれてけさは物をこそ思へ」がその歌。ずうっと続くであろうあなたの心の程はわかりません、とまず相手への不安の気持ち（愛の不変性への疑い）を述べ、さらにその心は思い乱れている、と不安がより強く述べられている。が、一番のポイントはそこではなくて、不安の強さ、すなわちそれは「みだれ」と言っているが、それを「黒髪のみだれ」に喩《たと》えているところにあるだろう。この歌はフィクションではあるが、後朝《きぬぎぬ》（二人の衣服を重ねかけて共に寝た男女が、翌朝それぞれの衣服を着て別れること。また、共寝をした翌朝の別れ。また、その朝）の歌としてその思いを詠んでいる。心の「みだれ」を恋人に逢った後の寝乱れた黒髪に喩えているのは、何と言っても妖しくエロチックである。まさにこの歌の迫力は、あの和泉式部に通じているだろう。近いとこでは、与謝野晶子、俵万智といったところだろうか。

最後は86番の西行であるが、大物である。

何と言っても日本の歌人の中では人気が一、二番である。あのドラマでも分かるように、彼はもともと佐藤義清《のりきよ》という北面の武士（院の御所内の北に位置する詰め所にいる、警護武士。白河上皇の時に創設）であった。が、二三歳で出家し、諸国行脚をして暮らした。特に彼の出家をめぐってはその理由が様々に言われているが、結局よく分からない。が、いずれにしろ彼の歌には、出家者でないような俗的な妙に人間臭い歌（例えば恋の歌は彼の総歌数の中で約一五％、桜の歌は一〇％ある）も多く、その点が高い人気の理由ではないかと思われる。「なげけとて月やは物を思はせるかこち顔なるわが涙かな」が86番の歌。

（「国語」雑話8／平成24・5）

百人一首の話

1　小式部内侍の歌（歌と詞書について）

60　大江山いく野の道の遠ければまだふみも見ず天の橋立

（大江山を越え、生野を通って行く道は遠いので、まだ天の橋立の地は踏んで見たこともありませんし、まだ母からの文なども見ていません。）

この歌は掛詞（大江山行く・いく野／踏み・文）や縁語（踏み・橋）を使い、さらに地名を上手に組み込んで巧みとされたものである。また、娘の母（和泉式部）に対する慕情が自然と感じられる点からも、優れた歌ということになっている。

が、この歌が有名になったのは、むしろ歌自体というよりも、歌の背景――成立事情の説明によることが大きいようだ。その説明のことを「詞書《ことばがき》」というが、これが実に面白く書かれているのである。おそらくこの歌の成立の初期にはまだこの「詞書」がこの歌には付けられていなかったのではなかろうか。だから、当初あまり人々が注目しなかったのではないだろうか。というのも、これが作られたのは一〇一五～二〇年頃（小式部一五～二〇歳頃?）だろうから、第四勅撰和歌集の『後拾遺集』（一〇八六年）時代には当然撰入されてもいいはずなのだが、『後拾遺集』に撰入された小式部の歌はこの歌ではなくて別の歌（一首だけ）であったことからも、初期は低い評価であったと想像できよう。

それが、次の第五勅撰和歌集の『金葉集』（一一二七年）になって撰ばれているのであるが、同時に長い「詞書」が付いているのである。「詞書」というのは、その歌がいつ、どのような「場」で、どのような事情の元に作られたかを説明してくれる。歌はそれ自体を受け止め、享受することができる表現ではあるが、それは特に今の時代に近付くほどそういう捉え方が普通になってきているが、本来は「場」の中で成立してきたものなのである。だから、元々その「場」を離れては成り立ちにくいものなのである。日本の和歌の初期の『万葉集』の時代は言うまでもなく、平安の『古今集』以後の時代に至っても和歌は「場」においての表現であり続けた。だから、「詞書」も長くあり続けたのである。

では「大江山〜」の歌の「詞書」を『金葉集』に従ってみることとしよう。

和泉式部、保昌に具して丹後国に侍ける頃、都に歌合のありけるに、小式部内侍歌よみにとられて侍りけるを、中納言定頼つぼねのかたにまうできて、歌はいかがせさせ給ふ、丹後へ人はつかはしけむや、使ひはまうでこずや、いかに心もとなくおぼすらむ、などたはぶれて立ちけるを、ひきとどめてよめる。（『金葉集』雑上586、詞書）

（母の和泉式部が夫の藤原保昌に伴われて丹後国（京都府北部）に下向していた頃、都にいた小式部内侍は歌人として歌合に召されたが、藤原定頼が宮中の局に訪れて、「歌はどうなさいました。代作してもらうために、丹後に人を遣わしましたか。文を持った使者は帰って来ませんか。さぞやご心配でしょうね。」と戯れた際に、定頼を引きとめて即座に詠んだ歌である。）

見てすぐわかるように、この「詞書」があるので、この歌の良さが際立つのである。定頼のからかい、それに対する小式部のしっぺ返しの切れ味の良さがよく読み取れる文である。このやり取りは正に「場」そのものである。そして、話はさらに増殖されいく。『俊頼髄脳』『袋草子』の歌論、さらには『十訓抄』『古今著聞集』等の説話になっていよいよ歌話と一体化して喧伝されていく。定家が「百人一首」に取り上げたのも、どうやらその辺りの面白さに着目してのことのようである。では増殖された部分はどうであるか。『十訓抄』で見てみよう。かなり描写が詳細になってきている。

……いかに心もとなくおぼすらん。」と言ひて、局の前を過ぎられけるを、御簾より半らばかり出でて、わづかに直衣の袖をひかえて、

大江山いくのの道の遠ければまだふみもみず天の橋立

と詠みかけけり。思はずに、あさましくて、「こはいかに、かかるやうやはある。」とばかり言ひて、返歌にも及ばず、袖を引き放ちて逃げられけり。（『十訓抄』）

（「……さぞやご心配でしょうね。」と言って、局の前を過ぎられたところを、（小式部内侍は）御簾から半分ほど身を出して、ちょっとだけ直衣の袖をつかまえて、

大江山いくのの道の遠ければまだふみもみず天の橋立

と詠みかけた。（定頼は）思いがけないことに驚いて、「これは一体どういうことだ、こんなことがあってよいものか。」とだけ言って、返歌もできず、袖を振り払ってお逃げになった。）

となる。そしてこの後、念の入ったことに次のような後日談と解説まで加わるのである。

小式部、これより、歌詠みの世に覚え出で来にけり。これはうちまかせての理運のことなれども、かの卿の心には、これほどの歌、ただいま詠みいだすべしとは、知られざりけるにや。（前同）

（小式部は、これ以来歌詠みとして世間に（その名声が）出てきたのであった。これは、（小式部にとっては）普通の当然そうなるべきことなのだが、あの（定頼）卿の考えでは、これほどの（すばらしい）歌を、その場ですぐに詠み出すことができるとは、ご存じなかったのであろうか。）

ここまでくるともうこれは「詞書」とは言わない。「歌物語」「歌語り」（益田勝実）といったものに近くなるだろう。「歌物語」の場合、「物語」が先か「歌」が先かについては、「歌」が先にあって、その「詞書」の部分が膨らんでいって「歌物語」になったという説明が常識的だと思う（益田説はその間に「歌語り」を入れる）が、小式部のこの歌についても、今まで述べてきたことから分かると思うが、歌が先に存在していたということになるだろう。同時に、「歌物語」らしきものが成立する過程を見せている一例とさえ思われるのである。

（「国語」雑話9／平成24・10）

2　小式部内侍の歌（地名について　その1）

60　大江山いく野の道の遠ければまだふみも見ず天の橋立

（大江山を越え、生野を通って行く道は遠いので、まだ天の橋立の地は踏んで見たこともありませんし、まだ母からの文なども見ていません。）

「百人一首」の53番から62番までは55番の藤原公任《きんとう》を除いて、女流の歌が続いている。「百人一首」の中で女流の歌人は二十一名、その中の半数近く、何と九人がこの箇所に勢ぞろいしている。しかもいずれ劣らぬ名歌ぞろい。真ん中に挟まれた男一人、藤原公任が何だか色褪せて見えてしまう。

実は、公任の歌は昔からあの大歌人で教養学識高い彼にしては、「百人一首」で撰ばれた歌がどうも冴えない、彼なら他にもっと優れた歌があるのに、定家があんな歌を撰んだのは解せない、といった主旨の発言は多かった。その中でも次の指摘は面白い。

　前後を女性たちの恋の名歌に囲まれて箸休めの損な役回りを負わされた歌と言おうか。（傍点・半田）（吉原幸子『百人一首』）

話を元に戻そう。では、この箇所にまとまって女流が並んでいるのはどういうわけか。答えは簡単だ。「百人一首」は基本的に時代順に並んでいる。この50〜60番周辺は大体平安（中古）文学のちょうど真ん中辺りに当たる。西暦一〇〇〇年頃だ。正にこの時代に王朝文化は花開いた。その担い手の主流は女流である。だから、「百人一首」のここに偶然大勢集まったのである。

　さて、この九人の中に親子（母と娘）の二組が選ばれている。それは紫式部（57）と大弐三位《だいにのさんみ》（58）、和泉式部（56）と今ここで話題にしたい小式部内侍（60）である。この歌は、母が大歌人であるということ、さらに代作の疑いを掛けられた、というような話が分かっていないと面白さが十分に伝わってこない。（この話については前回話題にした通りである）。そうでなければ単に才気にみちた歌、母への慕情の歌で終わってしまう。

　さて、今回ここで話題にしたいのは、地名の事である。この歌に出てくる大江山、いく野、天の橋立等を問題にしたいと思う。

　まず「大江山」は、現在は京都市西京区と亀岡市の境（山城と丹波の国との境）に位置する大枝山のことであり、この山の北側山腹にある老ノ坂峠（大江坂峠《おおえのさかとうげ》が変化した？）を指す場合もあるようだ。この地は平安京から山陰道を下る場合に、ここにあった関所（大江関）は京に別れを告げる場所なので、古くから歌枕の地になっていたようだ。ちょうど東国に行くときに通る逢坂の関のようなものだろう。また、交通・軍事の要所でもあったようだ。承和の変や保元の乱、武将では源義経、足利尊氏、明智光秀等の名前がこの地と関係して出てくるようだ。だからこの地は都を離れて北西（山陰道）に向かうためには、また天の橋立（丹後の国）に向かうための最初の拠点ということになる。

次に出てくる「いく野」だが、これは現在の京都市福知山市（丹波の国）の生野である。そして「天の橋立」（丹後の国）、これは昔も今も名高い日本三景の景勝地である。小式部の母の和泉式部は、現在夫の藤原保昌が丹後の国の国司なのでその地にいる。だから、母＝「天の橋立」ということになる。歌はその母への道筋を地名で示し、あわせてそこへの距離感をも示し、それらを通して母への慕情を詠んだ、ということになる。

ということになれば、地名の示す場所（位置）は今まで述べてきたように、京から順に、「大江山」→「いく野」→「天の橋立」と近い順に並べてあると考えるのが自然な気がする。冒頭に示した現代語訳もこれに従ったものである。

ところがここに異説があるのである。いやむしろ中途半端に地名等を知っていると、この異説の方が正しいような気もする。実は私も暫くこの異説の方が正しいとばかり思っていた。その異説とは、「大江山」を先程述べた場所の「大枝山」（老いの坂）ではなくて、京都府の北方、「生野」と「天の橋立の」の中間地点（丹波と丹後の境）にあり、酒呑童子伝説で名高い「大江山」（標高八三三m）のことであるという説である。

が、これで行くと道順は、「いく野」→「大江山」→「天の橋立」となり、歌で示された「大江山」→「いく野」→「天の橋立」の道順と合わなくなってしまうのである。おかしいと思いながらも訳さなければならないので訳してみるけれど、どうもしっくりこない。

そのうちに次のような訳を見つけた。それは「大江山に行くのにいく野を通る道」となっている。何だか大江山の扱いが大きすぎる気がして、滑らかな感じがしない。それはそうだろう、一度先に行ってから元へ戻り、もう一度行くという、行ったり来たりをするのだから、ぎくしゃくした感じは避けられないのである。そうこうしているうちに、「大江山」は先に述べた京に近い方の「大枝山」という説を見付けて、この間の違和感は払拭《ふっしょく》されたのである。

またまた、そうこうしているうちに異説の方を主張する二人を発見したのだが、これがかなり有力な主張であるような気がしたのである。

学者は正論の方を譲らないと思うが、この異説の方は学問的、実証的な観点ではない。むしろ、直観的、文学的観点といったらよいだろうか、歌を詠む歌い手の気分にできるだけ寄り添うというようなものだろうか、いずれにしろこれはこれでかなり面白いのである．例えば大岡信（詩人・評論家）は次のように述べている。

（「国語」雑話10／平成24・10）

3　小式部内侍の歌（地名について　その2）

「大江山」は京都府加佐郡と与謝郡の境にある山の名（異説の方・半田注）。しかし、歌に出てくる地名の順序を文字通りにとれば、この大江山は生野（京都府福知山市）より手前にあることになり、京都市から亀岡市篠町へ出る大枝坂（老の坂）のこと（正説の方・半田注）をさすと見るべきだという説が有力である。しかしこの歌の場合、地名の並べ方が道順通りになっていると見る必要があるかどうか疑問である。母のいる丹後、そこにある天の橋立まで行くのに通過せねばならぬ多くの山や野の代表として、この二つの地名を出したのだと見て、要するに丹後の母の所までの道の遥けさをいうことが主眼だと考えるなら、大江山を与謝郡にある大江山と見ることも可能だし、第一大江山といううれっきとした名前が出ている点で、自然でもある。（傍点・半田　以下同）（大岡信『百人一首』）

詩人の直観はこのように述べ、そこから大岡の現代語訳は当然次のようになっている。

母のいる丹後の国は遥かかなた
私はまだその地を踏みもせず
なつかしい母の文もまだ見ていません
大江山そしてまた生野の道
あまりにとおい　天の橋立

このように、大岡の主旨に沿えば母の所への遠さが主眼であり、滑らかに近い順から並べることは大した意味がないことになる。

また、池田弥三郎（民俗学を基礎に幅広く活躍した国文学者、慶応大学教授。ＮＨＫ解説委員を初めＴＶにも多く出演。確か昔11ＰＭというＴＶ番組にもよくゲストとして出演していた。江戸文学とか花柳界などに通じた粋な先生であった。一九一四〜一九八二）は、「大江山」について次のように述べている。

丹後の大江山（異説の方・半田注）。ただし、大江山をすぎ生野をすぎさらに天の橋立という位置を考えると丹後の大江山では逆になるので、別に京都市の境の老の坂、また大枝坂（正説の方）というのをもってそれとする説もある。丹後といったことが詞書にでているので、歌の常識からいって、丹後の大江山を堂々とだしてこなくては、相手をへこますことができない。こまっしゃくれた小娘の、口早きしっぺい返しである。（池田弥三郎『百人一首故事物語』）

池田の小式部内侍観は、この指摘の後に述べられているが、そこで力説しているのは母和泉式部との取り合わせ（組み合わせ）を指摘し、そこを日本の民俗的事象と繋《つな》げているのである。次のように述べる。

和泉式部に対する娘の小式部という存在は、日本の民俗的事象における、大小の対立という型にぴたりとはまった。和尚と小僧、大名と太郎冠者、といった「対立」の定型である。その定型通りに、娘の小式部は、とかく母の和泉式部をへこますのである。（前同）

このように述べ、この後母への「こまっしゃくれ」ぶりが、紹介されているが、この辺の部分はあくまで伝承部分が多いようだ。いずれにしろ小式部の「こまっしゃくれ」ぶりを伝承を引き合いに出しながら、最大限に示そうとしているように見える。ついでに池田の現代語訳は次のようだ。

大江山よ、そこへいく、生野の道は遠いから、まだあちらからの文も見ない。そしてまだ踏んでもみない天の橋立よ。（前同）

なるほど、大江山を最大に力を込めてガツンと最初に強く示している訳である。池田の話は、当然一貫して、この訳に投影されている。これはこれで面白い。

以上、長々と「大江山～」の歌に出てくる地名を問題にしてきたが、最後に私の感想を述べ、併せて関連の図を参考に示して終わりにしよう。

学者は自分（達）の調べたことを基礎に見解を示したり、推測したりするが、それはやはり科学的な学問的態度から大きくは外れていないだろう。そこを外したらそれは学者の態度ではなく、書くのも論文ではなく、評論や随想の類になってしまうからだ。だからその辺りを目指すであろう。しかし、詩人や作家が同時に学者であったり、大学の先生であったり、研究者でもあり得るのであるから（また、それはかなり多いし逆の場合も多い）、論文を目指す態度とそうでないものを目指す場合とでそう大きな線引きはできないのである。現に池田は大学の教授で学者であるが、先程引用した内容は民俗学を踏まえた論文的なものでもあるが、また一方、文学的な雰囲気も漂っているのである。

　文学的な雰囲気の方が読者にとっては面白いが、やはり客観的な根拠もそれを正しく理解するためには必要なことなのである。

（「国語」雑話11／平成24・10）

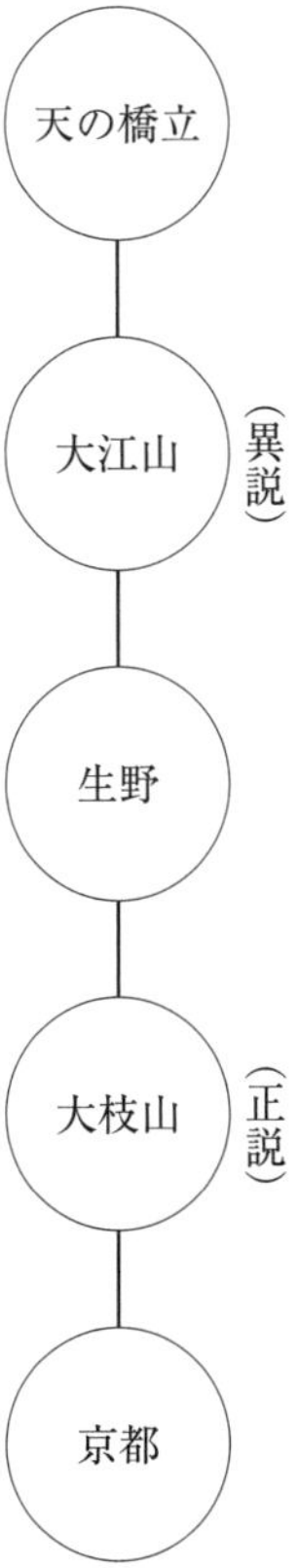

ノートの話

遅くなったが、本年度（二〇一三年）も「国語雑話」を書いていこうと思う。ここに取り上げるのは正に雑多な話である。「国語」と銘打つのは身贔屓《みびいき》だが、そのことが結果的には「国語」という教科の間口の広さ、多様さに繋《つな》がると思うからである。

そこでまず、今回は「ノートの話」である。私はノートは沢山作っている。その中には、表紙に題名を書いて使い始めたものの、最初の数ページで終わっているような場合もあるが、何冊と冊数を重ねるものもある。以下冊数を重ねたノートの話に入っていくわけだが、そこには、例えばオーソドックスな題名を付けた「読書ノート」がある。ただしそれだけの分類では大雑把過ぎて困るので、フィクションとノンフィクションの分類はしてある。細かな分類がしにくかったり面倒であるような時には、取りあえずこの二つの分類だけでも役立つのである。これは十冊位ある。

次に上げたいのは「気に入った一言集」である。何かで、どこかで知り得た気に入った一言を、あるいは長いものでも短く、一言で切り取ってきてノートに記すのである。ここにコメントを付ける場合もあるが、面倒なので一言を記すだけの場合も多い（その言葉や文があればなぜ取り上げたのかは自分が気に入って取り上げたのだから、コメントなしでも大抵は分かる）。また、何かどこかでという情報は新聞、雑誌、書籍、TV、ネット、その他日常のあらゆる場所で発せられる言葉や話題等がその発信源であるが、その中には、当然書籍等から仕入れたものを収める「読書ノート」の分類と重なることもある。しかし、ここは「言葉」自体にいっそう力点を置きたいときに使うようにしている。このノートも長続きしている。

パソコンというすごい道具が、私の場合は職場を基点に拡大していき、その勢いは止まるところを知らない。まさかここまでの状態になることは予想もできなかった。そこで否が応でも関わりが深くなってきている。当然メモしなければならない必要性が高くなってきた。そこで「パソコンノート」である。このノートはとりわけ必要に迫られて作成したものだが、大変役立っている。既に五冊位作成した。ついでに言えば、ネット動画のドラマの気に入った箇所を記した「動画ノート」もある。

他には「話のタネ本」という題名のものがある。これも正にタイトル通り、面白い話やら何やら雑多な話題を取り上げている。これも比較的長く続いている。何冊もある。それ以外をアットランダムに上げていくと、学校や教育のこと、また若者や子供のこと等の話題は「学校ノート」「学校日誌メモ」というタイトルで残している。その他、シンプルに「ノート」というもの、これは日記みたいなもので、何の分類もせずに日を追って備忘録のようにつづったものだ。

一冊だけのノートは沢山ある。たとえば、図書館の業務に関わっていたときには、その関係の「図書館ノート」「図書館なんでも帳」、演劇部の指導をしているときには「演劇部ノート」、演劇教室は「演劇教室ノート」、園芸の趣味を持ったときには「園芸ノート」……こんな調子なので種類が増えていく。

が、ここにきていよいよこれらのノートを少しずつ葬り、弔う、要するに「断捨離」（不要なものを断ち、捨て、執着から離れることを目指す整理法。平成二二（二〇一〇）年頃からの流行語――『デジタル大辞泉』）するためにも、エッセンスを取り出し、示していくという課題が見えてきた。今まで、これらのノートは何かの役に立つのではないかと漠然と思いながら記録を重ねてきたのではあった。そして、独りよがりかもしれないが、活用できる機会がいよいよここにやってきたのである。当然、「国語雑話」にも生かして行くことになる。

（「国語」雑話12／平成25・5）

格言・ことわざ

「ノートの話」（「雑話12」）の中で取り上げた「気に入った一言」、その幾つかをここで話題にしようと思ってあれこれ考えていたら、これは格言なのかことわざなのか、はたまたただの名言・名句なのか、分類の名称が分からなくなってきた。「気に入った一言」ならそれだけでいいのではないのかとは一面では思うものの、この際だからそれらの名称の意味内容を比べ、共通点や相違点を考えてみた。

そこでまず資料として三省堂『現代新国語辞典』を使って、記述内容を次のように一覧表にしてみた。

	内容・特徴・着想	長さ	伝わり方	例
格言	教えや戒め	短い（簡潔）	言い伝え	時は金なり
ことわざ	真理・教訓	短い（簡潔）	昔から伝わる	猿も木から落ちる
金言	真理・教訓	短い（簡潔）		
箴言	人生の教訓	短い（簡潔）		

警句（アフォリズム）	真理・奇抜な着想
名句・名言	なるほどと感じさせるような（人の心を動かすような）優れた言葉

辞典・辞書の説明と言うのは、できるだけ客観的に正確に分類しようとするわけで、これはもちろんその語を把握する上で重要なことである。しかし、言葉は生ものであり、変化するものである。また、言葉は常にそれぞれの「場」で使われるものなのである。だから、辞書の客観的説明では漏れ落ちる部分が当然ありうる。

右表もこれだけでは、例えば「格言」と「ことわざ」の違いはほとんど理解できない。しかし、例が提示されているのでかろうじて違いが見えてくる、すなわち辞書としての面目を施している（体面・名誉を保っている）のである。ここからは、さらに別の資料や自分の想像を交えてより良い答えに近づいていこうと思う。

まず、「格言」と「ことわざ」の共通点は何か。内容の「教え」「戒め」「真理」「教訓」はほぼ同じような意味内容であろう。厳密な違いはここからは見出せない。また、長さが短いという点、伝わり方は言い伝え、すなわち伝承もほぼ共通だろう。

では何が違うのか。それが、おそらく辞書から漏れ落ちる部分だろう。内容について少し考えてみよう。正確には違いがある。それはすなわち濃淡の違い、「格言」の方が教訓性が濃く、「ことわざ」の方が教訓性が薄いのではないだろうか。例えば、孔子の「論語」の語句などはほとんど格言と言ってよいと思われるが、「巧言令色鮮《すくな》し仁」「朝に道を聞かば、夕べに死すとも可なり」等これらは多分に教訓的である。さらに言えば説教的である。一方、「猫に小判」「馬の耳に念仏」「残り物には福がある」等は生活の知恵のようなものは感じられるが、孔子の言辞などと比べるとさほど教訓的ではない、また説教的でもない。

以上のことは、言い伝え、伝承の違いにも関係してくるのではないだろうか。おそらく「格言」も「ことわざ」もどちらも昔からの言い伝え、伝承であることは間違いないのだが、どちらかと言えば「格言」は、昔の聖人、偉人、僧侶等学識高く優れた個人が発した言葉とか、古典（書・文）に由来するものから伝わったものが多いようだ。一方「ことわざ」の方はやはりそちらとは対照的で、名も無き庶民の生活や生活の知恵の中から生まれてきたものであり、それが時間をかけて、その篩《ふるい》にかけられて残ってきたエッセンスであるだろう。だから、「格言」に教訓的で説教臭さ、そして堅苦しささえ感じるのに対して、「ことわざ」の方に気楽で楽しい雰囲気を感じたりするのである。

「金言」「箴言《しんげん》」はおそらく今述べてきた「格言」に近い気がする。「警句」「名言」「名句」は「格言」にあった「言い伝え」の部分はあまり関係のないものを言うのだろう。由来がどうとか古いとかは一切関係なく、ただ単に「奇抜」であるとか、「人の心をうごかす」ものとかである言葉を指していると考えればいいだろう。「格言」とか「ことわざ」の概念とは違う。「気に入った一言」というのもこの範疇《はんちゅう》に入るようだ、ただし、特に「奇抜」ということもないので「警句」をはずして、「名言・名句」というのが相応《ふさわ》しそうである。

（「国語」雑話13／平成25・6）

「論語」の思想

1

「格言」というのは、古くからの言い伝えであっても、「ことわざ」よりも、よりフォーマルな感じが強い（別の表現であったが）という主旨のことは前回の「雑話」で述べた通りである。今回はこの「格言」の中でも、特にこれは凄いと言えるようなものを上げてみたい。

まず「格言」の代表、横綱格は「論語」であろう。「論語」は孔子の教えを弟子達が記録したもの（その点はイエス・キリストやソクラテス、釈迦の場合と似ている）だが、その内容は多岐にわたっている。ここではその中から学問に関するものを上げてみたい。

子曰く、学びて思はざれば則ち罔《くら》し、思ひて学ばざれば則ち殆《あやふ》し。（為政篇一五）

（先生が言われた。師や書物から学ぶだけで思索しないと（自分で考えないと）、（道理が）暗くはっきりせず、思索ばかりして（自分で考えてばかりで）、学ぼうとしないのは、独断に陥って大変危険である。）

この「格言」は「論語」の中でも特にリアリティがあり、説得力がある。「学習」することと「思索」することの関係を正しく示しているように思う。言語活動と絡めて言えば、まず「学習」するというのは、聞いたり読んだりして知識・情報を受け止める、いわば受動的態度を指している。一方、「思索」するのは話したり書いたりする、こちらは受動に対して能動的態度とつながっている。学問する上で、この二者が大切、というより必要なのは言わずもがなのことであるが、要はこれが一方だけではだめだと言っているのである。

思うに、学問の初期段階においては「学習」することの方が「思索」することよりも相対的に主体となり、その段階が過ぎて行くのに従って徐々に「思索」するレベルに入っていくであろうし、行かねばならないものであろう。だから、いつまでも「学習」するだけではその学問内容は真に自分のものとはなりにくく、借り物の知識で終ってしまう。中高生辺りで言えばおおよそ学年では中三〜高一、その辺の時期を過ぎると「思索」することに芽生えてくるのが普通である。だからと言って、この時に「学習」することを忘れてはいけない。「思索」することをし始めると、「学習」することが一見遠回りに感じたりするものだが、この学問の基礎である「学習」することを忘れると、「思索」しても空回りに陥りやすい。

また、「空回り」の「空回り」たるゆえんだが、そのことに本人がなかなか気がつかない。だから、独断に陥りやすいのだ。両方の関係性について述べたこの「格言」は、今に至るも本質的で当たっているように思う。同時に、ここから孔子の考えの中核には「中庸」の精神があるということ等も分かる。

ところで、孔子の言う「学び」＝「学問」の内容はどういったことを指すのだろうか。「論語」の中にも学問の目的や価値、また学問に向かう態度とか心構え等は多くみられるが、意外にも直接何々を学べと書かれている箇所は見つけにくい。例えば先程上げた「学びて思はざれば〜」の言は学問に向かう基本的な態度といってよく、それ以外にも幾つかこういったものを見つけてくることはそんなに難しくはない。少し上げてみる。

子曰く、学びて時にこれを習う、亦悦ばしからずや。(学而篇一)
(先生が言われた。学問をして学んだことを折に触れて復習すると、学んだことがさらに深く理解ができて、嬉しいことだ。)

この有名な言は学ぶことの価値を述べている。

子曰く、異端を攻むるは斯れ害のみ。(為政一六)
(先生が言われた。正統から外れたもの(裏の道や別の道)を学ぶのは、害にしかならない。)

これを拡大解釈すれば、「学問に王道なし」(学問を修めるのに安易な方法はない)ということかもしれない。

ついでに言えば、この言は「攻むる」を「おさむる」と読むか「せむる」と読むかで解釈に二通りあって、ここでは「おさむる」と読んで「学ぶ」と解釈しておいたが、「せむる」と読むと攻撃する、攻めるの意味となる。「学問」における「異端」に対する態度が否定なのか、緩やかな許容なのかの違いがあるのでこの二つの解釈はかなり意味が違うことになる。「異端」より正道をという主旨で捉えたい。

(「国語」雑話14/平成25・7)

2

子、子夏に謂ひて曰く、女《なんぢ》、君子の儒と為れ、小人の儒と為ることなかれ。(雍也篇一三)
(先生が、子夏に対して言われた。子夏よ、お前は立派な学者になりなさい。ただ名誉を得るためや、名前を売るような卑しい学者にはならないように、と。）

抽象的ではあるが、学問の目的やめざすべきものが述べられている。「儒」というのは「儒者」「学者」の意味である。この言は、その目指すべき姿が「小人」でなく「君子」であれといっているのだ。「君子」と言う語は「論語」の中にかなり多く出てくるが、ここでは簡単に次の引用で説明しよう。

君子は身分のある男子が原義であるが、そこから立派な人格者を意味するようになった。但し君子は努力すれば何人も到達しうる境地で、孔子の教育において一応の目標となっている。そこで孔子が弟子達に何事かを要求する時に屢々《しばしば》この君子の語を用い、時には第二人称の諸君の意に用いることもある。諸君という言葉がそもそもこの用法から出たので、諸君子の略である。（『宮崎市定全集4論語』）

「君子」の最高段階が「仁者」である。これは言ってみれば聖域に達するような完成者、仏教で言えばかなりグレードの高い「如来」か「菩薩」といったところか。これと比べれば「君子」というのは、ぐっと世俗的な感じである。だから、「君子」には至らない点がある。しかし、「仁者」＝完成者の方向に向かって努力はしていく者である。

孔子は高いレベルの人格の完成を目指したが、それは宗教者とはやや違って「悟り」や「救い」という言葉が見られない。あくまで世俗の人間と関わり、世俗の中でどうすればよりよく、しかもそれはあくまで現実の中で生きられるかを求めていったとも言える。そういう意味では我々世俗の人間から遠くない世界に生きたと言える。だから、「仁者」と言うような世俗から遠い理想像よりも「君子」と言う言葉の世界の方が孔子の世界に近いのである。だから、「論語」の中にはあれだけ多く「君子」という語が出てくるのである。

孔子は求める理想に至るのに「学問」を勧める。これは方法論以上のものである。すなわち、学問と言う方法がその目指すものの世界そのものと重なるのである。では、前の方で宿題となっていた件、孔子の言う「学び」＝「学問」の内容、すなわち目指すものの内容とは何かについて明らかにしていきたい。

基本的に孔子はある意味で、よりよい社会を目指す社会改革家である。改革というのは社会を変えていこうとすることである。ならば孔子は逆ではないか。彼は社会を変えて行こうとするのではなく、むしろ社会の変化に異議を唱えていたのではないか。確かにその通りだが、私が彼を社会改革家と敢えて言っているのは、彼は「現在」に満足し、「現在」を継承していけばよいと考えている保守派ではないからだ。「現在」を、いわば否定し乗り越えて「昔」に戻ろうとしている。彼は諸国を遊説すればするほどそのことの難しさに気づかせられるのだが、最後まで「昔」に対する尊重の思いはぶれずに持続されている。

結論を述べよう。孔子の「学問」とは、まずこの「昔」＝「古きもの」を「学ぶ」ことである。

子曰く、故きを温めて新しきを知る、以て師と為るべし。（為政篇一一）

（先生がいわれた。古いことを研究して学び、新しい知識を得ることに生かすことができる人は、師となれる人である。）

子曰く、我は生まれながらにしてこれを知る者に非ず。古《いにしえ》を好み、敏にして以てこれを求めたる者なり。（述而篇一九）

（先生が言われた。私は生まれながらにして多くを知っていた訳ではなかった。昔の人の行為が素晴らしいので、一生懸命学問をしているのだ。）

子曰く、述べて作らず、信じて古を好む。（述而一）

（先生が言われた。私は古典を受け継いで述べるけれど、新しいものを創ることはしない。古いものを信じて愛好するのだ。）

（「国語」雑話15／平成25・7）

3

子曰く、道に志し、徳に拠《よ》り、仁に依《よ》り、芸に遊ぶ。（述而篇六）

（先生が言われた。道を目的とし、徳を根拠とし、仁に依拠し、芸に自適する。）

この言の説明は次の文章が要領を得ていて良い。

〈道〉古注では、道には一定の形がないから、ただ志向できるだけだと説く。朱子の新注は、人間の日常行うべき道だと説くが、ともに的はずれである。孔子の道とは「先王の道」である。古代の聖人、とくに周公を模範とし、その道つまり周公の作った礼の精神を明らかにしようというのが、孔子の理想であった。〈徳〉先王の道、周公の道とはいったい何か。それは徳を基本としている。それは権力でなく、人間がよく行動によってつみ上げてきた徳の精神的な力がもとである。〈仁〉道徳のなかでも、とくに人間らしい道徳、つまり人間の社会的な自覚にもとづいた仁を実現することが、中心とならねばならない。〈芸〉孔子の時代の貴族の教養は、礼・楽《がく》・射・御《ぎょ》・書・数の六芸《りくげい》であった。ここにいう芸は六芸にあたる。学問と、ときに礼儀作法ならびに武芸のようなスポーツも含まれる。（貝塚茂樹訳『論語Ⅰ』）

「昔」＝「古きもの」とは何かはこの説明が分かりやすい。「昔」を重視するその志向を示すそれぞれの言葉に、特定の内容を当てはめなくてもいいかもしれない。しかし、総じてその言葉の基底にはここで指摘しているような徳・仁を基本とした周公の礼の精神があるのは間違いないだろう。さらに具体的には次の言がある。

子、四つを以て教う。文・行・忠・信。（述而篇二四）

（先生の教育は、次の四つが要点であった。学業・実践・誠実・信義。）

この部分の説明もやはり貝塚茂樹の説明を示したい。

『詩経』『書経』などの古典を読むこと（文）、礼楽を実践すること（行）、誠実・信義といった精神面を教育すること（忠・信）が中心であった。（貝塚茂樹訳『論語Ⅰ』）

ここまで、孔子の目指している「学問」が何なのかを多少示すことができたと思うが、孔子の場合、目指すもの＝世界とそこに近づくための方法である「学問」とはあまりに近い関係なので、二つを上手く整理できるものではない。言い方を変えれば、孔子の求めるものは学問によってしか達成されないものである、ということであろう。「学問」というのは、例えば「救い」というような飛躍した方法ではないということもよく分かる。地道な「学問」の研究、またそれを弟子達および社会に示し続ける孔子と言う人物は、そういう意味で学者であると同時に、あるいはそれ以上に教育者の原点に当たるような人物であると改めて思うのである。

（「国語」雑話16／平成25・7）

ユダヤの格言の話

1

孔子の「格言」はこの「学問」に関すること以外にも沢山ある。それは例えば「論語」の中のタイトルを見るとある程度は分かる。「論語」のタイトルは必ずしもテーマごとに整然と分類されているわけではない（テーマとは直接関係のないタイトルもある）ので、全てを参考にするわけにはいかないが、ある程度は可能だろう。

それによれば、まず「学問」についてが中心の「学而篇」「述而篇」、「政治」を主題とした「為政篇」（孝道論もあり）、社会を支える原理である「礼学」の制度についての「八佾《はちいつ》篇」、「仁」の徳についての「里仁篇」、人物論の「公冶長《こうやちょう》篇」、聖人を褒め称える「泰伯篇」等々以下省略するが、取り上げているテーマは多岐にわたっている。

最後にその中でも特に気に入っている言を示してこの孔子については終ろうと思う。有名なので何だと思うかもしれないが、本質を突いている。

君子は和して同ぜず、小人は同じて和せず。（子路一三）

（君子は、人と和やかに和合し、安易に付和雷同するようなことはしない。（主体的に人と付き合う）。つまらない人間はこれとは反対に付和雷同して騒ぐことはあっても、人と和やかに協調して事に当たることがない。）

「格言」「名言」の類で孔子や儒家が正統派であるとすれば、反正統派（というより「非正統派」）は、道家や法家かもしれない。しかし、そんな分類はあまり意味がないだろう。なぜなら、その思想の傾向を分類するなら可能かもしれないが、個々の場面での個々の生きた言葉と言うのは、実はそういう傾向の枠に収めきれない部分があるからだ。だから孔子もある場合には「儒家の孔子」という分類で収めることができない。優れたものであればあるほどそう言えるだろう。

私がここまで取り上げてきた言は、孔子の思想傾向と絡めてきたが、絡めなくてもそのままで十分リアリティの言ではあると思う。（より総合的な理解のために絡めてきたと言っておこう。）

＊

さて、目を西の方に転じてみよう。西洋の格言も大変多い。多いだけでなくテーマも主旨も多岐にわたる。凄い「格言」も多いが、これはまたのためにとっておこう。ここでは東と西の中間、といっていいのか現在はイスラエルという国は中東にあるが、かつては、そして今も世界に住んでいるユダヤ人の「格言」を取り上げたい。

私にとっては「格言」NO2、西の横綱か大関といったところか。例えば「学問」とか「勉強」について孔子と似たような語が見られる。

私たちは権威ある先人たちの教えから多くのことを学ぶべきだが、といって背に大量の本を積んだロバになってはならない。（ユダヤの格言）

ロバは愚か者のことである。要するに、本を読むだけで（＝「学ぶ」だけで）考えないと（＝「思索」しないと）右のような「愚か者」になるという教えだ。この教えの前提には、やはり孔子の場合と同じように「学問」「知」に対する信頼と思いの深さがある。

ユダヤの「格言」はほとんどがユダヤ教の聖典からの引用のようだ。その聖典というのは、まず一つは『旧約聖書』（キリスト教からの言い方でユダヤ教ではそう言わない）であり、二つ目がタルムードと呼ばれている口伝である。タルムードというのは、『旧約聖書』（と、とりあえず言っておく）の中の律法（ユダヤ教で、神から授けられたとされる宗教上・生活上の教示。狭義には旧約聖書のモーセ五書を指し、広義には口伝の教示をも含める。――『広辞苑』）について語られた最初の五書（「創世記」「出エジプト記」「レビ記」「民数記」「申命記」）について注釈と解説を施したものである。二〇巻一万二〇〇〇頁。五〇〇〇年前からラビ（ユダヤ教の僧侶・先生・裁判官）によって編纂されてきた。

ユダヤ人のあるべき姿、生活規範を示し、膨大な量の教訓や小話が詰まっている。また、現代に至るまでそれぞれの時代に適応させるために注釈・解釈を付け加えてきている――言わばユダヤ人の生活と信仰、また知恵の集大成と言える書である。

（「国語」雑話17／平成25・7）

2

「知識」や「本」に関しては例えば次のようにある。

人が生きている限り奪うことができないものがある。それは知識である。（ユダヤの格言）

耳と耳の間に最大の資産がある。（前同）

本のない家は、魂を欠いた体のようなものだ。（前同）

もし生活が貧しくて物を売らなければならないとしたら、まず金、宝石、家、土地を売りなさい。最後まで売ってはいけないものは本である。（前同）

また、「学問」については、

最も大切な事は、学習ではなく、実行である。（前同）

と言っているが、これなどは先程のロバの喩《たと》え話とも、孔子の言うことにも共通している。いずれも知識や学問を重視しながら、そこだけに自足してしまうのではなく、併せてそれを実践に繋げられるようなものを求めている。その両方の価値を強い志向で求めている、という点に共通点が見られるのである。

さらに私が「ユダヤの格言」らしいと思うのは、次のような言である。

出逢った人すべてから、何かを学べる人が最も賢い。（前同）

偉人を過大に評価してはならない。同じように、小人を過小に評価してはならない。（前同）

あくまで冷静で現実的である。センチメンタルは一切ない。冷静で現実的と言えば、「金銭」に対しての態度は特にその傾向が強い。

金は道具である。道具に支配される者などいない。だから、道具はできるだけ多く持っている方がいい。（前同）

金は、本質以外のモノなら何でも買える。（前同）

彼らは「金」に対して、キリスト教世界や日本のように「清貧」（富を求めず、正しいおこないをして貧しいこと。――『大辞林』）的価値観は持たない。彼らにとって「金」は汚いものでも清いものでもない。あくまで道具の一つなのだ。

富は要塞であり、貧苦は廃墟である（前同）

借りるとき笑うな。もし笑えば返すとき泣くだろう。（前同）

アヒルを食べて借金取りから逃げ回るよりも、キャベツを食べて堂々と町を歩いた方がよい。（前同）

金をなくしても何も失わない。誇りをなくせば、多くを失う。勇気をなくせば、すべてを失う。（前同）

この最後の言などは「金」は多く持っていた方がよい、という一方で「金」を絶対視しているわけではないことがよく分かる。だから、先に取り上げた「金は道具である。道具に支配される者などいない」という言は、正に彼らの人生哲学およびお金への態度を正確に表していると思うのである。

さて、これ以外の面白い「ユダヤの格言」を上げてみる。

人を傷つけるモノが三つある。悩み、いさかい、空の財布だ。その内、空の財布が最も人を傷つける。（前同）

これは先程の「お金」に向かう態度のヴァリエーションだ。以下アットランダムに取り上げる。

失敗を恐れる方が、失敗を犯すよりも悪い。（前同）

行動の哲学。

自分より賢い者に負ける方が、自分より愚か者に勝つよりも得だ。（前同）

負けても得を考える粘り強さ、したたかさ。

（「国語」雑話18／平成25・7）

3

ヤギには前から近づかない。馬には後ろから近づかない。愚か者にはどの角度からも近づかない事だ。（ユダヤの格言）

「賢い者」は価値が高く、「愚か者」は価値が低い、という価値観。「愚か者」に同情などない、排除されるだけである。

神は超えられない試練を人には与えない。（前同）

「神」は味方だ。それは楽観にも通じる。また、基本は楽天的だ。

楽観は自分だけでなく他人も明るくする。（前同）

以上、ユダヤの格言を取り上げ、その性格を見てきた。

すると、なぜこのような人生に対する価値観、処方箋が出され、またそれをユダヤ人は受け入れてきたのか、という疑問が当然のことながら湧いてくる。それは、ユダヤのあの負の歴史を知れば、納得できるに違いない。国を追われ、家を焼かれ、財産を没収され、流浪の生活を強いられ、抑圧差別を受け続けてきたユダヤ人。生きるため、生き残るためには、その厳しい現実に冷静に対処しなければならなかった。「冷静」というのは現実を正しく受け止めることだ。それを支える最大の武器が「知性」であった。彼らはそのことをよく分かっていたので、子や孫の代に生きるための戦術として伝承していったのだ。

腕力に自信のあるものは、力を使って社会を渡っていく。そうでない者は、別の方法で社会を生き延びていく。その場合、頭＝「知性」を使うのが何と言っても有力である。その及ぶ範囲も分野も多岐にわたっている。

中世社会において彼らは小説などで金融業者として出てくる（有名なのがシェイクスピアの「ヴェニスの商人」）が、それはユダヤ人がほとんどの職業から追放された（一〇七八年、キリスト教会から「公職追放令」が出される）結果、残された数少ない職業が金融業であったからである。キリスト教は利子をとることを禁じていたので、ユダヤ人はその隙間に入る（ユダヤ教では異教徒から利子を取ることは認めていた）ことができたのである。この箇所などは「知性」的で現実的なユダヤ人がイメージできるだろう。

やがて、時は経ち、近代経済の時代になる。利子を資本にして経済活動が活発になってくる。中世ヨーロッパ社会において抑圧差別を受けてきたユダヤ人は、中世の金融業で仕入れた金融業のノウハウを十二分に発揮し、現在の世界の資本の中枢部分を担っているのだ。

その他の彼らの知性の、現代での発揮状況を見てみよう。分かりやすくノーベル賞受賞者の人数割合を上げてみる。経済60％以上（経済分野で特に秀でていることが分かる）、医学20％以上、物理20％以上、化学10％以上、文学1％以上、全体では20％という数値となっている。受賞者の合計人数は約800人である。その20％ということは160人である。凄い数字だ。

さらに、ユダヤ人の世界人口に対する割合はわずか0・38％ということなので、800人に対して3・4人ということになる。それが160人である。凄い知性であることがこの数字からも分かるだろう。また、ユダヤ人、特にアメリカ社会の中でのユダヤ人が就く職業で、医者や弁護士といった知的職業と言える分野に大勢が就いている、ということからも彼らの「知性」の凄さが分かるだろう。

もう見当がつくと思うが、これは何もユダヤ人の知能指数が高いからではない。彼らが歴史的に維持してきた環境にある。生きるために、「知性」に大きな価値を置くところから必然的に生まれる学問や教育——こういうもの対する熱い思いが家庭に学校にも、すなわち社会にあるからなのだ。

(「国語」雑話19/平成25・7)

「変わったこと」と「変わらないこと」

1

今からここに記述する文章は、教員を退職するに当たって生徒や職員に伝えようとして概略は書いたものだが、結局言葉で伝えることも、文章に残すことも叶わなかったので、こういう形で少し補足して、ここに残しておこうと思って記すものである。もとより、何十年も過ごしてきた過去の事を語る、しかもそこを今に繋《つな》げて語ることは、何よりも大変難しい気がする。そこでここでは話題を「変わったこと」と「変わらないこと」の二点に絞っていきたいと思う。

まず、何よりも「変わったこと」というのは、時の流れと共に「社会」が変わったということである。戦後の日本は敗戦を境（バネ）に成長（特に経済成長）をまっしぐらに目指してきた。その結果、右肩上がりの経済成長がなされてきた。

また、「成長」は経済の分野に止まらず、社会に様々な「成長」の形を示していったのだった。結果、高度産業社会、情報化社会、少子高齢化社会、国際化社会等々、様々な呼び名で呼ばれる社会が実現されてきたのであった。高校・大学の進学率の増加もその右肩上がりの表れの一つである。これらを支える価値観は、例えば東京オリンピック（一九六四（昭和三九）年）の時によく耳にした「より速く、より高く、より強く」であり、これは言わば男性論理（競争・成長・経済的豊かさの追求）であり、我々はその方向を疑いなく信じていた時代であった。

しかし、山があれば谷もある。しかもこの谷は山が高かった分、とんでもなく深い谷であった。右肩上がりの勢いはやがてバブル経済の破綻を迎えた。それが一九九一（平成三）年である。これは実は、普通に言われている以上に大変重大で意味深い出来事である。なぜなら我々はもう右肩上がりの成長を目指すことができない、ということを否応なく感じさせる出来事であったからだ。

さて、ここで我々はどう考えればいいのであろうか。我々は新たな課題に直面した。「成長」している間には考えなくてもいい問題であった。これに突き当たったのである。しかし、この問題の答えはそんなに難しくないはずだ。なぜなら、永遠の「成長」などないということは、少し考えれば分かることであるし、それを経験している国は当然先進諸国にあるだろうから、そこの経験を学べばいいはずだ。それは、端的にいえば「成長」を目指さない社会である。いや、正確に言うと概念としては「成長」の否定であるので、このように言うのであるが、可能であるなら適度の「成長」は求めようとはする。しかし、「成長」一辺倒ではなく、別の価値観との調和や均衡を目指そうというものである。このことは、一般的に「持続可能な社会」とか「持続可能な発展」といったような言葉で説明されたりする。また、「成熟社会」というような言葉も同じようなことを言おうとしているだろう。

「調和や均衡」と今言ったが、いずれにしろ基本となるのは「成長」社会の否定である。男性論理が支配的な指数＝男性指数に対して女性指数の重視。成長に対しては安定、競争に対しては共生、経済に対してはココロ、カネ・モノに対してはコンクリートに対しては緑・環境、といったような言葉で示される価値観の転換がなされる社会である。「成長」に限界がある以上、我々は否応なくこういう道を進むしかないのである。

それならば、そこへ向かえばよいではないか。そういう論調が徐々に高まっていった。所謂「ゆとり教育」が導入されていったのもこの頃より少し前（一九八九・平成元年。文部省がゆとり教育の導入をねらいとした教育課程の改定を発表した。実施は一九九二年から）学校の週五日制が完成したのは、二〇〇二年だ。これらの教育の制度上の大きな転換はいずれにしろこのバブルを挟んだ頃であった。身近なところでは、当時の静岡県のトップも、「二十一世紀は感性の時代である」と、第二回国際舞台オリンピックが静岡県で開催される時（一九九九年四月～六月）の、シンポジウムで語ったのを今でも鮮明に覚えている。その時私は「図書館だより」（二〇〇三年）に次のように書いた。

県が、グランシップを始めとする舞台施設を、膨大な予算を充てて造り、また、第二回国際舞台オリンピックを開催したのもこの「感性の時代」という言葉の実践の表れと言えるだろう。そして、おそらくこれからも舞台芸術、そして演劇活動については、県は様々な実践をしてくるものと思われる。折しも、平成十三年十二月には文化芸術振興基本法も制定され、総合芸術、総合文化活動である演劇活動を振興することについての周辺の環境整備が着々となされつつあるように思われる。

と、明るい未来を期待していたことが分かるであろう。バブルがはじけたことは不幸なことかもしれないが、結果、「成長」神話に疑いの念が生まれた。これは、言わば生まれるべくして生まれた必然の道であったかもしれないが、身の丈以上の幻想から人々を覚醒させたという意味では不幸中の幸いであったと言えよう。そういう時だったのだ、この頃は。そして、この文章の締めは次のように書いた。

（「国語」雑話20／平成25・8）

2

さて、教育そして学校現場に目を転じてみると、特に学校週五日制が始まってから様々な主張が飛び交っているが、演劇活動そして演劇鑑賞活動といったものが人間の根底、すなわち「ココロ」の部分と大きく関わっている重大な表現活動であることは、情勢がどうであろうと、いわば不変なものであろう。学校の文化センターである図書館は、こういった活動にも大きな意味と価値を持ち続けたいものだと思う。知事のせりふは、その意味で心強い発言だと思う。

さて、この「感性」の時代に通じる価値観は、基本の流れとして今に至るも持ち続けなければいけないものである。が、残念ながらその流れは社会の前面に押し出されているわけではない。それは日本においても、世界においてもである。その理由で重大なのは、何と言っても「経済」の問題があるからである。一部市場を除けば、日本を含めてどこの国も経済状況の悪化が見られる。ちょうど先程取り上げた日本のバブル経済崩壊の一九九〇年代と世界の不景気、特に先進諸国とはおおよそ時期も重なってきている。ということは、この辺りから先進諸国（途上国も）の経済問題は世界共通の問題となってきたと言えるだろう。そう、この辺りでもう取り出してもよさそうな言葉がある。「グローバリズム」（地球上を一つの共同体とみなし、世界の一体化を進める思想である。現代では、多国籍企業が国境を越えて地球規模で経済活動を展開する行為や、自由貿易および市場主義経済を全地球上に拡大させる思想などを表す。地球主義、全球主義とも言われる。——フリー百科事典「ウィキペディア」）という言葉である。

これが新たな課題である。すなわち、日本の問題は日本国内で終らない。世界の各国へ波及していく。逆に言えば、他国の問題もすぐに我が国に影響を及ぼしてくる。いわば地球規模でカネが動く、人が動く、情報が流れる。これは「競争」の範囲が広くなったことを意味している。それまでの日本（他国も同じだが）は、日本国内および特定の範囲の中で「競争」していけば良かった。しかし、「競争」の範囲は拡大し、その結果、「資本」の論理である効率の論理の当然の帰結である産業の淘汰がより進行して行く。その結果、資本の寡占化が進み、成功した資本はますます増殖し、撥ねられた資本は衰退の道をたどる。日本だけでなく、今世界で見られる「格差社会」と言うのは、実はこの「グローバル化」によって加速されてきている。

世界の資本の状況も、国内の小売店の状況も、労働者個人も全てこの「グローバル化」の影響を多大に受け、勝ち組、負け組の格差が、もはや露骨に拡大してきている。さらに言えば、今の世界で大資本を持つのはアメリカである。だから、この戦略はある意味で必然かもしれないが、アメリカ、正確に言えばアメリカの資本＝企業、にとって有利であることは疑い得ないだろう。ただし、次のような見方もある。

しかし、ロシア、中国やインドの急速な台頭による多極化や、経済面での地域統合の動き（南米の南の銀行、ヨーロッパのユーロ通貨など）により、今後グローバル化の動きは相対的に後退し、世界のブロック経済化が進んでいく可能性もある。（フリー百科事典「ウィキペディア」）

いずれにしろ、激しい競争であることは、今まで経験したことがないものである。我々は、自分の立ち位置をどこに定めればいいのか、分からないので不安が募るのである。これが今の日本および世界を包みこんでいる時代である。

しかし、一方で「グローバリズム」と言うのは不安ばかりがあるわけではない。経済の観点で言えば「競争」の激しさが基本だが、一般消費者にとって「競争」によって生き残った勝ち組の、たとえば商店が、安く（低コストで）商品を提供してくれることは有難いことではある。このようなことが、ある意味でのメリットとして考えることができないわけではない。

その他メリットとして様々なことが言われている。しかし、いずれも商品の能書きに書いてあるような、味気のない主旨のものが多い。たとえば、「低コスト」もそうだが、そこから物価の価格が抑えられて社会が豊かになるとか、国の垣根が低くなることによって、様々な物資、人材、知識、技術、文化等が広がり、それらを使用する機会が増えるとか、さらに国家同士が密接につながることによって、各国の理解・協力が進んで戦争が抑止される。こういったことが言われたりするが、あまりに味気ない、建前の言いようであるような気がしてならない。そう感じるのは恐らく、地球化・世界化というものを経済絡みで捉えようとするのがそもそもの出発点だからである。知識や文化の交流が進み、世界が平和に向かうというのはいいことではある。しかし、グローバル化とはもともとそのことが第一義ではないのだ。経済の問題が出発点なのだ。

だから、経済が危なくなれば、すぐに後回しにされる。さらに悪ければ、消去される。日本の文化行政みたいなものだ。まあ、そうは言うものの、主はどうあれ、世界平和の機運を生かせばいいとは思う。これはグローバル化であろうがなかろうが、経済のグローバル化は状況によって揺れるものであるが、世界平和の方は、不変の真実であるのは確かなことだろうから。内田樹は「グローバル化」の問題点を厳しく追及している。

（「国語」雑話21／平成25・8）

3

この土地でしか暮らせない、この国の言葉しか話せない、伝統的な儀礼や祭祀を守っていないと不安になる、ローカルな「ソウル・フード」を食べていないと生きた心地がしない……そういったタイプの「地に根づいた」人たちは、グローバル社会では最底辺の労働者・最も非活動的な消費者、つまり「最弱者」として格付けされます。

能力判定の基準が「機動性」だからです。グローバル化というのは「そういうこと」です。自家用ジェット機で世界中を行き来し、世界中に家があり、世界中にビジネスネットワークがあるので「自分の祖国が地上から消えても、自分の祖国の言語や宗教や食文化や生活習慣が失われても、私は別に困らない」と言い切れる人間たちが「最強」に格付けされるということなのです。

もちろんそんな非人間的なまでにタフな人間は現実にはまず存在しません。でも、それが「高速機動性人格」の無限消失点であり、グローバル社会における格付けの原基であることに変わりはありません。

あるグローバル企業の経営者が望ましい「グローバル人材」の条件として「英語が話せて、外国人とタフなビジネスネゴシエーション（仕事の交渉）ができて、外国の生活習慣にすぐ慣れて、辞令一本で翌日海外に飛べる人間」という定義を下したことがありました。まことに簡にして要を得た定義だと思います。これは言い換えると、その人がいなくなると困る人がまわりに1人もいない人間ということです。（内田樹『脱グローバル論　日本の未来のつくり方』「まえがき」）

しかし、この主張も新しい政治力学の変化（二〇一三年）の中でやや劣勢になっている。それは日本の雇用状況、労働状況といったものに変化が見られないからであろう。リストラ、過労死、フリーター、ニート、派遣労働、非正規雇用、就職氷河期、格差社会、雇用をめぐる問題はあのバブル経済崩壊の後この間約二〇年の間、ここに上げた言葉が示すような悪い状況が続いている。

国民大衆は「持続可能な成長」を決して否定しているわけではないと思うのだが、何しろそういうことを主張するよりも、取りあえず今の経済状況を何とかしてもらいたいという気持ちの方が強いに違いない。今の経済政策が成功、失敗どちらであっても、しばらくすれば分かってくるので、そうすれば「グローバル化」と「持続可能な成長」との意見の戦いがより明瞭になってきて、より良い選択ができるようになるであろう、ということを今後に期待していきたい。

＊

以上ここまでが「変わったこと」である。それに対して「変わらないこと」とは一体どういうことが当てはまるだろうか。それは若者の「感性」である。というと中には、いやそんなことはない、若者も「感性」を含めてかなり変わってきている、という意見も多いかもしれない。だから、正確に言い直してみると、変わった部分と変わらない部分の両方があるということになるだろう。変わった部分というのは先程述べてきたように「時代」による社会の変化、このことと連動している部分である。

社会の変化に我々も若者も共振し、適応しなければならないのは、昔も今も同じである。社会全体が右肩上がりで、しかもそれが極端でなく、確実なステップ・バイ・ステップでありさえすれば、生活、そして人生に対して、我々は普通のこととして前向きに将来や未来に対して明るい見通しを、そこに立てることができるのである。だからこういう時期は、人間関係についても基本的に信頼度が上がっているだろう。逆に不景気が長引けば前途は明るくならない。これは必然の流れであろう。だから、こういった部分は変わっていくのである。

また、科学技術の文明が、資本の論理の中で猛烈な勢いで我々を包みこみ、掴《つか》んで離さない。いくら女性指数などといってみても、極端にそれらを、すなわち男性指数の側を拒否することはできないのだ。すなわち変わることは余儀なくされることなのである。

では、そういった変わらざるを得ないような我々の環境の中でいったい何が変わらないと言うのか。それは若者の「感性」と先程述べたが、若者に限らない我々も含めての現代人の「感性」ということである。これは変わらない部分がある、ということだ。どういうことか。答えは極めて簡単で分かりやすい。それは、人間の作る「文化」である。さらに分かりやすく例を上げれば、芸術・文学・演劇・スポーツ・コミュニケーション・恋愛・教育、こういったものである。それへの志向は少し位の時代や社会の変化にも少しも動じない。驚くべきことに、良いものは何百年何千年経っても良いのだ。我々は今後何があっても、こういう力が我々の底流に流れていることに思いを持っていれば、「生きる」力が湧いてこようというものである。

どんなに「グローバル化」が進んでいっても、「人」というものが「生身」である以上はここは譲ることはできそうもない。いわば「命」を持つ者の原点であると思うのである。

（「国語」雑話22／平成25・8）

「変わったこと」と「変わらないこと」続

1　高校生を取り巻く現実

前回は、戦後何十年もの間で「変わったこと」と「変わらないこと」について大局的な観点（主に経済的観点と文化的観点）から述べたが、今度は同じタイトルで、もう少し身近なところで、「高校生（若者）を取り巻く現実と高校生」（以下「高校生」とだけ記してあっても、いちいち断らないが、「若者」全般を意味している場合がかなりある）ということについて述べてみたい。まず、「変わったこと」だが、前回述べたように、時の流れと共に社会が変化してきた。その社会の変化が、ここでは当然のことながら「高校生を取り巻く現実」の変化ということになる。

参考までに、大学入試方式の中で刺激的な（というのは、現代的な課題を幅広く取り上げ、そのことへの受験者個人の考え・意見を問うものだからである）「小論文入試」のテーマやキーワードを拾ってみたい。その際、テーマを示した次のような語呂合わせが面白い。（私はある「小論文」の参考書で見つけてから、役立てている）

それは、

韓国で福神漬けを買《こ》うたか

である。どういう語呂合わせか、少し考えてみよう。……では、答え。この文の右横にキーワードを当てはめてみる。

環境・国際関係　・福祉・人権　　・高齢化社会・科学技術
韓　・国で　　　・福　・神漬けを・買うた　　・か

大体のテーマは収まっているが、現代的な課題という観点からみて「教育」「医療」「情報」が漏れ落ちているので、付け足す必要はある。

さて、これをここに上げたのはなぜかと言えば、既にこれらの語の中にも「高校生を取り巻く現実」の変化が読み取れると思うからである。これを「環境」問題から順に取り上げていって、どういった点が「変化」なのか、（すなわち「変化」によってどういう問題が起きているのか）を説明することもできると思うが、そんなことをしたら社会科（公民）や作文（小論文）の授業みたいになりそうなので、ここでは止める。ここでは、このテーマで示したように、正に現代的な課題が「高校生を取り巻く現実」と重なっていることを述べておきたい。

キーワードの方だが、それは右に上げたテーマをさらに小さい単位で部分的に取り上げることになる。

やはり、「小論文」の参考書を使うが、そこには例えば現代の「生活・社会」（このテーマは語呂合わせの中にも入っていないが、その中のキーワードは現代的なテーマにつながるものばかりである）のテーマの中に「少子化」「児童虐待」「個食／孤食」「コミュニケーション不全」「改正少年法」「バーチャルリアリティー」「ひきこもり」「ジェンダー」「男女雇用機会均等法」「摂食障害」「女性の社会進出」「リストラ」「フリーター」「パラサイト・シングル」（社会人となっても親元で生活する独身者。パラサイトは「寄生」という意味。親元であれば、独立して一人暮らしをするよりも経済的に楽であるため、独身貴族を謳歌できる。東京学芸大学の山田昌弘助教授の著書『パラサイト・シングルの時代』

で話題となったことば。――『知恵蔵』）といったキーワードがリストアップされている。これらの語は「高校生を取り巻く現実」（というよりもその現実の問題点を示す語である）を、先程のテーマよりさらに具体的にイメージ化できるであろう。

さて、ここでもこれらの語の一つ一つ問題点等の指摘をしたりしない。やはり先程と同じく、現代的な課題が「高校生を取り巻く現実」と重なっているということを指摘するにとどめておきたい。

この文章の課題はこの次からだ。では、こういうテーマやキーワードで示される事柄が、高校生にどのような影響を与えているかである。ここにあるのは家庭の問題もかなり入り込んでいる。以前ならそれは社会の問題ではなかったはずだ。しかし、現代においては家庭の問題も家族の問題も社会の問題に繋がるのである。

なぜそうなるのか。学校にも社会にも居場所がない。そこでのアイデンティティーを感じられない。そのような場合には、かつては家庭が子供の居場所だった。アイデンティティーを感じられる最後の場所であった。そこが以前と比べて不全状態に陥っている。学校でも社会でも家庭でも集団の中での居場所がなければ、「個」＝「孤」になるしかない。都合のよいことに「個」＝「孤」であることは「学校」「社会」「家庭」どの場においても比較的許容されるのが現代日本だ。周囲に迷惑を掛けなければ、周囲の邪魔をしなければ、逆説的だが、比較的住みやすいのだ。おまけに「個」＝「孤」であることの心の不足感を満たすための「癒し」のツールも「科学技術」「経済成長」のお陰ですぐに手に入れることもできる。「高校生」（若者）は、こういう現代における「家庭」（「学校」も）の現実をいやが上にも強く受け止めざるを得ないのだ。

（「国語」雑話23／平成25・8）

2 「癒し」のツール

もう一つは、それに加えて、今述べた「癒し」のツール（道具）の現実（問題）である。集団の場、すなわち関係の場において居場所がないなら、「個」＝「孤」の世界に居心地のよい場を作り上げればいいのだ。それを保障してくれるのが「癒し」のツールである。

例えば音楽一つをとっても、集団で歌う歌＝音楽から一人で歌う「カラオケ」へと向かうのは、自然の流れだ。最近「一人カラオケ」というのが流行り始めているようだが、あれは「カラオケ」の本質に近づいていると思う。なぜなら、「カラオケ」とはもともと音楽を場において共有するというものではなく、極めて個人的な音楽体験だけが存在する世界なのだ。同じ場にいる他者は、友人であろうが他人であろうが、音楽を共有しているように見えても（例えば上手いと褒めたり拍手したりする）、実は歌い手とは異なる世界に存在している。このように「カラオケ」というツールは、「個」＝「孤」であることを保障する「癒し」のツールである。これを使えば、「個」＝「孤」であることは快適で、癒されるのだ。

「カラオケ」が発生し拡大し始める時代は、偶然か必然か、高度成長（国民総生産GNPの成長する速度がきわめて速い状態をいう。第二次世界大戦後の日本経済の急成長はその典型的な例である。一九五二～七二年度にわたる二〇年間の日本の実質GNP年平均成長率は九・四％で、世界経済あるいは先進工業国の平均成長率の五％程度に比べても、さらには戦前の日本経済の約四％と対比しても、きわだった高度成長であった。（中略）しかしこうした日本の高度成長も七三年末の石油危機を転機として終ったというのが通説となっている。―『ブリタニカ国際大百科事典』）の終焉時期に重なる。

が、それより前の時代、すなわち高度成長の時代には、ステレオそして、コンポ・ステレオといった名称のオーディオのツールが流行った。実はこの流行りも、「個」＝「孤」の「癒し」のツールと言う点では「カラオケ」と同じであり、その先駆けであった。今現在は厳しい経営環境に置かれているこのツールを手掛けていた企業、例えばパイオニア、トリオ（現在はケンウッド）、サンスイ、こういった企業が勢いのいい時代であった。もちろんその他の家電メーカーもこういうオーディオ製品を手掛けていたし、そういう需要が国内には存在していたのだ。

やがて、今述べてきたような「カラオケ」ブームの時代になっていくのだが、同じ頃オーディオ・コンポは技術革新と共にポータブル化（小型化）が進み、それがついに「ウォークマン」の登場というところまでやってくる。「ウォークマン」は「個」＝「孤」の「癒し」の最たるものである。今までのレベルを大きく上回ったのである。そういう「ツール」であった。

これが流行り始めた頃、電車に乗ったりするとよく見かけるようになった、その時の「違和感」を私は今でも覚えている。いくら見知らぬ者だからといって、集団を前にして、身体はその集団の一員でありながら、意識はすっぽりそのまま別次元の世界に存在するということが、あっていいことなのだろうか、というような「違和感」である。が、どうあれ自分の外部世界が不快であったり、そこと上手く渡り合うことができなかったりする時、この「ウォークマン」は誠に良くできた「癒し」のツールである。この地点で、そのベスト1になったのである。この後「携帯電話」や「インターネット」が登場してきたが、その「癒し」の能力は、基本的には「ウォークマン」と本質は変わらないと思う。（「携帯」よりは「インターネット」の方がより、集団の中での意識移動のような要素は少ない感じはするが。)

以上、「高校生を取り巻く現実」というテーマで、大きく二つの点を示してきた。一つ目は、「学校」、「社会」のみならず「家庭」においても居場所がなくなった、という点である。そして、二つ目は、居場所がない、居心地の悪さを解消してくれる、すなわち「癒し」てくれるツールの登場である。高校生(若者)はどのように思おうが、考えようが、こういう現実の影響を強く受けざるを得ないであろう。

(「国語」雑話24/平成25・8)

3　男脳・女脳(その1)

次に、これは「変わったこと」というよりはむしろ「その程度が進んだ」とか「その傾向がより顕著になった」と言った方が適している感じがするが、それが何かということを述べようと思う。それは、高校生の「国語離れ」「活字離れ」「文化(部)離れ」といったようなことである。もう少し正確に言えば、高校生というより、高校生の男子ということになるだろう。今ここでは正確なデータとかは用意してないので、これはあくまで私の印象でしかないのだが、長年の経験から判断してみて、そう言えるのである。正確なデータはなくても、根拠となる事柄は用意してあるのでまずそれを述べてみよう。

「国語」のテストは総体的に女子の方が点数がやや高い(すごく高いというわけではない)。これはテスト勉強をサボる男子がやや多いのだと思われる。「国語」の授業に対する興味関心はかなり女子の方が強い。特に小説や韻文等の文学教材に対して、女子の関心が高い。教材(作品)に対しての感想文や意見文等は全体的には女子の方に良いものが多い。何年か前に図書館の仕事で、高校生の「読書感想文コンクール」県大会での表彰式に臨んだことがあったが、その時確か上位二〇人程の生徒を表彰した。その男女比を見て驚いた。何と二〇人の中で表彰された男子は僅かに五人だけであったのだ。読書感想文は女子の方が優れていることが多いということは分かっていたが、ここまでだと何だか「男よ頑張れ!」とでも言いたくなってしまう。それより以前に浜松の高校にいた時も(そこは二〇校位で合同の演劇鑑賞事業を行っている)、各校から一作ずつ提出された「演劇教室」の感想文の書き手を見て、やはり驚いた。ほとんど女子なのである。

一方、目を転じて高校生の部活動の状況を見てみよう。ここでもやはり、男女についての特徴的な傾向が見られるのだ。どこの学校も男子は運動部、女子は文化部に所属する者が圧倒的に多い。文化部も理科系は少なく(これは男子の文化部離れと通じる)、言葉の世界からは比較的遠い「芸術」系、その中でも「音楽」系が圧倒的に多い。言葉と比較的近い関係にある「放送」「演劇」等は、様々な努力の中で何とか存在感を示しているが、やはり男子は非常に少ないのである。どこも男子獲得に心血を注いでいる。このように、私の狭い範囲の経験の中から見ても、高校生の特に男子の「国語離れ」「活字離れ」「文化(部)離れ」は、進んでいることが分かるだろう。男子のこの傾向は今始まったことではないが、それが確実に強まって来ているように感じるのである。そこで「男脳」「女脳」という概念を出してみたい。

この概念は、人間は男女に身体の違いがあるように脳にも男女に違いがある、ということを取り上げていくものである。

こうした違い(男女の脳の違い――半田注)が「社会」によって作り出されたものなのか、それとも生物学的なものなのかを明確にするのは、容易ではありません。

しかし、男と女の脳に違いがあることは事実です。「価値観の相違」「性格の不一致」で片付けていた男女間の問題が、実は、脳の構造上の違いから生じていることだって少なくありません。（元聖マリアンナ医科大学助教授米山公啓『こんなに違う！　女の脳と男の脳』）

私は、この男脳と女脳の違いについて、確かなものと実感しているが、今までは科学的な根拠が薄くてはっきりしない部分が大きかった。しかし、最新の脳の科学ではこういったことも大分分かってきたようだ。私は次の本を手にして、我が意を得たりという思いを持つに至った。

ここで誤解のないように述べておきたいが、私は男脳と女脳の違いを今ここで強調しようとしているが、男は男らしく、女は女らしくなどと思っているわけではない。なぜなら、男脳・女脳それぞれのレベルがどの位かは各個人で皆違うからだ。だからそれは、身体つきは男でも脳が女に近い場合もあり得るし、逆の場合もあり得る。極端に言えば、「近い」を通り越して身体とは真逆《まぎゃく》の脳の場合だってあり得るのだ。だから、冷静に考えればいい。男らしく・女らしくなどと一定方向に導く必要はない。で、本の紹介である。

「男と女の謎」を解き明かし、日本で二〇〇万部、全世界で六〇〇万部、四二カ国でのNO.1となった超ベストセラー。なぜ男は一度に一つのことしかできないのか、なぜ女は方向音痴なのか、なぜ女はよくしゃべるのか、なぜ男は一人っきりになりたがるのか。誰もが納得する男と女の行動の違いについて最新の情報を加えて紹介する。（アランピーズ／バーバラピーズ『話を聞かない男、地図が読めない女』紹介文より）

その中には次のような箇所がある。米山とほぼ同じ指摘だ。

男女のちがいは社会が作りだすというのが、二〇世紀の考え方の主流だった。（中略）しかし生物学的な研究が進むにつれて、思考のパターンの形成のしかたは、どうもそうではなさそうだということがわかってきた。私たちの態度や好み、行動を作りあげるのは、実はホルモンや脳の神経経路の働きなのである。（『話を聞かない男、地図が読めない女』）

（「国語」雑話25／平成25・8）

4　男脳・女脳（その2）

具体例とそのコメントが沢山取り上げられているので、その要所を幾つかピックアップしてみる。

女がしゃべる目的は、しゃべるためにほかならない。それなのに男は、解決策を求められていると思ってしまう。

男の話す言葉は短く、論理的な構造がしっかりしている。単刀直入に話がはじまり、要点を押さえて、結論をはっきり述べるので、何が言いたいのか、何を望んでいるのかわかりやすい。しかし一度にたくさんの話題を出すと、男は混乱する。

女の脳は左右の連絡が非常に良く、発話を担当する区域もはっきりしているおかげで、いくつもの話題を同時に、ときにはたったひとつの文章で語ることができる。

会話が終った時点で、どういう話題が出たか、何が起こったか、どんな意味があったのか女はすべて了解している。だが一度にひとつの話題しか処理できない男は、すぐに混乱してめまいを覚える。

女は過ちを認めることをいとわない。なぜなら女にとって、過ちを認めることは相手との信頼関係を築き、つながりを強めるひとつの形だからだ。しかし男はちがう。自分の過ちを認めた男は、インディアンと戦ったカスター将軍を最後に存在が確認されていない。

男の意識は、結果を出す、目標を達成する、地位や権力を手に入れる、競争相手を打ちまかす、「核心をつく」ことが軸になっている。女の意識は、コミュニケーション、協力、調和、愛、共有、人間関係に光が当たっている。

男の子はモノが好き、女の子はヒトが好き

男は感情が高ぶると攻撃的になるが、女は「話しあう」のを好む。

男は女への愛の証として、世界一高い山にのぼり、世界一深い海にもぐり、世界一広い砂漠を横断した。だが女は男を捨てた——男がちっとも家にいなかったから。

男にとって失敗とは、敗北にほかならない。(前同)

元々あった「国語離れ」「活字離れ」等を説明するために今ここに男脳・女脳のことを話題にしたのだが、面白くはあったが「言語能力」と男脳・女脳というテーマから逸脱するものが多かった。そこで、そのことを話題にした記事で分かりやすいものを取り上げたみたい。

言語能力をつかさどる脳の部位は二ケ所ありますが、どちらも女性の方が大きいことが発見されています。女性の方が言語科目に優秀だったり、言語関連の思考に優れていたりするのが、その理由のひとつだと考えられています。また、男性は左脳でしか言語情報を処理しないのですが、女性は右脳、左脳双方で処理しています。このことから、脳卒中を起こした女性が言語障害なしに回復する確率は、男性より高くなります。男性は言語エリアに影響があると、回復の確率が落ちてしまいますが、女性は別の脳の半球で言語情報を処理できるからです。（ネット・メンジョイ「こんなに差があるなんて……男と女の脳の大きな違い」）

このインターネットの記事は、先程の米山とアランビーズ／バーバラビーズの主張とほぼ重なっている。しかし、多少不安もあったので別の学者の文章を探したところ、次のようなものがあったので、取り上げたい。

文字の操作能力は女性のほうが優れている、というのは本当かもしれない。読み書きが女性で優れているという統計的なデータについて、最近、ハイテク機器を使っての支持が現れた。（中略）つまり、女性は、男性とちがって右脳と左脳の両方を使って読み書きをしているのかもしれない。（横浜市立大学教授・医学博士田中冨久子『女の脳・男の脳』）

こう述べながらも脳自体の性差については、慎重な言い回しで次のように述べる。

このような読み書きに関する性差が生物学的なものか、社会的因子によるものかを考察しなければならないが、話しことばよりももっとあとに獲得される能力であることを考えると、やはり社会的因子が大きい可能性が高い。（前同）

このように、この文章では脳による性差のうち言語能力の中の「読み書き」能力についてはやや懐疑的である。しかし、「話す」方については、通説の女性が男性よりも優位であることを指摘しながら、ある程度脳の性差について、ここでも慎重な言い回しながらも、次のように許容意見を述べている。

もしかしたら、この情動に基づく発話に性差があるかもしれない、そして、その背景に、女性の脳が男性の脳よりも情動に反応しやすいことがあるかもしれない、という仮説が成り立つ

可能性に気がついた。（前同）

このように慎重な意見であるが、私の方は実感に近い通説の方に肩入れしたい。

さて、一般的に言って、男脳の要素が強い男子は、「国語離れ」の状態にあり「国語」教材（作品）から遠い、それが全てかと言うとそんなことはない。恐らく「評論」のような比較的論理を要求されるような作品に対しては、韻文や小説等の文学教材（作品）よりも近く感じているのではないかと思われる。これは女子の傾向と真逆である。女子は文学教材（作品）に対しては、近い関係である。

このことは、先程来示してきたように「評論」の世界に対しては枝葉を飛ばしてまっしぐらに結論、結果に突き進む「男脳」そのものの働きが発揮されやすい。一方、枝葉が多く、含みの多い文学教材（作品）に対しては、それを好み、感情移入を果たす「女脳」の方だ。要するに二つの違いというのは、近いか遠いか、感情移入をするかしないかだ。「男脳」はいくら近い関係であっても、必要以上の感情移入をしないであろう。そういう意味では「評論」分野は、そういう傾向を受け入れやすい教材と言えるだろうし、ある意味、その読み方が悪いわけでもない。一方、「女脳」の方は、逆に近い関係になれば、強い感情移入をたやすくするであろうと思われる。当然「文学」分野はそれを受け入れ易い。この中で重要なのは、文学作品に対する感情移入ではないだろうか。

実は、これがあるか否かが、「国語離れ」「活字離れ」等の根にあると私には思われるのだ。

（「国語」雑話26／平成25・8）

5　文学作品への感情移入

文学教材（作品）に対する感情移入というのは、その世界に入り込む、夢中になる、惚れる、というようなことである。この精神作用は逆側から見れば、虜《とりこ》になる、取り込まれる、規制を受ける、さらに言えば、自由を奪われる、といった地点にまで向かってしまうことだってあり得る。いずれにしろ、強く激しい出会いが成立すればするほど、ただならぬ地点に向かってしまうのだ。そういう出会いの可能性を常に持っているのだ。比喩的に言えば、例えば「百人一首」の中の激しい恋の歌が浮かんでくる。

あひみてののちの心にくらぶれば昔は物を思はざりけり（権中納言敦忠）

（あなたと逢って契りを結んだ後の今の心に比べると、逢う以前の恋しい思いは、物思いをしなかったのと同じようなものだったなあ。）

大人の恋愛を知った後の苦しさ、強さ、激しさ。ただならぬ地点に連れて行かれる。こうなったら命がけだ。もちろん逃げることなどできないし、逃げる必要もない地点だ。これは毒であるよりも、魅力のある強い薬といった方が良さそうだ。やがてそれは副作用をもたらすかもしれない。さらに、毒の側に進行していくかもしれない。しかし、今はそうでない。真直ぐな気持ちを詠んだいい歌だ。もう一首、これも後朝《きぬぎぬ》の歌。

君がため惜しからざりしいのちさへ長くもがなと思ひけるかな（藤原義孝）

（あなたのためには、どうなってもよいと惜しくなかった命までも、逢うことのできた今は長くあって欲しいと思うことですよ。）

激しく一途な恋から、地に着いた持続的な恋の思いに変化している。恋する気持ちは同じだが、その性格の変化が鮮やかに詠まれている。恋を得た歓びと純粋な思いが伝わってくる。毒性は感じられない。これもいい歌だ。さらにもう一首。これは、恋の激しさが右の義孝の歌とは違って、蜜を含みながらも結末には死を想定する、いわば毒性の強い歌である。

忘れじのゆくすゑまではかたければ今日をかぎりのいのちともがな（儀同三司母）

（いつまでも、私を愛して忘れまいとおっしゃる、その遠い将来までは頼みにしがたいから、そのお言葉をお聞きした幸福な今日を限りに死んでしまいたいものでございます。）

このように、激しく恋してしまうと、その対象が文学作品の場合であっても、新たな世界が否応なく立ち上がってしまう、という点は同じである。ということは、蜜だけでなく相反する毒の部分も同時に立ち上がってくるということだ。

さて、こういう訳で、文学教材（作品）への感情移入と言うのは、常にこういった魅力の部分と危険な部分を、隣り合わせに持っているのである。だから、必要以上に入り込むわけにはいかないのだ。入り込み過ぎれば、自分の日常生活のバランスに支障をきたす、ということがよく分かっているのだ。そんな不器用は避ける。将来のためには、なるべく「この位のレベルの交際でいよう」みたいな意識のコントロールが働いているのではないのだろうか。臆病と言うよりも、先の事も含めて色々な人生の先がイメージできているのかもしれない、この辺りは。恋愛なら覚めた恋愛、そうでないなら不感症みたいな感じがするのである。

時代や社会との関係からは説明しづらいが、恐らく基本には時代や社会の未来に対する漠然とした不安感が、底流にある。それはまた不安感だけでなく、今述べたように、人生の先のイメージ化もなされているのかもしれない。加えて、情報も行き渡り、おまけに先程述べてきた「癒し」のツール（これは当座の不安は解消してくれる）も手の届くところにある。便利快適の時代である。ことさら不器用に「文学」にも「恋愛」にも囚《とら》われることはない。こういういわば無意識の意識が働いて、生きるエネルギーがセーブされているのではないのだろうか。だから、私達が高校生を覚めている、大人だと感じるのは、こういったことと通じているに違いない。

もちろん、全ての高校生が、また全ての場面で覚めているわけではない。それは例えば、学校行事の文化祭や体育祭、部活動の大会等を見ても、かなり熱いのは間違いない。がしかし、その熱いエネルギーも発揮しているのは少数派で、おまけに断片化している。総体として我々に、（大袈裟だが）時代を動かしていくのを感じさせるような、強い内発的な力で伝わってこない。

むしろ、社会、マスコミ、大人達がこぞって熱い高校生をかなり意識的に作り上げているような感じさえしてしまう。例えば昨今、「〇〇甲子園」と題して、後援したりする場面が多くなった気がするが、これは大会関係者が作るのではなく、特に一部マスコミや企業等が作るのである。がこれも、大人や社会の意向をマスコミや企業等が後押し（後援）して高校生にエールを送っていると考えれば、何も決して悪いわけではないのだが……。

恋愛で揺さぶられ無事で済まなくなる、文学の毒に当たって社会と折り合わなくなる、といったような世界は、「そうしよう」と求めて作るものではないが、そういうような真剣さや激しさは、あってもいいではないか。こんなことを感じるのである。

（「国語」雑話27／平成25・8）

6　高校生の短歌（その1）

さて、ここまで、暗い話題の提供になってしまったので、ここからは少し明るい、というより楽しく、面白いようなことを取り上げて行こうと思う。ここから後半部に入る。「変わらないこと」という題で、普通の高校生の日常的な思いを表現したもの＝高校生の短歌を取り上げる。これは過去二、三十年位の間に、国語の授業時に幾つかの高校（四校）の生徒（一～二年生）が作ったものである。ここには、等身大の高校生の姿がよく見える。そして、その姿は何年経っても少しも変わっていない。今からそれをテーマ別に示していきたいと思う。

テーマは「1．自分・身体・お腹」から始めて「2．家・家族」「3．土地・地域」「4．家と学校との間・路上・通学路」「5．学校」「6．授業・勉強」「7．学校生活」「8．部活動」「9．友達」「10．自然・季節」「11．社会・時代」「12．言葉遊び」「13．番外編――短歌創作」という分類である。また、その順序は見てわかるように、自分↓外部へ少しずつ広がっている。

1．自分・身体・お腹

①山に咲く花達のように風に吹かれ和やかにして生きていきたい（平4・城北工）
②涙にはしょっぱい味塩の味塩辛の味感動の味（平4・城北工）
③目をつぶり口を閉ざして耳塞ぎ感じてくるのは時の鼓動（平6・藤西）
④こんなにねやなことばっか次こそはきっとくるよあったか太陽（平19・金谷）
⑤夕食でカレー食べればもう一杯欲が出る出る腹が出る出る（昭62・城北工）

⑥マヨネーズカレーにかけるとマジうまい皆も一度お試しあれ（平6・藤西）
⑦グーと鳴る早く食べたい何がいいご飯とパンのどっちがいいか（平11・藤西）
⑧太るけど間食止めずに食べている後に残るは後悔だけだ（平11・藤西）
⑨ダイエットやろうとしても続かないお菓子食べなきゃ生きていけない（平11・藤西）
⑩サークルKお腹減るから寄ってくのお腹満腹財布空腹（平20・大井川）
⑪やせたいなやせたいやせたいやせたいな後3キロのでっかい壁（平23・大井川）

①〜④は、特にどうということもない、ありふれた人生の思いが詠まれている。この種の歌は比較的少ない。それは、この種のテーマは実感が表現されにくく抽象的になり過ぎて、歌にしにくいのかもしれない。当然のことだと思う。それに対して⑤〜⑪は、何と実感的で分かりやすいのだろう。食欲は生き物の成長の、言わば原点である。それと太り過ぎの心配や不安のせめぎ合いがテーマだ。ところで以前私は、女子高生と雑談でネタがなくなりそうになると、よく食べ物のことを話題にした。大体において、その話題は盛り上がって、コミュニケーションの目的は十二分に果たせることが多かった。食べ物ネタというのはそういう効果を持った素晴らしいネタである。

2．家・家族

①外は冬寝ている猫は膝の上食後のひと時一家だんらん（昭61・城北工）
②厚着してコタツにもぐりかたつむりこれで完成ミカンがあれば（平6・藤西）
③お正月コタツでミカン最高だいっぱい食べて手が黄色だよ（平11・藤西）
④久々に早起きをして見たものは弁当作る母の姿（昭61・城北工）
⑤お母さん鏡の前で厚化粧私もいつかそうなるのかな（平6・藤西）

⑥ねえちゃんはよそ見をしててどぶに落ちさすがだねえちゃんケーキは確保（平11・藤西）
⑦お母さんデズニーデズニー連呼するデズニーちゃうがなホントはディズニー（平19・金谷）
⑧雨が降りばあばの車で学校へ行進曲はもちろん演歌（平19・金谷）
⑨お帰りと返してくれる家族達あとどれ位返ってくるかな（平23・大井川）
⑩お母さん讃岐うどんを作ってみたが完成したのは手抜きうどんだ（平23・大井川）

①〜③、「コタツ」「ミカン」「猫」「だんらん」、冬の家庭での話題は、こういう言葉が定番だ。かなり大勢が、これらの言葉でこの話題を書いている。④〜⑩は家族の一員がそれぞれ登場している。やはり、「お母さん」が取り上げ回数一位である。もちろんここに取り上げてない「お母さん」の姿もかなりある。それに対して「お父さん」の方は、残念ながら何百首以上（たぶん千首以上）の中でせいぜい一首か二首位しかなかったような気がする。まあ、「お父さん」というのは、いずれにしろ高校生の日常の話題にならない、そこから遠い存在の人ということなのだろう。一方「お母さん」の方はここに上げた歌だけ見ても、存在感を強く示しているのがよく分かる。子供の側がそれに取り込まれていることも。⑥「ねえちゃん」と⑧「ばあば」も登場するが、いずれも女性で、「おかあさん」のヴァリエーションといった感じだ。

（「国語」雑話28／平成25・8）

7　高校生の短歌（その2）

「男」はどこにいった？「雑話23」で、子供の居場所が家庭にないと述べて、そのことを「不全状態」と述べたが、これらの歌から、「家庭」の中に居場所がないのは「子供」であるより、「男」の方、さらにはっきり言えば「父親」ということかもしれない。問題なのは、「男」「父親」が敬して遠ざけられているということではなく、存在が、影が薄くなっているということであろう。しかし、今この場は歌である。歌だと健康的で明るい雰囲気が漂うことが多い。狂歌や川柳のような笑いがが見られるのである。歌の効用だ。

3．土地・地域

①田舎者かっこつけてもすぐわかるお前の靴には泥付いている（昭62・城北工）

②誰もいない知波田駅にて電車待つここはさいはて湖西市岡崎（平4・城北工）

③引佐を湖西の奴に田舎だと馬鹿にされるのが我慢できぬ吾（平4・城北工）

④豊田町牛も歩けば田圃もある田舎道ゆえガタガタ道（平3・城北工）

⑤北風は身体にきくぜ姫街道ガッツで行こうぜカバゆうじ（平3・城北工）

⑥磐田原登りくる日の影にして大天竜の白き帯あり（平3・城北工）

⑦授業中眠くて外を見る私空の下には蓮華寺さん（平6・藤西）

⑧蓮華寺池藤が咲けば有名にいつもはただの底なし沼（平6・藤西）

⑨静岡はおでんおいしいところだよはんぺん黒いよすごいでしょ（平20・大井川）

①〜⑥は城北工の生徒の歌である。城北工とは浜松市にある工業高校である。男子高である。ただし、私が勤務した終わりに近い頃（たぶん平成四年頃）には女子も数名入るようになってきた。その後の事は転勤で藤枝に高跳びしたので知るところではないが、いずれにしろ、私が担当したクラスは全て男子であった。場所は、今述べた浜松の駅から北へバスで20分位のところにあった。実

業高校なのでかなり遠方からも生徒は通ってきていた。②～⑥いずれも地名が上がっているが、いずれも浜松周辺部の遠方に当たる。

②の「知波田駅」、恐らく我々近辺の人でこのような駅の名前を知っている人はいないだろう。浜名湖の西、湖西市にある天竜浜名湖鉄道（以前は「二俣線」と言った）の小駅だ。ややおどけて自虐的に「さいはて」などと言っているが、電車の乗り換えもあり、浜松まで通うのは確かに大変だ。③の「引佐」は「浜松」からは「湖西」の方と比べれば確かに近い。浜松市郊外の北方、浜名湖東北部辺りにある町だ。まあ、いずれにしろ歌でこのように書くと、先程述べたように笑いが生まれるので、暗くならずカラッとする。言葉の応酬の遊びのような雰囲気が漂ってくる。この辺の歌を詠んだ生徒は、今でも何人かは思い出すことができるが、いずれも純朴で人懐っこい工業高校生であった。

④の「豊田町」というのは、浜松のすぐ東にある町だ。八年前に磐田市と合併して磐田市となったが、以前からＪＲの東海道線豊田町駅がある。確かにまだ田圃はある。⑤「姫街道」と言うのは浜松の中心部から北西に延び、その後浜名湖北岸を迂回し、愛知県の御油《ごゆ》（豊川市）に抜ける街道である。江戸時代五街道の一つである東海道の脇往還（脇道）として利用された。⑥「磐田原」は磐田市北部の台地を言い、「大天竜」は「天竜川」のことである。いずれにしろ、ローカル色の濃い地名が沢山並んでいて、楽しくもあり、懐かしくもある。

⑦～⑧は「蓮華寺」の話題だ。周知のように、藤枝西高は移転前は女子高で、この池の隣に校舎があった。そんな訳で生徒も職員も、自分達の庭のように何やかやと利用した。さすがに生徒のマラソンコースとしての利用は、公園利用者からの苦情があり、私が赴任する前には既に取りやめと

なっていたが。
⑨は今では焼津市の、大井川高校の生徒作なので焼津の「黒はんぺん」が上がっている。この「黒はんぺん」は、地域の特産品として全国的に知られている。ちなみに、私も好物である。こういった地域や土地にまつわる話題は、歌がいいとか悪いとかいうよりも、その名前の持っている力＝呪縛力みたいなものがそこにあるのではないかと思う。

4．家と学校の間・路上・通学路

①坂道でライト点けると足を出し巻き込まれて顔面ブレーキ（平元・城北工）
②登校中スピードいつも出しまくるまるで毎朝マラソン大会（平3・城北工）
③朝寝坊死ぬ気でチャリを走らせろタイムリミット後八分（平11・藤西）
④朝寝坊自転車急いでこいだけど意外と余裕で着いて損した（平20・大井川）
⑤カッパ着る雨が止んだらカッパ脱ぐ脱いだ途端に雨ザーザー（平20・大井川）
⑥チャリこいで遅刻ギリギリ駐輪場ドミノ倒しで遅刻決定（平23・大井川）

このテーマに関する歌は多い。自転車通学で遅刻しそうになり、慌てるというのが、その主なものだ。歌として多いということは、当然生徒達の関心が大変高いことを意味している。特に若者は、自分の行動として時間ぎりぎりを好むような気がする。若者でなくてもそういう人は多いから、そういう人はそういう性分の人だと思う。そういう意味では、若者という時期がそういう性分の時期なのかもしれない。これは例えば、若者は待つのが苦手ということとも通じている気がする。

（「国語」雑話29／平成25・8）

8　高校生の短歌（その3）

5．学校

①土曜日は学校来ても三時間早くなれなれ週休二日（平元・城北工）
②大掃除たった一時間そのために二時間かけて学校へ来る僕（平4・城北工）
③西高の校舎を見て驚いた触るな落ちると書いてある窓（平6・藤西）
④西高は女ばかりの楽園だだからいつでも動物園（平6・藤西）
⑤メンソーレまた行きたいな沖縄に今度はきっと新婚旅行（平6・藤西）

①「週休二日」への期待感が詠まれている。まだ五日制は成立していないということがわかる。③「西高の」古い「校舎」はあちこちボロボロであった。④まあ、ある意味で「動物園」かもしれないが、しかし天使のような面もある。そういう二面性が見られた。これはこれで、生徒も職員も居心地が良かったかもしれない。

6．授業・勉強

①珍しく真面目に授業聴いている心に沁みる赤点四つ（昭62・城北工）
②テスト前遊んでばかりのお兄さん初めまして私は赤点（昭62・城北工）
③秋の空見上げてみれば真っ赤な夕陽赤は嫌いだばかやろう（昭62・城北工
④肩凝った腰も凝ったよ目も痛い心底嫌だ電気のレポート（平2・城北工）
⑤国語社会理科英語数学技Ⅱに技ⅠＡＢ最後の決め手は電気基礎（平3・城北工）

⑥赤信号みんなで渡れば恐くない恐いのは一つ赤点の数のみ（平4・城北工）
⑦授業中起きていても分からない眠っている人はどうするのかな（城北工）
⑧ああ眠い学校妥協駄目ですかネムネムの実を食べた気分だ（大井川）
⑨教室で寝ている俺を置いていく授業という名の新幹線（平20・大井川）
⑩友は言う化学は少し苦手だと私は思う全て苦手と（藤枝西）

このテーマでは主に二つの事が話題になっている。一つは赤点への不安や恐怖。二つ目は授業が眠いということである。それにしても、城北工の生徒は赤点不安・恐怖の主旨の歌の数が多い。この場合でも歌にしてしまうと、そうして開き直ってしまうと、または自分を突き放して捉えてしまうと、胸のつかえが取れるような感覚を味わうことができるのだろうか、やはり、暗くない。歌にすると陽性になる。笑いになる。そうしたら、前向きな覚悟を決められるに違いない。歌の力である。④～⑤には工業科目の名称が上げられている。実にリアルである。やはりこの場合も歌の良い悪いはあまり問題にならない。

⑦～⑨の授業中眠くなるという主旨の歌も大変数が多い。授業の場にいればよく分かる。途中でダウンするのはほとんど男子である。恐らく、その前の①～⑥もそうだが、全て男子生徒の歌であろう。こういう開き直りができるのだから、少し修業をすれば創作短歌など得意になるはずだ。特に①②③⑥辺りは歌のセンスも多少はありそうだ。しかし、残念ながら彼らはそういう方向にあまり積極的に興味を持たないようだ。

7．学校生活

①冬休み終わってみれば丸坊主何をしたのかみんなに聞かれる（平2・城北工）

②走るたび流れる鼻水最悪だマラソンなんて早く終われ（平11・藤西）
③おいお前短すぎるぞスカートが違うよ先生足が伸びたの（平20・大井川）
④昼休みのんびりぽかぽか良い時間休み時間よ長くなれ（平20・大井川）
これらの歌も決して良くできた歌ではない。しかし、みんな成程とうなずいてしまう。

8．部活動

①走ってる夕日に向かって走ってるあれは野球部甲子園への道（昭61・城北工）
②暑い日にカキーンと鳴るグランドで甲子園目指しヘッドスライディング（平3・城北工）
③部室来て食って寝るだけすぐ帰るあいつの名前はくうねるかえる（平2・城北工）
④燃える赤夕日に映える燃える赤燃える闘魂ぼくは大好き（平3・城北工）
⑤天高く純白の球今日ぞ飛ぶ捕ろうとしたらああ落球（平3・城北工）
⑥毎日を走ることを目標に今日は達成明日はどうかな（平19・金谷）
⑦部活動毎日あって大変だけど好きだから止められない（平19・金谷）
⑧大井川吹奏楽部演奏会チケット売りますみんなで来てね（平20・大井川）
⑨さあ部活必死にこいだチャリンコで体力使って部活でお昼寝（平20・大井川）
⑩筋トレを頑張る俺の姿見て弟言ったなんかキモいよ（平23・大井川）

部活動だと詠まれているのが圧倒的に野球部が多い。部活を外から見て詠んだ歌も少しはあるが、詠み手は、基本はその部員である。では、なぜ野球部は詠みやすいのか。他と比べて競技として様々な要素が混じっているので、歌にしやすいのだろう。すなわち、「絵」にしやすい。さらに言えば、ドラマとして見出しやすい。そんなことを感じるのである。（「国語」雑話30／平成25・8）

9　高校生の短歌（その4）

9．友達

①秋が来て熱き思いも今は醒め今は一人で海を眺める（昭62・城北工）
②紅葉も私の目には映らずに前の景色はにじんでゆくだけ（昭62・城北工）
③白い浜二人残した足跡が思い出残し砂に埋もれる（平2・城北工）
④やさしさを君にそそいだ一ヶ月君は恋人僕は友達（平2・城北工）
⑤友達でいようと誓ったその日から彼女をめぐって宿敵ライバル（平3・城北工）
⑥会えないと寂しいくせに会う時は意地悪ばかりする私（平6・藤西）
⑦バレンタインなぜかこの日は男の子髪型きまってやけに親切（平6・藤西）
⑧秘密だよ約束したのに次の日はみんなが知ってる腹たった（平6・藤西）
⑨らぶめーる何度も推敲繰り返すハートの数より愛しています（平20・大井川）

①③④⑤⑥⑨等、異性に対する恋心が詠まれているのが多い。それも大抵実らぬ、不如意（思いのままにならないこと）な恋である（そうでなければ歌になり難い）。そして、この世界にくると、皆甘い表現や調子が多くなる。ちょうどメロドラマの時に、甘い旋律のバックグランド音楽が流れるかのようである。恐らく、詠み手もそういうことは分かっていて、わざとそのようにして楽しんでいるのだろう。

⑧は、純粋に友達ネタである。面白い。ありそうな話だ。

10．自然・季節

①天気予報いい加減な降水確率50％はどうすりゃいいの（昭62・城北工）
②窓の外今年も来たぞ風小僧今年は兄貴か弟か（平2・城北工）
③春の山ひらひら舞ってるもんしろちょう遠くに見えるは桃源郷（平2・城北工）
④学ランのカラーを冷たく感じればもうそろそろ冬の訪れ（平2・城北工）
⑤早く来い春よ来い来い早く来い霜焼け早く治してくれよ（平6・藤西）
⑥冬の朝友と二人で学校へ霜のじゅうたんキラキラ光る（平11・藤西）
⑦天気予報雪が降ると言うけれど絶対降らない静岡県（平20・大井川）
⑧春がくる喜びあふれる受験生またあの季節がよみがえる（平20・大井川）
⑨春になり花粉の季節やってきた家の周りは杉の木だらけ（平19・金谷）
⑩花粉症つらくてマスクしてみるが新たな問題メガネが曇る（平19・金谷）
⑪雨降る前頭がガンガン偏頭痛私の頭は天気予報（平19・金谷）
⑫花粉さん今年も来たねこんにちは家族そろってみんなでクシャミ（平20・大井川）
⑬春が来る嬉しいけれど嬉しくないだって私は花粉症（平20・大井川）

⑨～⑫「花粉症」に関する話題であるが、これも大変多い。これは今や春先の国民的病であろう。大人も子供も、大勢罹《かか》る。世代別では特に二十歳代～三十歳代の罹患《りかん》率が高い。一方老人の方は、かなり罹患率が低くなっている。老人が低いことについてインターネットで幾つかの記事を調べてみると、和食を食べてきた老人は、免疫機能が高いからというものから、その逆の免疫力が低下しているからアレルギーになりにくい、まで色々と書かれている。この理由づけについては素人の私

にはよく分からない。しかし、健康食品として注目されている「和食」が良いというのは、誰が言っても当たっていそうな気はする。

余計なお世話かもしれないが、皆も日本食を意識的に食べるようにした方がいいかもしれない。私?私は現在では和洋とりどりだが、小さい頃は魚ばかり食べていた気がする。花粉症も、学生時代(二十歳頃)東京で少し通院したが、静岡県に戻ってきたらじきに軽くなってきた。そのうちに、いつの間にか治っていた。ただし正確に言うと、私のは通年性のアレルギー性鼻炎であり、花粉の舞う季節の、季節性アレルギー性鼻炎である花粉症と同じではない。つい余計なことを書いてしまった。本題とはあまり関係がなかった。

さて、①~⑧だが、ここでは「春」と「冬」の季節しか出てこない(全体を見れば他の季節もないわけではない。)それは大体制作時期が三学期頃に集中するからであろう。

(「国語」雑話31/平成25・8)

10 高校生の短歌(その5)

11. 社会・時代

①保険掛け車に飛び込む元気な子行って来い来い大霊界へ (平2・城北工)

②子供達いつまで経っても家の中時代を変えたファミコンゲーム (平2・城北工)

③大気汚染水質汚濁に森林伐採滅びの道ゆく我等人類 (平2・城北工)

④大相撲とても強いぞ貴花田もっと頑張れ若花田 (平3・城北工)

⑤舞の海若貴よりも華やかに小細工ならば相撲界一（平3・城北工）
⑥日米で貿易のこと話し合ういくらやっても解決しない（平3・城北工）
⑦お年玉今年はいつもと桁違いここにもバブルの面影がある（平4・城北工）
⑧国連の常任理事国なりたくてPKOで国会もめる（平4・城北工）
⑨金まけば丸く収まる政治ならオレ達だってできるじゃないか（平4・城北工）
⑩新校舎いまだに場所がわからない道に迷って遅刻するかも（平11・藤西）
⑪大地震津波原発いつの日か恐くない日が来るといいのに（平23・大井川）
⑫東北の新たな夜明け願う日々朝日が照らす末の松山（平23・大井川）

この項のテーマも歌自体の良し悪しはあまり問題としていない。何よりも、時代やその時代の社会を表すような言葉が使用されているので、それらとの絡みで考えると面白いと思われる。

①「大霊界」——今は「大霊界」に旅立ってしまった丹波哲郎の、映画や文章で流行った。②「ファミコン」——一九八三（昭和五八）年、任天堂が作った家庭用ゲーム機。やはり流行った。子供の世界を大きく変えた。③環境汚染・破壊は開発と隣合わせ、今でも解決しない。むしろ、深刻になってきている。

④「貴花田」「若花田」の二人の兄弟横綱の活躍があった。「貴花田」は「貴ノ花」に「若花田」は「若乃花」に名前を変えていった。芸能人絡みの話題でも賑わった。⑤「舞の海」という、小柄で牛若丸のように敏捷な力士もいた。昭和から平成になるに従って力士の大型化が進む中では、現役時代一七〇センチ、九六キロは超小兵《こひょう》力士である。一九九六（平八）年、体重差二〇〇キロの小錦と対戦し、小錦が舞の海に倒れ込んで左膝を損傷する大怪我をした。休場した翌年一九九七

（平九）年復帰を果たしたが、怪我が尾を引き、現役引退となった。ニックネームとして「平成の牛若丸」「技のデパート」というのがあった。

⑥日米貿易摩擦――戦後一九五〇（昭和二五）年頃から恒常的に起きている日米の貿易問題。特に一〇八〇年代自動車・半導体・農作物等の分野で摩擦が生じ、その後一九八五（昭和六〇）年、アメリカの対日赤字が大きく膨らむことによって、摩擦は沸点に達し、所謂《いわゆる》ジャパン・バッシングが起きてきた。そう言ったことが背景にある。⑦バブル崩壊は一九九一（平三）年である。

⑧ＰＫＯとはPeace Keeping Operationsのことである。訳すと国連平和維持活動、すなわち、国際紛争地域に対しての平和維持活動を言う。従って、出された法案はこれに協力していこうというものだ。事の発端は、湾岸戦争の後、欧米列強から日本に対する国際貢献が強く求められるようになってきたというところにある。当時の自民党政権がＰＫＯ協力法を国会に出したのだが、衆参ねじれ国会状態であったため、審議は大きく揺れ動いたのだった。反対派は牛歩戦術や議員総辞職等の戦術をとって阻止を試みたが、結局一九九二（平四）年に参議院修正案が可決成立した。この間の国会の激しい鍔迫《つばぜ》り合《あ》いのことを、この歌は詠んでいるのだ。

⑨自民党の大物政治家で、政界のドンとも言われた金丸信は一九九二（平四）年、東京佐川急便から五億円のヤミ献金を受けたことが発覚。他に脱税容疑や不正蓄財も見つかり逮捕される。「金まけば丸く……」としゃれた歌だ。

⑩藤枝西高。校舎移転、男女共学となったのは、二〇〇〇（平一二）年。⑪⑫三陸沖地震津波（「東日本大震災」）は二年前二〇一一（平二三）年の三月。まだ記憶に新しい。

（「国語」雑話32／平成25・8）

11　高校生の短歌（その6）

12．言葉遊び

①お魚をくわえたドラネコ追いかけてサイフ忘れるサザエさん（昭62・城北工）
②イカ売りがイカ売りに来て車がイカれイカりまくって帰るイカ売り（昭62・城北工）
③楽しいなランランランラララランパンダの名前ランランなんだ（昭62・城北工）
④レレレのレお出掛けですかレレレのレレレレのおじさん唯一のせりふ（平2・城北工）
⑤ゴホンと言えば龍角散オギャアと言えばパンパースああ今日も天気は快晴（平2・城北工）
⑥金太郎何者ですか誰ですか妖怪ですか化け物ですか（平3・城北工）
⑦げつようびかようびがきてすいようびもくきんどうとつぎはおやすみ（平3・城北工）
⑧おどろき桃の木さんしょうの木ブリキにたぬきに洗濯機やってこいこい大巨神（平3・城北工）
⑨タンスにゴン臭わないのが新しい亭主元気で留守がいい（平3・城北工）
⑩新聞紙上から読んでもしんぶんし下から読んでもしんぶんし（平4・城北工）
⑪しんぶんし下から読んでもしんぶんしトマトもそうだだからどうした（平6・藤西）
⑫ねむたいなあねむたいなねむたいないっぱいねてもねたりない（平19・金谷）
⑬クロワッサンとても美味しいクロワッサン美味しい美味しいと食べるクロワッサン（平23・大井川）

⑭この髪は神の髪って紙に書くその紙をカミキリムシが噛み千切る（平23・大井川）

短歌を作るのは難しくない。ともかく何でもいいから五七五七七の音数に合わせさえすればいい、何だっていい。作っているうちに快感に変わっていく……。というような誘い文句を使って、短歌の垣根を超えさせようと意図して、短歌創作の授業を度々行ってきた。その作品の記録の一部が今上げている歌の数々だ。その意図は成功したのだろう。

こんな軽い言葉遊び風の語が次から次へポンポンと飛び出してくる。

13．番外編——短歌創作

①短歌など書きたくないのに書かされて頭かきかき指折り折り（昭61・城北工）

②雨なのにできるまで帰さんと悪魔のような国語の先生（平2・城北工）

③後一つ短歌できれば帰れるぞ早くしないと放課後居残り（平3・城北工）

④分からない思いつかないつまらない短歌分からんもう諦めた（平19・金谷）

⑤短歌書けいきなり言われて書けるかと思っていたら一つできた（平23・大井川）

⑥後一分残り時間は後僅か短歌の神様力を貸して（平23・大井川）

嫌だと言っても音数にハマりさえすれば良いのだ。何でも材料になる。その体験が重要なのだ、とりあえずの創作体験は。垣根を越えることだ。まあ、しゃべり言葉を音数に合わせればいい、という言い方もできるかもしれない。

短歌の授業は、創作以外に例えば俵万智等の現代歌人の歌を取り上げて、空欄を作り、そこに適する語をあれこれ想像して埋めていくという授業、言わば「空欄穴埋め方式」授業、これを何度か手掛けている。これはこれで大変面白い。別の機会に取り上げたみたい。

＊

以上、少しは明るくなったであろうか。これらを見れば「国語離れ」などどこ吹く風と思うに違いない。正にいつまでも「変わらない」、高校生のテーマであろう。生きている「今」がゴロゴロ転がっている。

そして、こういう言葉を高校生がごく普通に発しているということは、私達を十分明るい気持ちにさせてくれる。

14. 補足．番外編のさらに番外編

①甘いやら苦いやらのバレンタインもらったチョコはメイドイン不二家

②おでんの具ダイコンタマゴアゲハンペンコンニャク牛スジチクワで丸

③ネバネバはオクラにメカブイカ納豆まだまだあるぞ健康食品

④雪印恋人不二家であかふくだ地鶏吉兆最後は中国ギョウザ

付け足しは、生徒の歌に喚起されて私も作ってみたものだ。作っていくと快感になることを証明してみた。軽いノリだが、ふざけているわけではない。

（「国語」雑話33／平成25・8）

第Ⅱ部

高校生の俳句・川柳

1

高校生の短歌は、「『変わったこと』と『変わらないこと』続」の題で「国語雑話28〜33」で既に紹介し、併せて感想もそこで述べた。それにならって、今回は高校生の「俳句」や「川柳」といったところを紹介したいと思う。

題では「俳句・川柳」とまとめてみたが、それは、その二つにあまり境界線がないので、創作するのにもそこは気にしないで行くということなのである。

専門的には、「川柳」には季語がない、切れ字がない、詠む対象は人事的なことであるといったようなことが、違いとしてあるにはあるようだ。また「うがち」「おかしみ」「かるみ」というのが川柳の三要素としてあるようだが、ここでの扱い方は、あくまで五・七・五音に合わせた短い文学形式、といった程度の理解を元にしている。

さて、ここでも「短歌」の時の分類の仕方（一部分修正あり）で分類しながら見て行こうと思う。まず1．のテーマは、「自分・身体・お腹」であった。

1．自分・身体・お腹

①暇なとき辞書引く言葉はエッチなこと（昭和62・城北工）

②今はただ自分探しに待ちぼうけ（平成10・藤西）

③桜舞う水面に揺れる乙女心（平成10・藤西）
④友達とお腹すいたねそればっか（平成10・藤西）
⑤四時間目嫌いな訳はお腹すく（平成17・金谷）

短歌作成の時には、中身をああせよ、こうせよ、という要求はほとんど私の方からは出さなかった。それは、内容がどうであっても、ともかく五七五七七という形に言葉を当てはめていくところに主眼を置いていたからであった。そして、それはその都度なし遂げられていたように思う。

一方、「俳句・川柳」となると、形式が「短歌」より短くなって、基本は五七五音だけだ。これだけ短いと「短歌」と同じように、その音数に当てはめる努力などは必要ないように思われる。ともかく一つの事を言いさえすればいいのだ。形など考えなくても形になってしまうのだ、この短形式の表現は。だから自ずと内容勝負の創作になるのではないだろうか。こういったことが、創作における二者の違いとしてあるのではないだろうか。

だから、ここで上げた「俳句・川柳」の方が、「短歌」よりも、中身においては濃いのではないかと思われる。ここに取り上げたのは総数二〇〇〜三〇〇程度の句がベース（そこから選んだ）となっていて、「短歌」のベースよりははるかに少ないとはいうものの、「短歌」に多くあったあの「言葉遊び」は非常に少ない。このことも、こちらの方が中身勝負であることを物語っているような気がする。

さて、ここは「1．自分・身体・お腹」とくくってあるが、この中で「お腹」という語が、何だかそれこそお腹が出るみたいに少し出っ張った感じを受ける。ここは「食欲」とか「ダイエット」とかいう語を当てても良かったかもしれないが、「お腹」はそれらより少し広い範囲を表す語なので、ここでは使用している。④⑤特に、若者がお腹がすくのは誠に当然のことであって、すかないようでは困るわけだが、当然この本能的な出来事への関心を詠んだものが多いのはうなずける。「短歌」にも「俳句・川柳」にも、どちらにも多い。形式がどうのこうのは関係ないテーマだ。①もまた若者として当然のことを詠んでいる。④⑤よりも秘密めいた感じがして、句としてはこちらの方が面白いだろう。以下2～11までである。

2．家・家族

①冬の日はこたつの中でかなしばり（昭和62・城北工）
②弟に宿題やらせテレビ見る（昭和62・城北工）
③テスト前鉢巻しめてテレビ見る（昭和62・城北工）
④子供より親がはりきる子の行事（平成17・金谷）
⑤昔は何でもできたと父が言う（平成17・金谷）
⑥うちの犬人間よりも金かかる（平成17・金谷）
⑦ブリ食べて早く父さん出世して（平成17・金谷）（12・とも）
⑧ハイハイと軽い返事に重い腰（平成17・金谷）

①この種の「短歌」もかなりあった。この「俳句・川柳」とどう違うか。今から比べてみる。まず「短歌」は、例えば「厚着してコタツにもぐりかたつむりこれで完成ミカンがあれば」というのがあったが、この歌の上の句だけを取り出せば、ちょうどこの場合の句とほぼ内容的に重なる。すなわち、句の方は「冬の日はこたつの中でかなしばり」である。確認のために短歌の上の句を抜きだしててみる。こちらは、「厚着してコタツにもぐりかたつむり」である。では違いはどこにあ

るかだが、当然「短歌」の方はこの後下の句が付いている。「これで完成ミカンがあれば」である。結論は、だから、情報量の違いにあるということがよく分かる。少ない情報量の中で完結するのか、情報量を増やして新たな世界を作るのか、の違いである。

（「国語」雑話34／平成25・9）

2

しかし、違いがこれだけのことなら話は簡単である。そう、話は簡単ではない、少し本質的なことに近くなってくる。というのも、例えば情報量が少ないならば、そのことによって詠み方の性格が、多い場合と比べて制限される——ということがある。分かり易く言えば、「俳句・川柳」の場合、多くを語ることは最初から断念せざるを得ない。自ずから、少ない情報で言わんとすることを示さなければならない。表現は自然と情報量の多い「短歌」と比べて、象徴的にならざるを得ないだろう。すなわち、「短歌」よりも説明的でない表現に。だから、何がどうしたとか、こういう思いがこういうこととぶつかったとか、様々に自分を巡るドラマを「短歌」が作ることができるのに対して、「俳句・川柳」はその逆を行くということである。「ドラマ」に対して非「ドラマ」みたいな感じだ。

「短歌」と「俳句」の違いについては、「俳諧における多極化された自我、あるいは非人称性とは、（中略）俳諧には短歌にみられるような一元的統覚者はいないのである」「俳諧の主語はつねに自己ではなく他者である。」「短歌の言葉が人の心理に向かうベクトルを持っているとすれば｜俳句は自然の物理に向かうベクトルを持っている」（鎌田東二「自我の他在――あるいは非-私の文学としての俳諧」）という指摘が面白い。

さらに鎌田は「短歌」の下の句について、「『七七』によって、短歌にはまとわりつき、ゆるやかに流れるような情調が生まれ、その情調の統覚者が姿を現す」（前同）と述べているが、これは恐らく、「短歌」の定型表現としての安定性の意識がその前提になっているだろう。定型表現としての安定性というのは、五七五七七には日本語としての自然なリズムがあるというようなことである。我々日本語を使う者の感性には、表現として収まりがいいというか、しっくりくるのである。逆に言えば「俳句」の方はリズムとして何かしっくり収まらないものが生じてしまう、ということである。

この辺の事まで考えてくると、単に情報量の違いなどと言う単純なレベルの話でないことが分かってくるであろう。しかし、ここはこれ以上の深入りは止めておく。この文章は学術論文的な要素もあるが、基本は高校生に様々な問題や課題の入り口辺りが示されれば良いと考えているからだ。

さて、②③は「テレビを見る」話題だが、句としては③の方がよくできているのではないかと思う。なぜなら、②の方はあまりに常識的な内容であるからだ。一方、③の方は第二句まで盛り上がった気分が、第三句にきてガクッと肩すかしを食う。こういう緩急の付け方（「オチ」の付け方）が、上手いと思う。こういうテクニックは特に「川柳」なんかは常套手段だ。

④～⑧は面白くはあるが、これは「オチ」ではない。ありそうな話なので、フムフムなるほど、という相槌まではいくが、そこで終ってしまう。もちろんこれらの句は、それなりに物事を観察していてよくできているとは思うから、相槌だけでもいいとは思うが、少し力は弱いように思う。

ところで、この「俳句・川柳」の第二テーマ「家・家族」の話題には、「短歌」ではあんなに沢山あった「お母さん」が登場してこない。これはどうしてだろう。この辺にも何か、「短歌」と「俳句・川柳」との違いの重要なことが隠れているのかもしれない。すなわち、説明する世界だと母が登場し、説明しにくい世界だと「母」は登場してこない。「母」の姿というものは、あまりに現実世界にいて、様々な顔と存在感を持つがゆえに、説明するのに相応《ふさわ》しく、短い言葉の世界にはなじみにくいのだろう。先程の引用文「短歌の言葉が人の心理に向かうベクトルを持っている」というのは「説明する世界」を示しているのであって、この場合、正にこの「母」のことを言っているのである。

一方、先程の説明の続きに「俳諧」には「一元的統覚者はいない」とか「俳諧の主語はつねに自己ではなく他者である」という表現があったが、そもそも「母」との関係は直接的であり、他者の目を通す必要を感じないのだろう。だから「俳句」には取り込みにくいのだろう。特に高校生の年齢ということを考えればであるが。こんなことも言えるような気がする。

「俳句」の方が、説明的でない、直接的でない、主語は自分でなく他者である、というような定義を今示しているが、そうして改めて見直してみると、⑤〜⑧に取り上げられている登場人物達（犬もいるが）のキャラクターは、ある意味で現実の説明対象としての家族であるよりも、何か一度抽象化されて作られた上での姿に見えてくる。その分リアリティーは薄れるが、まとまりはついているように思う。

（「国語」雑話35／平成25・9）

3

3．土地・地域

①藤の花咲くときれいな蓮華寺池（平10・藤西）

前の方にも書いたが、この「俳句・川柳」は二、三百句程度が材料となっている。だから、それぞれのテーマの中に収めた句の数も、自ずから「短歌」を取り上げた時と比べて少なくなっている。その中でも特に少ないのが「3．土地・地域」である。全部の中で、地名に関する句はこの一句だけであった。恐らく、この短い形の中に地名という情報は存在感が強すぎるのだろう。強すぎて句としてまとまらないということなのだろうと思う。この句も特にいいわけではない。

4．家と学校の間

①飛び出して白い車とラブシーン（昭和62・城北工）

②雨が降るカッパを着たら雨が止む（昭和62・城北工）

①②この主旨の短歌も多かった。この「4．家と学校の間」というテーマはどういうわけか短歌の方との違いをあまり感じない。①「ラブシーン」という表現は良い。

5．学校・学校生活

①水泳が楽しくないぞ男子校（昭和62・城北工）

②クラス替えどうでもいいのが男子校（昭和62・城北工）

③二、三日姿を消すと丸坊主（昭和62・城北工）

④遅刻して説教されてまた遅刻（昭和62・城北工）
⑤刀狩りそれが今ではクツ下狩り（平成10・藤西）

①②よく分かる。③生徒指導で謹慎。④遅刻の癖はなかなか治らない。同じ者が繰り返す。思えば、延々と遅刻指導してきた記憶がある。⑤これは時代を感じさせるので、「社会・時代」の項に入れても良かった。今では説明しないと分かり難いかもしれないが、当時高校生女子の靴下に通称ルーズソックスという長い靴下をダブダブにして履くスタイルが流行った。これが服装検査の対象となり、生徒課の先生がその靴下を次々と脱がせていく、ということがあった。没収された恨みをこのように表現した。

6．授業・勉強

①誰も皆ノートの初めはきれいな字（昭和62・城北工）
②前のやついびきを出してよだれ出す（昭和62・城北工）
③授業中北極みんなドントぽちー（昭和62・城北工）
④白紙でもたった一つの〇印（昭和62・城北工）
⑤テスト前いつもの方法一夜漬け（平成17・金谷）
⑥あくびした私を見てる鋭い目（平成17・金谷）

このテーマも「短歌」と同じく多い。また、「俳句・川柳」との違いもあまり感じない。

7．部活動

①雨の日は部長一人で部活やり（昭和62・城北工）
②野球やるぼくは丸刈り冬寒い（昭和62・城北工）

③部活中元気なのは監督だけ（平成17・金谷）

①が、「2．家・家族」の③にあった「テスト前鉢巻しめてテレビ見る」と同様「オチ」のある句である。「フムフムなるほど」とうなずくレベルを越えた、刺激的な内容の提示である。面白い。

8．友達

①くれるかなドキドキして待つホワイトデー（平10・藤西）

②つらい時浮かんでくるのはあなたです（平10・藤西）

③おだてられ歌ってみれば聞いてない（平成17・金谷）

④裏切りを許せた時が大人かな（平成17・金谷）

⑤いつ見てもあなたのそばに誰かいる（平成17・金谷）

⑥印象が良かった人ほど腹黒い（平成17・金谷）

①②⑤は女心なのだろう。しかし、男心と言ってもいいかもしれない。①は恋への憧れ、ときめき。②は片思いかな。まだ成就しない恋のような感じがする。

（「国語」雑話36／平成25・9）

4

ついでに言えば、恋の歌は、日本古典文学の中でも特別に重要な位置を占めている。例えば『万葉集』には恋の歌（分類を示す名称を「部立て」と言うが、『万葉集』の恋の歌の「部立て」は、「相聞」と言う）が多いが、素朴で率直な思いを詠んだ歌が多い。これは必見である。また、最初の勅撰和歌集である『古今集』も恋の歌は非常に多い（「部立て」はズバリ「恋」である）。しかも、念の入ったことに、ここでは恋の進行に従って順序良く並べられている。

まず、Ⅰ「逢わずして慕う恋」（一四七首）から始まって、Ⅱ「契りを結んでも後になお慕い思う恋」（一三一首）という段階になっていく。さらに、それらは細分化されてⅠは、「ほのかに見て思う」（四首）、「ひそかに恋う」（二八首）「揺れる思い」（二〇首）等々、正に恋の進行に従って構成されているが、これはみごととしか言いようがない。勅撰和歌集は、以下室町時代の二十一番目の『新続古今集』（一四三九年）まで延々五百年以上にわたって編纂され続けてきたが、恋の歌は延々と歌い続けられてきた。現代の歌謡曲も恋の歌は大変多い。恋歌は永遠のテーマなのである。

9．自然・季節

①紫陽花が宝石つける雨上がり（平10・藤西）
②春日和皆を悩ます花粉症（平10・藤西）
③梅の花誰に会ったかやや赤い（平10・藤西）
④冬の空見上げてびっくりダイヤモンド（平10・藤西）
⑤ぶつかりそう空を飛び交う赤トンボ（平成17・金谷）
⑥彼岸花真っ赤に染まった川の土手（平成17・金谷）

「短歌」と「俳句」の違いについての意見で、「俳諧の主語はつねに自己ではなく他者である。」と先程二度引用したが、そういう意味ではどの句も自分がどうしたとか、自分の気持ちがどうであるとかいう内容のものは比較的少ない気がする。この「9．自然・季節」では、④⑤辺りが自分が主語で、自分の思いが前に出ている。それ以外は主語は他者というのが当たっているようだ。

例えば②の「花粉症」の句も、「短歌」で沢山歌われていたテーマであるが、そこではどれも一般的な「花粉症」ではなく、自分の思いが十分にこもった「花粉症」なのである。例えば、「短歌」の10の⑩の「花粉症つらくてマスクしてみるが新たな問題メガネが曇る」⑫「花粉さん今年も来たね今日は家族そろってみんなでクシャミ」⑬「春が来る嬉しいけれど嬉しくないだって私は花粉症」等の歌は色濃く自分が表れている。

一方、「春日和皆を悩ます花粉症」は、全くもって自分の視点ではなく、他者の視点である。情報を容れる枠が小さいということは、必然的に主観的なことは盛り込みにくいのだろう。だから、「主語は他者」というのは相当当たっているように思う。

10．社会・時代

①朝顔の紅拭き取る酸性雨（平10・藤西）

このテーマも「俳句・川柳」では少ない。情報量の小さな枠ではやはり、表現しにくいのだろう。

11．言葉遊び

①春ウララウラウラウラウラと狙いうち（平10・藤西）

②久しぶりたまに会うから久しぶり（平10・藤西）

このテーマは「短歌」も「俳句・川柳」もあまり違いを感じない。しかし、この種の「言葉遊び」は、「短歌」の場合の多さに比べれば少なかった。なぜだかよく分からないが、短い表現だと「言葉遊び」も舌足らずになるのかもしれない。遊びをするだけの自由空間が少ないということだ。

（「国語」雑話37／平成25・9）

東北地方と百人一首

1

42　契りきなかたみに袖をしぼりつつ末の松山波越さじとは
（二人で固く約束しましたよね。お互いに涙を流しながら「末の松山を波が越えないように、決して心変わりはしますまい」とねえ。）

東日本大震災は、地震の被害よりも津波の被害が圧倒的に多かったわけだが、実はこの津波に関連してすぐに連想したことがあった。それは、「百人一首」の42番清原元輔の「契りきなかたみに袖をしぼりつつ末の松山波越さじとは」の歌である。

「契りきな」と第一句で強く呼びかけているが、その調子はその後柔らかな物言いに移っている。このことについて島津忠夫は「ものやわらかに、しかも激しい恨みをこめて相手の不実をつくまことに巧みな歌である」（『新版百人一首』）と述べているが、良い評釈だと思う。が、私が一番気に入ったのは田辺聖子の「『契りきな』とはじめに掲げてあるところは強いが、しかしそれは下の句へいくにつれて、やさしい愚痴に軟化しており、反撥をさそい出すような憤怒や恫喝や怨嗟《えんさ》（恨み嘆くこと）はない。むしろ仲よかった頃の甘美な思い出を示唆しつつ、それとなく、再びその甘美を共有しようという、仄かな哀願の口調すらただよう」（『田辺聖子の百人一首』）である。

歌はこういったものであるが、今ここで取り上げようとするのは下の句の「末の松山波越さじとは」の部分である。「末の松山」は歌枕（古歌に詠みこまれた諸国の名所）であり、その場所は現在の宮城県多賀城市（蝦夷《えぞ》を制圧するための軍事的拠点として設けられた多賀城があった場所である。併せて陸奥国府と鎮守府も兼ねていたようだ）とされているが、はっきりとはしない。「末の松山」の松としてインターネットに写真も載っているが、これが本物かどうか怪しいということだ。いずれにしろ、その辺の海に近いところから「本の松山」「中の松山」「末の松山」（これは一種の防波林だろう）と言っていたらしい。だから、「末の松山」は海岸から一番遠い所に位置している。

地元の人達は、言い伝えや体験から「末の松山」を波が越すことはないということを知っていた。それが都人に伝わり、「末の松山」を波が越さない＝波が越すことはあり得ない、という部分をより雅やかな恋の歌の表現（「波が越えないように心変わりはしない」という意味）に再生していったようだ。

ところで、今地元の人々の「言い伝えや体験」と書いたが、実はここには実際の地震・津波体験があったことが様々に言われている。元輔がこの歌を詠んだのが九五一年、この歌の本歌（この歌は「本歌取り」の歌と言われている）は、『古今集』の「東歌《あずまうた》」にあるが、『古今集』の成立は、元輔の歌より約五〇年程前の九〇五年である。

参考までにその「東歌」にある本歌というのは「君をおきてあだし心を我が持たば末の松山浪も越えなん」（『古今和歌集』巻20・東歌一〇九三）（あなたを差し置いて他の男を思うような心をもし私が持つならば、あの末の松山の上を海の波が来て越えもしましょう。）である。これは「東歌」である。ということは、都人が恋の歌に再生する以前に、地元の人々は恋の歌のレトリック（修辞）表現として使っていたということになる。先程述べた「より雅やかな恋の歌の表現（「波が越えないように心変わりはしない」という意味）に再生していったようだ」という指摘は修正しなくてはならないことになってくる。都人の恋歌への再生ではなくて、地元民による恋歌への再生、というようにしなければならないだろう。
さて、話を本筋に戻そう。『古今集』成立九〇五年、の次だ。それは、さらに三、四〇年程前、八六九年に重大な出来事があったのだ。それが、貞観《じょうがん》の大地震・大津波である。これは今回の三陸沖地震とほぼ同じような場所で発生した、しかもマグニチュード8・3以上の大地震である。この時の様子は『三代実録』（平安時代の官撰の歴史書）に詳しいが、次のようにある。

（「国語」雑話38／平成25・9）

2

陸奥国地大振動　流光如晝隠映　頃之　人民叫呼　伏不能起　或屋仆壓死　或地裂埋殪　馬牛駭奔　或相昇踏　城（郭）倉庫　門櫓墻壁　頽落顛覆　不知其數　海口哮吼　聲似雷霆　驚濤幽潮　泝洄漲長　忽至城下　去海數十百里　浩々不辨其涯諸　原野道路　忽爲滄溟　乘船不遑　登山難及　溺死者千許　資産苗稼　殆無孑遺焉（『三代実録』貞観一一年五月二六日の記事）
（陸奥国で大地震が起きた。（空を）流れる光が（夜を）昼のように照らし、人々は叫び声を挙げて身を伏せ、立つことができなかった。ある者は家屋の下敷きとなって圧死し、ある者は地割れに呑まれた。驚いた牛や馬は奔走したり互いに踏みつけ合い、城や倉庫・門櫓・牆壁などが多数崩れ落ちた。

雷鳴のような海鳴りが聞こえて潮が湧き上がり、川が逆流し、海嘯が長く連なって押し寄せ、たちまち城下に達した。内陸部まで果ても知れないほど水浸しとなり、野原も道も大海原となった。船で逃げたり山に避難したりすることができずに千人ほどが溺れ死に、後には田畑も人々の財産も、ほとんど何も残らなかった。）（口語訳はフリー百科事典「ウィキペディア」より）

この大災害に対し、津波の被害を免れた場所が「末の松山」であったらしい。それは災害の記憶と共に人々に蓄積され、伝えられていった。先程修正したように、それが地元の人々の恋歌の表現に使われるようにもなっていった。都人はそこに興味を抱き、この表現を自分達の歌の世界に積極的に取り込んでいった（この「末の松山」を歌枕として詠まれた歌は非常に多い）。こんなところだろうか、「末の松山」が恋の表現として使われ、広がっていった流れは。

さて、実はこの津波、末の松山についての言い伝え、伝承には地元に伝わる話がある。それは、『旧約聖書』のノアの方舟（旧約聖書の創世記に出てくる舟。神が人類の堕落を怒って起こした大洪水に際し、神の指示に従ってノアは箱形の大舟をつくり、家族と雌雄一対のすべての動物を引き連れて乗り込み、そのため人類や生物は絶滅しなかったという。――『大辞林』三省堂《しょうじょう》）の話と似ている。

簡単に言うと、その辺りにある酒屋のきれいな娘が猩猩にばかり愛想が良く、他の酒飲み達にはそうでなかった。そこで彼らは猩猩を殺そうとした。それを知ったある者がその計画をその娘に知らせた。娘はそのことを猩猩に知らせた。猩猩はいついつの丑の刻現に津波が来るから末の松山に避難しろと言い残して、姿を消すーというような話である。『旧約聖書』の造物主（神）――ノア――洪水の関係は、この話の猩猩――娘――津波の関係に似てはいないだろうか。言い落したが猩猩というのは何かであるが、次の説明で理解してみたい。

古典書物に記された、中国の伝説上の動物。人の言葉を理解し酒を好み、日本では赤ら顔に赤色の毛で表し、中国では黄色の毛の生き物と伝わる。（フリー百科事典「ウィキペディア」）
また、日本に伝わってからは次のようにある。

各種の説話や芸能によってさまざまなイメージが付託されて現在に及んでいる。しかし、伝説のため、さまざまな説がある。七福神の一人として寿老人の代わりに入れられた時代もある。（前同）

というように、幸運をもたらす福の神としても位置付けられたようでもある。だから、この話の場合でも地元民には、何か超自然的な力を持った存在と捉えられていたのであろう。この話からも、「津波→助かる→末の松山」という構図が見てとれるのである。地元の人々はこのように津波の大災害を伝説として後世に残していったのであろう。

さて、以上一つの修辞的表現が生まれてきたことを巡ってその周辺を探ってきたが、重く悲しい記憶である大災害が、ここで見てきたように伝説や表現の可能性に転じて行くというところに、生きている人達のしたたかな生きる強さのようなものを感じるのである。こういう仕方で生きている側の人達は生きてきたし、これからもそうして生きて行くに違いないだろう。

ああ、ついでに言えば今回の津波でも「末の松山」は無事であったということである。先人の伝説（すなわち知恵）は、十分生きていたのだ。

（「国語」雑話39／平成25・9）

俵万智『サラダ記念日』と高校生の鑑賞文（評釈文）

1

俵万智の『サラダ記念日』が世に出た時（一九八七〔昭和六二〕年）は、かなり話題となった。確か彼女は、その年のＮＨＫの紅白に審査員になったりしたような気がする。いずれにしろ彼女は「時の人」だった。

確かその頃、浜松城北工業高校に私はいたが、校長、原田という名前であったが、彼が新任時の生徒への挨拶で、上の句は忘れてしまったが、自分が赴任してきたことを「○月○日はハラダ記念日」と語った（これは、この本の書名の由来となった「『この味がいいね』と君が言ったから七月六日はサラダ記念日」という歌の、「サラダ」と「ハラダ」とを掛けたちょっとしたギャグであった）のを覚えているが、ことほど左様に話題であったのだ。（ついでに言うと、残念ながらこのギャグは全く受けなかった。）

その『サラダ記念日』の何がそんなに話題になったかと言うと、その歌集が二八〇万部の大ベストセラーになった点である。ベストセラーになるということは、それが一つの社会的事件であることは言うまでもなく、またその本が、読者と近い関係であるということを意味する。正にこの歌集は、それまで遠かった短歌の世界を、普通の人々に身近に感じさせる力を持っていたのであった。普通の人、というのは、特に短歌を作っていたような人ではない正にそういう人達に、特にあれこれと深いことは考えなくてもいいから、短歌表現はできるのだ、という力を与えてくれたように思う。角川書店の角川春樹氏は、当初この本を出版する予定だったのを、短詩型の本は売れないだろうということで却下したというような話も伝わっている。

さて、俵万智の歌の何がそんなに受け入れられたのか。それは、まず①カタカナ語や日常語（話し言葉）を自由に取り上げた。これらが大きいように思う。内容の点もこの表現の新鮮さと繋がり深く、この二つは表現の問題だが、②定型（五七五七七）にとらわれないで口語で自由に表現した。こ正に若い未婚の女性の等身大の日常が捉えられていた。こういったところがベストセラーに繋がったと思われるが、一方この歌集に対する否定的意見もかなり見られたように思う。

例えば、これは年月日と新聞名が不明だが、新聞のコラムで見つけた立和名美智子の文には、次のような評があった。

これらはどこまでも風俗である。現象が本質の部分的表象であるとしたら、歌は表象の断片を切りとりつつ、本質に迫っていかなければならないと思う。（中略）表層だけを詠《うた》い、深刻な矛盾、苦悩等には目を向けないか、もしくは意識的に詠わないということが作者の特徴であり、その点で現代の若者の気分にあうのかもしれない。（立和名美智子「うたうことと生きることと――俵万智歌集『サラダ記念日』を読んで」）

確かに「表層だけ」と言われればそのように思うが、このように言って切り捨ててしまうと別の一面が隠れてしまう気が、私にはする。私は別の一面の重要性の方に肩入れしたい気がする。次の川村二郎の解説文の方が、私にはしっくりくる。

川村は河出文庫版の『サラダ記念日』の解説で、前の方で俵万智の歌について「消極的な意味での軽さ、実質の欠如、とりとめない抽象性」また「流行の気楽さに、少し安心してもたれかかっているような気配」というような表現で批評し、「物足りな」いと述べた後、彼女の歌の虚構性について言及している。そして、そこから「遊戯」という概念を出しながら、次のように評価の方に意見を向けている。

> 遊戯。それをいうなら、額田王《ぬかたのおおきみ》や石川郎女《いしかわのいらつめ》の昔から、王朝の女流歌人たちのとりどりの恨みつらみ、嘆きくどきの調べまで、女の恋歌はいつも遊戯的なコケットリー（色っぽい言動、こび）のたくみを競うものではなかったか。（中略）コケットリーの戯れのうちに真実を見、心理の綾取りの手管そのものを生の真摯さのあらわれと観じたのではなかったか。（川村二郎・河出文庫『サラダ記念日』解説）

川村は「万葉集」の代表的な女流歌人達を話題にして、歌の「遊戯」性について指摘しているが、そのことは何も「万葉集」に限らず、その後の「古今集」でも以後の和歌集でも、そういう「遊戯」性については全く同じである。和歌は歴史の中で、かなりの部分そのように作られてきたことは確かであろう。川村はそのことを指摘しながら、最後に次のように言う。

> 縁日の人ごみのような、少し騒がしげだが気のおけない無邪気な言葉たちの行きかいの中からその素直さ（「今の時代に素直に生きている若い心のあかし」と少し前で述べていることを受けている。――半田注）の美徳が輝き出てくるのを、何よりも貴重なこの歌集の生命の光と、ぼくは眺めている。（同）

（「国語」雑話40／平成25・10）

2

ここまでの批評はその当時見つけたものだが、今ここでこの文章を書いていて新たに見つけた批評がある（と言っても、当然昔のものだが）ので、これもこの際ここで取り上げておきたい。篠弘の『疾走する女性歌人』の中で紹介されている批評である。賛否両論ある。まず否定の方。

才のある人だと思うが、心から言いたいこともないのに歌を作ったとしたらこんなものが生まれる、という見本のようだ。出来のよい見本だけれども、生の飢渇感の欠如が、作品を弛《ゆる》いものにしてゐる。作者は、あくまで現実の〈ここ〉に満足し、〈ここより他の場所〉を希《のぞ》んでゐない。しかし、口語はこんなものばかりではない。（高野公彦）

俵万智の歌は、こういうコピー感覚を伴っているので、ひょいと口先に乗ってしまう。（中略）コピーはあくまで表層部分の機智であり、ちょっとした発想のひっくりかえし方である。一回ひっくりかえせばよく、それで使命は終わる。カンチューハイの「歌（コピー）」など、正にそういうものだろう。（小池光）

一方、賛成意見の方は次のようなものがある。

現代口語、日常語がそのままぴしりと歌になっている。巧いものだ。また歌の内容世界について言えば、二十二歳の若さでこのゆとり、したたかさ、やさしさか?（中略）わたしたちの日常が、生活が歌い込まれている。地べたを這うような低い世界かもしれぬが、これが本当の日常であり、生活であり、わたしたちがふつうに、しんじつに生きて行く世界であろう。（奥

村晃作）

　こうした、ごくありきたりな日常生活の細部への視線のねんごろな細やかさが、若い女性の歌集には案外少ないのである。若い女性の歌は、恋も、思想も、事件も大ざっぱに歌われることが多い。感覚の方に片寄ったり、概念の方に片寄ったりして、歌が大づかみ過ぎて、リアリティに乏しいことが多いのだ。（河野裕子）

　さて、この文章は、私が提示した俵万智『サラダ記念日』の幾つかの歌について、生徒が書いた鑑賞文（評釈文）をベースにしている。歌の方は私から見て面白いと思われるものをアットランダムに取り上げた。そして、生徒の書いた評釈を見て、成程と思われるものが多かったので、今ここでその中の幾つかの文章を材料に『サラダ記念日』の世界を探っていこうと思うのである。また、ここでは短い文章の中で分かりやすく説明するために、あの短歌や俳句の時の分類のように分類し順に並べてみた。ただし、そのやり方は当然大分違うものとなる。ここでは、生徒達が捉えた主旨を分類してみる。

　さて、『サラダ記念日』の中の個々の歌の主旨を単純に分類してみると大きく二つのタイプの女性の主張や生き方が詠まれているように思う。その一つはA＝強い女・自立した女・翔《と》んでる女・男に頼らない女・現代的で積極的な女・（または、そういうものを志向する女）というようなイメージである。もう一つはその真逆《まぎゃく》で、B＝所謂《いわゆる》かわいい女・男に頼る女・男を立てる女・家庭的女・古風な女・（またはそういうものを志向する女）というようなイメージである。

　私は当初このＡＢの分類で簡単な説明にはなるなとは思っていたが、どうやらそれは少々荒っぽ過ぎるということに気づいてきたのだった。いくら若い女性の歌だからといってそこまでは単純化できないだろう、ということに気づいてきたのだった。要するに人の思いや主張は、そう主張しているからそうであって、そう主張していないからそうではないと、いちおうは言えたとしても、あくまでそれはいちおう言えたということであって、本音は分からないということは十分あり得ることなのだ。例えば歌で「私は強く生きる。だから男はいらない」と歌ったとしても、この主張が本音かどうかは分からないということだ。それは総合的に判断しなければならないことなのだ。

（「国語」雑話41／平成25・10）

3

……このようなことを考えさせるのが『サラダ記念日』なのだ。だから、AとBの間に、揺れる女・強がりの（本音はBなのに、Aのふりをする、あるいはAだと思い違いをするというような）女という分類を設けてABとしたい。あるいはA、Bいずれが表か裏（建前か本音）か分からない、その両面が同居しているみたいな感じもあり得そうである。だから、ABの間とでも言っておけばいいのかもしれない。いずれにしろ、本当はこんな単純化はできないのかもしれないが、生徒の評釈文を見るとこういったような単純化が可能のように思われるし、説明するには結構都合も良いので、いちおうこういう分類を意識しつつ、歌の世界に入っていこうと思う。

なお、生徒の評釈文は浜松城北工業高校の二年生の男子。何時のものか正確な年が記録されていないが、たぶん『サラダ記念日』刊行の昭和六二年からそう遠くない頃だと思うので、昭和六四＝平成元年のこの辺りではないかと思われる。校舎移転・男女共学後の藤枝西高校の平成一三年（当然ここには女子も入っている）。そして、平成一九年の大井川高校の生徒の書いたものである。基本的には一～二年生、男女別は分かる範囲で示しておく。（M＝男子、F＝女子と示す。）

分類をもう一度確認しておくと「A＝強い女（またはそこを志向する女）」、「AB＝揺れる女（またはABの間」、「B＝かわいい女（またはそこを志向する女」」の三分類である。ではその中で、まず「A＝強い女」が最も色濃く表れていると思われる歌二首を取り上げてみよう。

1　ハンバーガーショップの席を立ち上がるように男を捨ててしまおう

1の①②

まず、「強さ」を受け止め、それに賛成し拍手を送っているもの。

①「『ハンバーガーショップ』のような誰でも簡単に入れる所を『立ち上が』って出て行くように『男』も『捨ててしま』う。この女の人はとっても気が強いし、キャリアウーマンなのではないかと思った。男の方が偉いというとらわれ方を全く感じさせなくていいと思った。こんな女性はかっこいいと思った。」（傍点半田・以下同）（大井川1年たぶんF）

②「大好きだった人との別れはつらいはずなのに、『ハンバーガーショップの席を立ち上がるように男を捨ててしまおう』といっているところから、前向きな姿勢が伺われる。俵万智がなぜこのような心境になったのかは私には分からないが、後悔しない結果（答え）を出して欲しいと思う。私も前向きに生きていたいなと思える短歌だ。」（大井川1年たぶんF）

「強い女」への感情移入＝賛成意見というのは、想像するに女子に多いような気がする。もうしばらく後で取り上げる二番目の歌でもその傾向が見られる。何となく分かるような気もする。

1の③④

次は、「強さ」を冷静にとらえたものだ。

③「『ハンバーガーショップ』とカタカナを使うことで、短歌特有の固さを変えて歯切れ良いリズムを生み、男を捨てる＝振るという一大決心のような大きなものと席を立ち上がるという身近で軽い動作と比べることで、サバサバとした女性が軽く男を捨ててしまえという気の強い女性を想像させると思います。」（大井川1年）

④「男を簡単に捨てるというのは『また次の男を作ればいい』という前向きな考え方と受け取ることができました。また、歌全体にスピード感があると思いました。」（大井川1年）

1の⑤⑥⑦

今度は、今までと同じように「強さ」を冷静にとらえた後に、その作者にやや距離を置いたもの、すなわちこの強い態度に対して「男」に同情的なものだ。

⑤「すごく女の子の立場が強くて、男の子がちょっとかわいそう。」（大井川1年たぶんF）

⑥「この短歌を読むと男は真剣に付き合っているのに、女は軽いノリで付き合っていて、女は簡単に男と別れてしまう情景が浮かぶ。『ハンバーガーショップ』から女の男への軽さが分かる。男を簡単に捨てる女はひどいと思う。もう少し男を真剣にみてあげた方が良いと思う。」（大井川1年たぶんF）

⑦「『ハンバーガーショップ』と、私達高校生でも気軽に行ける所を短歌に入れていることで、男を軽く捨ててしまおうというのが分かりました。難し過ぎないでとても身近で簡単だけど、面白いと思いました。でも、私は『ハンバーガーショップの席を立』つほど軽く男を捨てる人になりたくないです。」（大井川1年たぶんF）

どういう訳か、手元の資料では、この歌に関しては男子が書いたものをあまり感じない。やはりこの「強い女」を志向する歌は「女子」の関心が強く、感情移入がしやすいのだろう。それにしても、⑤⑥⑦のように書かれると、「男」としては何とも言えない気になる。ある「女子」からは「ぶりっ子」と言われるかもしれないが、本人は、たぶん本音だと思う。

いずれにしろここまでをまとめてみると、この歌はそれへの親近感や距離感はあるものの「A＝強い女」のイメージが詠まれている歌であると言えると思う。

（「国語」雑話42／平成25・10）

4

2　男というボトルをキープすることの期限が切れて今日は快晴

2の①②③＋④⑤

①「彼氏と別れて何もかもすっきり悔いの残っていない気持ちが分かる。何もかも忘れてきっと今日は快晴と書いてあるけれど、自分の心の中も快晴なんだと分かる短歌。未練が無いことがよくわかる。」（藤西1年F）

②「『男というボトルをキープすることの期限が切れて』というところから見れば、付き合っていて疲れる男と別れたということが分かる。酒で喩えるところに加えて別れてスッキリというところから、大人の女性がイメージできる。」（藤西1年F）

③「私は初め『快晴』が『退屈』だと思っていた。でもここには強い女の顔を持った気持ちがしっかりと根付いているのであろう。」（藤西1年F）

右の①②③は、先程の1.「ハンバーガーショップの席を〜」の歌の最初の評釈のところの取り上げ方と同じく、「強さ」を受け止め、それに賛成し拍手を送っているものである。ほぼ同じ趣旨の指摘と言えるだろう。

次の④⑤もほぼ同じ趣旨である。が①②③とは微妙にニュアンスが違う。違和感が微妙に表れているのだ。①②③が女子で④⑤が男子というのもよく分かる。

④「彼と付き合うのにとても疲れて、彼を振ってしまってとてもいい気分になっている。この歌はなんか女性の強さが感じられる。ボトルキープってことは、その彼が作者に管理されているといった感じ。」（城北工2年M）

⑤「そして『期限が切れて』から、ようやくうっとうしい肩の荷がおりたみたいな感覚で、『今日は快晴』と言っているのではないかと思う。まるで男がヒモみたいな印象を受ける。」（城北工2年M）

2の⑥⑦⑧

ところで、「A＝強い女」だけど「軽さ」がよく出ている、という指摘がかなりある。そもそも「軽さ」という言葉は、「軽いノリ」で良い、という肯定的評価から「軽い」から駄目である、という否定的評価まで幅がある概念である。しかし、ここではほとんど全て「軽さ」は否定的である。「強い女」であることは認めているが、それは本当の意味での「強さ」ではなくて、あくまで「軽い」というのである。

⑥「現代の軽さというものがよく出ているような気がする。男をボトルのような簡単な扱いをする。今は本当にこういう時代なのか、心配になる。これから先が恐い。」(城北工2年M)

⑦「男女関係の軽さを題材にした短歌である。付き合っていた男を振ったのか、それとも男に振られたのかは分からないが、どちらにしても普段の交際に少し飽きを感じていたのだろう。男と別れられてスッキリとした気持ちが『快晴』という言葉に表れている。」(城北工2年M)

この否定の極端な指摘があったので、これも上げてみる。皆はなかなか紳士淑女的であって、過激な感情表現や好悪感は全体として抑えてくれている。比較的冷静にとらえていることが多い。ここまで言うケースは少ない。面白いので取り上げてみる。

⑧「この歌を聞くと相当いやな女に聞こえる。男を『ボトル』だとか『キープ』するとかいう表現は、また次の男を探してキープすればいいやみたいな軽い気持ちでしか見ていない。嫌な女だ。」(藤西1年M)

この⑧などは、もう冷静に客観的にこの歌を捉えようとはしていない。「軽さ」についても全く評価の埒外《らちがい》だ。しかもかなり思い入れ強く主張している。分からないでもないが、私などはもう少し「軽さ」の「遊び」みたいな捉え方をしてもいいのではないかと思ってしまう。いずれにしろ、「軽さ」があまり高い評価を生徒から受けていないことは確かなようだ。生徒達は大変真面目であるということが、今更ながら良く分かってくる。

そもそも、『サラダ記念日』の良さの一つは、この「軽さ」「軽いノリ」ではないのか。「軽い」話し言葉やカタカナ語の表現はもちろんのこと、「若い未婚女性の等身大の日常が捉えられていた」と初めの方で指摘したが、その「等身大」には「軽さ」や「遊び」心も入っているのではないだろうか。だから、ストレートに「軽さ」＝×ではなく、もっとここに含みを持って見てもよいのではないのかと私には思われる。そういう意味では、次に取り上げる言葉の裏側を嗅ぎ当てている、「強がり」だとか「負け惜しみ」とかいう指摘をする方が、納得しやすい読み方のような気がする。

（「国語」雑話43／平成25・10）

5

2の⑨⑩⑪⑫⑬⑭

右（2の⑥⑦⑧）はいわばAABみたいな感じではあったが、今度は完全にAとB、心の両面を見ている。

⑨「恋人と別れてしまった、気分は快晴。これは、変な見方をすると、男に振られての言い訳、強がりに聞こえる。しかし、そこのところをいかにも自分が捨てたように見せて、今日は快晴だなんて言っているところが、気持ちが分からないでもない。」（城北工2年M）

⑩「あーあやっと別れることができたわ！清々した！」と口では言っているが、実は振られての強がりを言っているのではないだろうか？とついひねくれて考えてしまう。」（城北工2年M）

⑪「『今日は快晴』というのは心の中のことを言っていて負け惜しみみたいな気持もあると思う。」（城北工2年M）

⑫「悲しいのに、わざと明るく振る舞うという相反する気持ちを表現している。恋人を『ボトル』、付き合うことを『キープ』と表現して洒落た感じにしている。」（城北工2年M）

⑬「自分はフラれたのに快晴だと言ったところは、私にはかっこ良くて強い女の人なんだなと感じた。フラれてすっきりした感じとフラれて強がっている二つの気持ちが『快晴』に含まれていると思う。」（藤西1年F）

⑭「でも、逆に一人の男性との付き合いが終ってしまい、強がって意地を張っているような感じもする。」（藤西1年F）

　この⑨〜⑭の一連の引用はキーワードは多少異なるが、ほぼ同じようなことを言おうとしているだろう。また、この趣旨の捉え方が大変多い。この歌をそれこそ文字どおりに受け取れば、特に男としては先程の極端な否定的意見のような反応になるかも知れない。しかし、ここには「遊び」があると思うことができれば、この言葉通りに受け取ることはないであろう。そうでなければ、正に男に喧嘩を売っているような言葉のオンパレードである、この歌は。

　大勢が指摘していたように「男」を酒場の「ボトル」に、男と付き合うことを「ボトルキープ」に喩えるなど、真面目に付き合おうとするのなら、誠に不謹慎ということにもなり兼ねない。また、「今日は快晴」というのも何と「嫌な女だ」ということにもなろう。そういう点では先程の否定的意見（藤西1年M）は、当たったことを言っていたのである。が、ここは本気で作者がそう思っているというふうには読めない。いわば、「A＝強い女」を演じているのだ。そう読むのが妥当な読み方だろう。事実、ほとんどの生徒はそう読んでいた。「強がり」「負け惜しみ」「わざと」という言葉が示しているのはそういうことである。

　2の⑮

　さて、この歌からは「B＝かわいい女」というのは読み取り難い。事実生徒の評釈からは、ほとんど見出すのは難しい。次の評釈の後半部分ぐらいか、せいぜいこんなところだ。無理やりという気もするが。

⑮「自分の彼をバーなどのボトルに喩えて、その彼と別れてしまった自分を強がって『やっとせいせいした』等言ったりしている。一つの恋が終っていくやるせない気持ちを歌った歌。」(城北工2年M)

(「国語」雑話44/平成25・10)

6

3　沈黙ののちの言葉を選びおる君のためらいを楽しんでおり

この歌も分類すると「A＝強い女」のパターンだ。しかし、1、2の歌よりそれへの好意的な捉え方が多い。すなわち、「賛成と拍手」の意見が。だからここではA、AB、Bというあの三分類はあまりはっきりさせることはできないようだ。「A＝強い女」のこういう面に対する肯定か否定のニュアンスで捉えればいいように思う。

3の①②③

①「作者は彼より上手なんだろうと思います。沈黙があり、彼は何か喋ろうとしますが、なかなかいい言葉が見つからず、ためらっているのを作者は楽しんでいるようです。でも、作者は彼のそういうところも好きなんだと感じます。」(藤西1年F)

②「気になった一つ一つの行動が楽しくてしょうがないという気持ちが出ている。まだお互いの

ことがよく分からないから相手の一つ一つの行動や言葉全てが新鮮で面白い。相手に対する愛が伝わってくる。」(藤西1年F)

③「想像すると彼氏彼女がいて、彼女の方が年上である。初めてのデートで彼は相手が年上ということで緊張する。しかし、彼女は男の困っている、何かしようと考えているその行動やためらいを理解して分かってしまう。その彼女もすごいと思う。暖かな日を浴びながら会話しているのが目に浮かびます。」(藤西1年F)

この趣旨の評釈は沢山あるので、この位にしておこう。この①②③は、見てすぐ分かると思うが、肯定の方である。それに対して否定の方を上げてみる。

3の④⑤

④「男女の特に恋人同士にとって沈黙と言うのは耐え難いものだと思う。その沈黙をどうにか脱しようと話題をあれこれ考えている『君』が何とも歯がゆく、作者もなかなか意地悪だなあと思う。」(藤西1年M)

⑤「焦っている君を見て楽しんでいる。『君』を軽くいじめてどういう反応をするだろうとか思っていると思う。女の恐い一面でもある。魔性の女って感じ。」(藤西1年F)

3の⑥

最後に、これは肯定なのか否定なのか、また「A＝強い女」なのか「B＝かわいい女」なのかその辺の分類が不可能な意見だ。でも、捉え方としてはこの文が一番深い気がする。

⑥「『かわいい女』に比べてこの歌は『男を弄《もてあそ》ぶ女』という感じがする。でも彼氏のためらった顔が楽しいのだから、『かわいい女』であるかもしれない。」(藤西1年M)

（「国語」雑話45／平成25・10）

7

4　「嫁さんになれよ」だなんてカンチューハイ二本で言ってしまっていいの

4の①②③④

「A．強い女」は多少はある。

①「これは気の弱い男と気の強い女ことだと思う。男は酔った勢いで『嫁さんになれよ』と言い、女は男の気の弱さを知っているのでカンチューハイ二本じゃなく、もっといっぱい飲んでから言った方が良かったんじゃない、というようなことを言う。こういうのを横で聞いていると楽しいと思う。」（城北工2年M）

②「酔った時の状態でプロポーズしてしまっていいの。この歌の彼は、なんか面白いというかとろいというか、そんな奴だと思う。女性にとって結婚は人生の門出とも言われるほど重要なことなのに、酔った勢いで軽くプロポーズするなんて女性にとってみれば酷《ひど》い奴だと思う。」（城北工2年M）

③「カンチューハイ二本飲んで、そんな弱い酒でまだ酔っていないのにそんなプロポーズをして、後で取り返しがつかないわよ、ということを皮肉っぽく、そして驚きを隠しきれずに言っているのだろう。浅いようで、掘り起こせば奥の深い作品である。」（城北工2年M）

④「『嫁さんになれよ』という言葉を（たぶん）冷静に真面目に聞いている作者と、たった二本のカンチューハイで（たぶん）酔ってしまっている男の情けなさが面白い。そして酔った勢いで言

ってしまう植木等のような無責任さと作者の冷静さに裏付けられた植木等の『ハイ、それまでよ』という歌のような人生が、この後あるような感じがして面白いので、続編があったら見てみたい。」（城北工2年M）

このように「A＝強い女」はこの歌の場合は、男の方の「気の弱さ」「情けなさ」とセットであるようだ。

4の⑤⑥⑦

次の⑤～⑦は「ABの間」辺りだが、この種の捉え方が多い。

⑤「この短歌は、怒っているようにも笑いながら言っているようにもとれる。明るく言えば冗談みたいに聞こえるが、深刻に言うともの凄《すご》く重い問題になる。また男と女の結婚の考え方の違いをも表現している。」（城北工2年M）

⑥「『嫁さんなれよ』と言われて、嬉しい気持ちと酒の勢いだけではあるまいなという疑いの気持ちの半々になっている。素面の時にもう一度確かめたら、『そんなこと言ったっけ』と言われそう。」（城北工2年M）

⑦「酒を飲んだ勢いで『嫁さんになれよ』って言われた。言われたことに関してはやっぱり嬉しいけどれど、酔いが醒めた途端、気が変わってしまい、そんな気持ちが何にもなかったらという不安もある。」（城北工2年M）

⑥と⑦はほとんど変わらないが、⑥の方がやや疑いの念が強いような気がする。しかし、同じ項目に入れた。「B＝かわいい女」の要素のみというのは見つけにくい。今上げた⑦がやや近い位だ。

（「国語」雑話46／平成25・10）

8

5　この時間君の不在を告げるベルどこで飲んでる誰と酔ってる

この歌に対する捉え方はある意味で、4の場合とよく似ている。「A＝強い女」は4と同じく少数である。4が「強い女」と「弱い」「情けない男」のセットであったのに対して、ここでは女の「怒り」「嫉妬」と女の「不安」「心配」がセットである。いちおう三つに分類することはできる。すなわち、「A＝強い女」＝「怒り」「嫉妬」、「ABの間」＝「怒り」「嫉妬」と「不安」「心配」との中間、「B＝かわいい女」の三パターンだ。そのうち中心はやはり「ABの間」である。そのことが4の場合と似ているということだ。では、まず「A＝強い女」。

5の①②③

①「一見軽く流している歌だけども、実は奥に秘めた怒りや嫉妬が、『どこで飲んでる誰と酔ってる』と『この時間』の組み合わせから感じられる。よくよく考えてみると、同性と飲んでいるかも知れないのだが、自分で異性と思い込んでしまうのは、二人の間はこんなものだったということを自分なりに感じているからだろう。」（城北工2年M）

②「たぶん夜だと思う。彼氏の所へ電話をしたら不在だった。女の直感で、どこかの酒場に行っているな、それも女の人と飲んでいるんじゃないかな、と勝手に想像して怒っている。女の嫉妬は恐いということが分かる。」（城北工2年M）

③「恋人を待つ人の苛立ちが感じられる。『この時間』で約束をしていた時間、『君』で相手との

関係、『どこで飲んでる誰と酔ってる』で、苛立ちをぶつけている。」（城北工2年M）

5の④⑤⑥

次の④⑤⑥は「ＡＢの間」である。

④「『どこで……』という女の優しい気持ちと同時に『誰と……』という女の嫉妬のような気持ちという二つの複雑な気持ちがよく表れていると思う。男は女に心配をかけてはいけないと思う。」（城北工2年M）

⑤「こんな遅いのにいないので、変な女と仲良くしているなという不安な気持ち、やきもち、寂しさなどを感じていると思う。」（城北工2年M）

⑥「いくら電話をしても、貴方の部屋に電話のベルは鳴り響くだけ。いったいこんな夜遅くに誰と、どこで飲んで酒を飲んでいるかしら、という恋する女の子の彼に対する不安や嫉妬心が五・七・五・七・七の三十一文字の中に表現されている歌。」（城北工2年M）

5の⑦

最後はＢである。ＡやＡＢの要素がなくてＢだけというのは非常に少ない。

⑦「恋人が家にいないので、大変心配しているのが目に浮かぶ。好きな人のことは全て知っていたい、という誰もが持っている感情を短歌に表現していて、とても面白い。」（城北工2年M）

以上、ここまでの歌（1〜5）はほとんど「Ａ＝強い女」か「ＡＢの間」で捉えられていたように思う。前にも使った言葉だが、「Ｂ＝かわいい女」の要素のみというのは見つけにくい。しかし、最後に取り上げる二首の歌（6、7）はどちらもＢ要素が強い。

（「国語」雑話47／平成25・10）

9

6　オクサンと吾を呼ぶ屋台のおばちゃんを前にしばらくオクサンとなる

6の①②③④⑤

①「自分はまだ結婚していないので、当然まだ『オクサン』ではない。しかし、敢えてそこで否定しなかったのは嬉しかったからだと思う。女にとって結婚とは幸せ、嬉しさがある。『オクサン』＝結婚という形から、もう少し『オクサン』と呼ばれて結婚と言う幸せを感じていたかったのだと思う。」（城北工2年M）

②「結婚に憧れている時期に、おばちゃんに『オクサン』と言われて、違うけどなんか嬉しく、言い出せず、そのまま話をしている。女の人にとっては嬉しい気持ちになる、よくあるような話だ。」（城北工2年M）

③「たまたま来た屋台のおばさんに、『おくさん、どうぞ。』などと言われ、少し心を弾ませながらその気になって、彼のことを『あなた』などと呼んだりしている感じのする、暖かくほほえましい、昔あったフォークソングを思い出させるような歌。」（城北工2年M）

④「屋台のおばちゃんに『オクサン』と呼ばれて、そんなに気分も悪くなく、そして『オクサン』と呼んだおばちゃんにも気を遣い、『オクサン』になるとどんなかな?というういたずら心が少しのぞけるような歌であると思う。」（城北工2年M）

⑤「そのままオクサンのふりをしてしまうところに、作者のいたずら好きを思わせる感じがして、

好感が持てる。」（城北工2年M）

右の①〜⑤これらは、ズバリBそのものであろう。④⑤は「いたずら」という少し「オクサン」への保留の気分も読み取れるが、それでも基本はBと言っていいだろう。

6の⑥⑦

しかしBでも次の⑥⑦の捉え方は「オクサン」と言う言葉に若干の抵抗、引っかかりを見ている捉え方だ。ただ、AB（ABの間）まではいかないかも知れない。

⑥「この歌は感じとしてはゴキゲンな歌だな。『オクサン』と呼ばれて嬉しいのか、あるいはオクサンと呼ばれるほどの歳ではないということで、気分を悪くしたか微妙なところである。」（城北工2年M）

⑦「屋台のおばさんに呼ばれたため、実際そうでなくても気持ちのいいものだから、そう思わせておこうと思った。そんなに老けているのかなと思う気持ち、旦那さんがいると思われていい気持ち、両方があると思う。」（城北工2年M）

6の⑧⑨

さて、これら以外にはBに加えて、歌の雰囲気に言及したものも幾つかあった。

⑧「『オクサン』と呼ばれて、まだ結婚してないのにと思いつつも、威勢のいいおばちゃんを前に、仕方ないから『オクサン』のふりをしている作者。でも結構楽しそうにしている感じ。なんとなく下町を感じさせる。」（城北工2年M）

⑨「それと『屋台のおばちゃん』から下町的な情緒が出ていていいと思う。」（城北工2年M）

ここまで、歌自体が持っている意味内容に対する意見が多かったが、この⑧⑨のように雰囲気

（表現面のこと）について述べている者もこのように見られるということは、当然のことながら歌を鑑賞する上で重要なことである。前の方でも述べたが、特に俵万智の新しさというのは、内容もさることながら、表現面での新しさにあることはいうまでもないことだからである。

全体①〜⑤

そこで、ここまでで保留にしてきた表現面に対する意見をこの場所で上げておこう。

①「『ハンバーガーショップ』とカタカナを使うことで、短歌特有の固さを変えて歯切れ良いリズムを生み、男を捨てる＝振るという一大決心のような大きなものと席を立ち上がるという身近で軽い動作と比べることで、サバサバとした女性が軽く男を捨ててしまえという気の強い女性を想像させると思います。」（大井川1年）（＝1の③）

②「『オクサン』とカタカナにしているところが、呼びかけている感じがよく出ていて良いと思う。」（大井川1年）

③「『しばらく』と期間限定されていることから、本当は『オクサン』でないことが分かる。だが、全体のスピード感などから見て決して悪くは思っていない『私』がいるような気がする。」（大井川1年）

次の最後の歌（7の歌）にも表現面についての言及があるので、話の順序が逆になるがこれもここで上げておく。

④「『サンダル』とカタカナを使うことにより、心地良いリズム感を生みだし、（以下略）」（大井川1年）

⑤「とてもスピード感がある歌だと思いました。『駆けてゆく六月』『サンダル』『あじさいの花』と三拍子がそろっていて、女性の持っている『恋』に対する一直線なところを上手に表していると

思いました。『サンダル』というのも、軽いイメージが出ていてこれもスピード感があると思いました。」（大井川1年）

（「国語」雑話48／平成25・10）

10

7　思い切り愛されたくて駆けてゆく六月、サンダル、あじさいの花

言うまでもなくこの歌は全て「B＝かわいい女」である。他の要素は一切ない。また、この歌は与謝野晶子の「何となく君に待たるるここちして出でし花野の夕月夜かな」という歌を思い出す。たぶん、どちらも受け身形が使われているところが似ているのだろう。わくわくする期待感もそうだ。ただし、雰囲気は大分違う。晶子歌の方は甘くロマンチックでほんわかしているのに対し、万智歌の方は若々しく新鮮で、よりボーイッシュな感じがする。

①「人に愛されている様子が表されている。『あじさい』という言葉が何とも優しく、心から互いに好きなんだと感じさせられる。『サンダル』という言葉も靴をしっかり履く時間がもったいないという感じがし、早く相手に会いたいという気持ちが感じられる。」（大井川1年）

②「人は誰でも人から『愛されたい』と思う生き物である。『雨が降っている日でも、愛されたくてその人のもとへ駆けていく』という気持ちは私も分かる気がする。」（大井川1年）

③「『駆けてゆく六月、サンダル、あじさいの花』というところがとても好きだ。六月、『くつ』ではなく、『サンダル』という言葉で軽く楽しい感じがする。思いっきり駆けて行く場面が想像で

きる。『あじさい』があることで、さわやかな印象を受ける。」（大井川1年）
④「好きな人のところに早く行きたくて、六月だからちょうど雨がたくさん降る季節でなかなか会えなくて、久しぶりに会えるという喜びからサンダルが脱げそうになる位の勢いで、『あじさいの花』の横を通り過ぎていく、というとても可愛らしい短歌だと思う。この子の気持ちがよく分かる。」（大井川1年）
⑤「長い梅雨で互いに会えなくなってしまった。晴れている今日なら会えるかもしれない。また雨が降らないように、靴も履かず、『サンダル』で急いで行く。」（大井川1年）

まとめ

1. ハンバーガショップの席を立ち上がるように男を捨ててしまおう	A AAB AB
2. 男というボトルをキープすることの期限が切れて今日は快晴	A AAB AB
3. 沈黙ののちの言葉を選びおる君のためらいを楽しんでおり	A
4. 「嫁さんになれよ」だなんてカンチューハイ二本で言ってしまっていいの	A AB

A AB B	5. この時間君の不在を告げるベルどこで飲んでる誰と酔ってる
B	6. オクサンと吾を呼ぶ屋台のおばちゃんを前にしばらくオクサンとなる
B	7. 思い切り愛されたくて駆けてゆく六月、サンダル、あじさいの花

最後に全体をまとめる意味で一覧表にしてみた。

分類をもう一度確認しておくと、次のようであった。

「A＝強い女（またはそこを志向する女）」

「AB＝揺れる女（またはABの間）」

「B＝かわいい女（またはそこを志向する女）」

個々の歌とその評釈文のところで指摘してきたように、この分類には当てはまらないような場合がある。というより、そのやり方で全体を分類するのには元々無理なところがある。しかし、ある程度はこんなやり方でも、分かりやすく説明する上ではいいかもしれないと思い定めてやってみた。かえって混乱するかもしれないが、いちおう示しておく。

さてまとめだが、まずこの分類から見れば『サラダ記念日』というのは、正にごく普通の若い未婚女性の恋愛をめぐる思いを詠んでいるということがよく分かる。（ここでは取り上げなかったが、「恋愛」以外の歌もある。が、総体は「恋愛」歌が多い印象がある。）その恋愛観は自身の生き方と重なるが、要は強く自立して生きて行く道と、かわいく受身で生きて行く道の両方の姿がある。この対極的な二種類はそれぞれが強く求められているような場合もあれば、どちらとも言い難いような場合もある。全体的には後者の場合が多いような気がする。

（「国語」雑話49／平成25・10）

11

考えてみれば、それは当り前のことであり、前の方でも書いたが、一人の生き方というのは、いくら普通の若い女性だからと言って一方向だけを（目指して）生きて行くというような単純なものではないだろう。また、このように言ったからこうだとかはそのまま鵜呑みにはできないだろう。さらに言えば、このように見えたからこうだとかいうようなことでさえ、そのまま信じることができるかどうかは怪しいのである。ことほど左様に若い女性の心理は複雑なのではないのだろうか。分類の作業をやりつつも、常にああこれはまたいでいるな、と感じることは度々あった。それもみんなこの複雑さに繫がっているのだろう。

……という訳で、『サラダ記念日』がどういうものであるか探った訳だが、最後に、このような文章を私に書かせたのは、それに足るだけの高校生達の感じ方の新鮮さと確かさに、私がかなり心動かされているからである。

こういう感じ方と、こういう表現ができるということは、『サラダ記念日』とは別の意味で十分価値があるような気がする。

補足——

右で見てきたように、言うまでもなく俵万智『サラダ記念日』は短歌集で、一冊の本として作られている。が、その中は小さな単位の歌集が幾つか合わさっているのである。本の題名となった「サラダ記念日」というのもその一つであり、それ以外に例えば「八月の朝」から始まって「野球ゲーム」「朝のネクタイ」「風になる」（以下略）というような小さな単位の題名が付けられている。個々の作品だけでなく、全体的傾向等もここまで生徒鑑賞文を通して見てきたが、統計的にはどんな傾向が見られるか興味を持ったので、この際その結果も取り上げて、少し考えてみたい。

短歌集『サラダ記念日』は全部で四百数十首の短歌が収められているが、これら全てを今まで取り上げてきた分類の仕方で分類し、それぞれ全体の中での割合を計算してみた。その結果、次のようになった。「A＝強い女」＝二%、「ABの間」＝九%、「B＝かわいい女」＝三三%で、ここまでが「恋」「恋愛」「男女関係」に関する話題と言えるものであり、合計すると四五%で、約半分弱となる。残りは「その他」として分類し、ここには学校の事、世間の事、親の事、故郷の事等々、「恋」に分類できない話題を一括してみた。

すると、すぐ気づくことだが、確かに「恋」の話題は多いには多いが、「その他」の話題も意外にも（?）かなり多いということが分かる。我々の印象は目立つ部分にいくのであろう、かなり様々な話題そしてテーマも、幅広いということに気がつく。だから何だということになるかもしれないが、要はポイントがどこにあるか、どこが目立つかということである。『サラダ記念日』の場合、ポイントは、そして目立つのは何と言っても恋歌である、ということだ。それ以外の約半数の歌は、取りあえずその評価や意味は保留と言うことなのであろう。（最初の方で上げた『疾走する女性歌人』では、筆者の篠弘は俵万智の「父」への観察から生まれた歌に着目しているし、三枝昂之《さいぐさたかゆき》は高校教師としての視点に興味を示している。また、塚本邦雄は暗いイメージの歌を見出しているし、河野裕子は「生活者としての心地よい感触に目を向けてい」る。こういう篠の指摘からは、何も恋歌だけに目が向けられていたということでないことがよく分かるが、その着目のその後の展開は私にはよく分かっていないので、とりあえず保留としかここでは言えない。）

また、「恋」の歌の方も、「A＝強い女」というのが意外に少ないという印象を受ける。（それに反して「B＝かわいい女」というのが、やはり、意外に多いという印象を受ける。）そういう意味ではやはり、我々は「ハンバーガーショップの席を立ち上がるように男を捨ててしまおう」等の、色濃い「A＝強い女」のイメージにインパクト強く感じ取っていたのであろう。すなわち、今数行前で述べたように、その部分が少なくてもポイントと目立つ部分をしっかりと持っているのである。

いずれにしろ、ポイント、目立つ部分、インパクトといったようなことは、数字とはあまり関係ないということが結果的にはよく分かるのである。そして、『サラダ記念日』が受け入れられたのもこの部分である。どんなに少なくても「ハンバーガーショップの〜」は「A＝強い女」は新しく、また存在感の強い表現だったのである、少なくとも、数の多い「B＝かわいい女」よりは。そういう意味では『サラダ記念日』とは、何がどうあれ「ハンバーガーショップの席を立ち上がるように男を捨ててしまおう」という歌が代表選手、ではなく代表歌と言えるのである。

（「国語」雑話50／平成25・10）

『古今和歌集』の面白さ──構成・配列の妙

1

『古今和歌集』は和歌の歴史の中でも、最も重要な勅撰和歌集（天皇・上皇みずから、またはその命令により選び編んだ和歌集。「古今集」から、「新続古今集《しんしょくこきんしゅう》」まで二十一集ある）である。まず、その概略を次の説明で見てみよう。

最初の勅撰和歌集。二〇巻。撰者は紀友則・紀貫之・凡河内躬恒《おおしこうちのみつね》・壬生忠岑《みぶのただみね》。紀貫之の仮名序と、紀淑望《よしもち》の真名（漢文）序がある。九〇五年（延喜五）醍醐天皇の勅により撰集が開始されたとも、成立したともいわれる。およそ一一〇〇首を、春上下・夏・秋上下・冬・賀・離別・羈旅《きりょ》・物名《もののな》・恋1〜5・哀傷・雑上下・雑体・大歌所御歌《おおうたどころのおんうた》の部立に分け、以後の勅撰和歌集編集の規範となった。「万葉集」以後約一世紀にわたる一二〇余人の和歌を収録。読人知らず時代・六歌仙時代・撰者時代の三時期に区分される。優美繊細な歌風で、七五調三句切が多い。理知的で懸詞《かけことば》・縁語・比喩・擬人法などの技巧を用いて婉曲に表現。四季の美意識や心情表現の方法など日本的なものの原型がみられる。貴族の基本的な教養として重んじられ、「源氏物語」など散文の作品にも多大な影響を及ぼした。（山川出版社『日本史小辞典』）

この説明は、短いながらも『古今和歌集』についての基本的な説明は網羅されているように思える。これらの一つ一つについて、さらに詳しく見ていくのは面白いことだとは思うが、ここではそれは止める。ここでは右の説明文の「部立」（和歌の分類のこと）周辺のことについて取り上げてみたい。

そこで、まず『古今和歌集』の「部立」を一覧表に従って中身を理解してみよう。『古今和歌集』は二〇巻。歌数は一一一一首。これらが次に示す表のように整然と整理され、並べられている。

巻一	春歌上	立春から桜の歌まで。霞・鶯・梅・若葉・柳・帰雁等。
巻二	春歌下	桜・藤・山吹・惜春。
巻三	夏歌	ホトトギスの歌が大部分。
巻四	秋歌上	陰暦七八月。七月は風・七夕。八月は月・露・虫・雁・秋の七草。
巻五	秋歌下	風。紅葉・菊。
巻六	冬歌	四季の部の中で最少。雪。最後は冬の終わり、年の終わり。
巻七	賀歌	人が一定の年齢に達した祝いに対して詠む。
巻八	離別歌	長途の旅に出る人を送る。その他離別。
巻九	羇旅歌	旅で詠まれた歌。
巻十	物名	物の名前を歌の中に隠して詠むもの。
巻十一	恋歌一	前期（不会恋）忍び恋
巻十二	恋歌二	前期（不会恋）忍び恋
巻十三	恋歌三	成就期（会恋）逢瀬前後の恋の進展
巻十四	恋歌四	成就期（会恋）と後期（会不会恋）。頂点（高潮期）に達し次第に下降。
巻十五	恋歌五	後期（会不会恋）高潮期を過ぎて懐疑・断念・回想。

巻十六　哀傷歌　　人の死に関する歌。
巻十七　雑歌上　　四季・恋その他特定の部に収められないもの。
巻十八　雑歌下　　「無常」という主題。厭世、遁世、失意、憂愁の歌まで含む。
巻十九　雑体　　長歌・旋頭歌・誹諧歌をここに集めた。
巻二十　大歌所御歌
　　　　神遊び歌
　　　　東歌　　儀式や神事で演奏する音楽の歌詞を集めたもの。

「部立」の下方に示したコメントは、その「部立」のおおよその内容説明である。小学館『日本古典文学全集』『新潮日本古典集成古今和歌集』等を参考に作成してみた。（　）は松田武夫『古今集の構造に関する研究』にある語を使った。

（「国語」雑話51／平成25・11）

2

このようにして見てみると、色々なことが分かってくるだろう。

例えば、『万葉集』と比べると「部立」の種類が多い（『万葉集』は基本的には三種類「雑歌」「相聞」「挽歌」）とか、二〇巻というのもきりのいい数字（『万葉集』と同じ）だとか、季節（四季）と恋の歌が多そうだとか、ほとんどが短歌らしい（巻十九から分かる）とか、こういったことは比較的簡単に読み取ることができそうだ。それらの中で問題にしたいのは、今「多そうだ」と述べた「四季」と「恋」の「部立」である。

が、その前に全体の構成の問題として、二〇巻という巻数と「部立」との関係について少し指摘しておきたい。この二〇というきりのいい数字は、なぜそうなっているのか。その答えとして例えば『万葉集』に合わせた、というのは余りに便宜的であって、もっと内的必然性があるのではないかと思う。

あれこれ考えていたら、誠に渡りに船があった。松田武夫は次のように述べていた。

> 二十巻が、最もふさはしい巻数であるという思考が、当然働いたはづである。その理由の一つは、二十巻は、前後各々十巻に折半されるといふことである。（中略）その理由は簡単で、二十巻の各巻と、それぞれの巻に該当する部立を観察すれば、具体的に証明される。即ち、巻一から巻六までは春・夏・秋・冬の四季歌の部であり、それに対応するものとして、巻十一から巻十五までに恋歌を配してゐる。又、巻七の賀歌は、巻十六の哀傷歌に対し、巻八・巻九の離別歌・羇旅歌は巻十七・巻十八の雑歌上下と対偶関係を構成している。更に、巻十物名は巻十九雑体と相対し、巻二十大歌所御歌が、附録的な取扱として巻末に孤立して置かれてゐる。（松田武夫『古今集の構造に関する研究』）

松田の言うのを表に当てはめてみると次のようになる。

巻	部立		巻	部立
1 2 3 4 5 6 ↔	四季歌	……	11 12 13 14 15 ↔	恋歌
7	賀歌	……	16	哀傷歌
8 ↔	離別歌	……	17 ↔	雑歌上
9	羇旅歌	……	18	雑歌下
10	物名	……	19	雑体
			20	大歌所御歌

さらに、右に述べた根拠として次のような指摘をしている。

　左右相対称配置は、平安朝人の美意識の根底をなすもので、平安京の都市計画にも、建築にも美術工芸等にも、一様に見られ、又枕草子第二十一段に、古今集の「下の十巻」ともある。

（前同）

　この前半十巻、後半十巻。さらにそれぞれ「季節」と「恋」が冒頭にあり、最も重要であるというような捉え方は、今はどうやら常識になっているようだが、おそらくこの松田の研究等が重要な役割を果たしていたのではないかと思う。というのも『古今和歌集』の構成や構造について調べようとすると、必ずと言ってよいほどこの学者のこの書物が話題になっているからだ。

＊

さて、いよいよ本題の「四季」と「恋」の「部立」の問題に入る。今「部立」と巻数の問題に寄り道したのだが、そこで実は、図らずも『古今和歌集』において重要な「部立」が二つ、それが「四季」と「恋」であることが示されたのだった。それは構成上の問題と（おそらく）分量の問題であった。これは、どちらかと言えば外面的問題であった。しかし、当然のことながらそのことの内在的問題がそこにはあるのである。

また、そのことが一番重要な事でもある。松田氏が指摘したように「折半」の思想によってそれぞれの冒頭に位置させ、しかもあれだけの分量を与えているその根拠は何か。それは、『古今和歌集』編纂者達の「時間」というものに対するこだわり、しかもそれはおそらく彼らに共有されていた意識であり、また同時代において共有されていた意識でもあるだろう。その「時間」に対する意識が強く出ていると私は思う。窪田空穂の『古今和歌集評釈』は、この種の本の中では大変評価が高いが、次のように述べている

古今和歌集の和歌を通覧して、前にいった人事と自然とを一体として渾融させてゐる事と相並んで、第二に、最も際立って感じられる事は、一切の取材を時間的に扱っているという事である。すなわち一たび心に触れた事象は、それが人事であっても自然であっても、次いで、それを永遠なる時の流れの上に浮べ、その事象も時と共に推移しつつあるものである事を認め、その上で、それに依って起って来る感をいうという詠み方である。（窪田空穂『古今和歌集評釈』）

（「国語」雑話52／平成25・11）

3

結論を先に述べてしまったが、何のことを言おうとしているのか。それは『古今和歌集』のあの「四季」と「恋」の歌の並べ方、すなわち配列の仕方である。これが実に巧みである、なみなみならぬこだわりを感じるのである。

「時間」に対するこだわりというのをさらに正確に言えば、時間の移り変わり、推移というものに対して、大変敏感で意識的になっているということだ。そのことは個々の歌を見ても感じられることだが、それを和歌の編集の場（すなわち、一人でないということ）で示している。ということは、そのことがそれだけ（万葉時代から古今時代への流れの中で、と言ってもいいだろう）共有化されている、というより共有化されつつある意識であるということだ。それを皆の意識化途上にある意識に形を与えていったということではないだろうか。それが配列の妙ということになる。だから、今から述べるのは「四季歌」と「恋歌」の配列の妙である。

ではまず、四季の歌から見てみよう。この文章の初めの方で示した「部立」の一覧表をご覧になっていただきたい。見て分かるように立春から始まって冬の終わり、年の終わりまでの風物を織り込んだ歌が、季節の推移（時間の推移）に従って配列されている。（言い落したが、またここでは詳しくは述べないが、春歌は旧暦の一月～三月、夏歌は四月～六月、秋歌は七月～九月、冬歌は十月～十二月に該当すると考えておいてよい。）また、「恋歌」はひそかに思う初恋、片思いの恋から始まり、逢った後の恋しさ、相手の心変わりを恐れる気持ち、そして最後は失恋の悲しみ・懐かしさ・諦め等、まさに恋愛の進行の順序に従って配列されている。

配列の妙はここにあると思うが、配列の工夫や特徴と言えるようなことも沢山ある。それを色々な人が色々と述べている。例えば各巻・各部の最初と最後の歌と作者には特別な配慮があるとか、歌題（主題）（「歌題」と「主題」は厳密に言うと異なるようだが、ここではほぼ同じものと考えておく）と歌題（主題）との境目に当たる歌には撰者の歌がくる場合が多いとか、歌物語的な配列と解釈できるところがあるとか様々である。（この最後の「歌物語的」のところは私も少し面白いと思うが、今ここでは話題として広げない。）

では、具体例として『古今和歌集』巻一春歌上の初めの部分を引用しながら配列の妙を確かめてみたい。『古今和歌集』一一一一首の中で春夏秋冬の四季の歌は三四二首と大変多くを占めている。全体の三一％である。（「恋歌」の方も多く、三六〇首、三二％、ほぼ四季歌と同じ位である。）この四季歌の中は、春歌一三四首、夏歌三四首、秋歌一四五首、そして冬歌二九である。春秋が多く、夏冬が少なくなっている。この春秋歌が多く夏冬が少ないということは、考えられることが多くこれはこれで面白いが、ここでは膨らめないでおく。話を急ごう。ここでは、春歌の初めの部分十数首程度の歌を示しつつ、配列を確かめようと思う。（口語訳は『新潮日本古典集成』による。）

例えば岩波書店『新日本古典文学大系』の歌題（主題）に従えば（以下この本の分類の仕方に従う）、この1．2二首は「立春の日」ということになる。

1　年の内に春はきにけり一とせを去年《こぞ》とやいはむ今年とやいはむ（以下、傍点半田）（在原元方）

（正月がこないうちに、はや立春がきてしまった。これから大晦日《おおみそか》までの残りの日は、去年と呼ぶべきなのか、それとも今年と呼ぶべきだろうか。）

2　袖ひちてむすびし水の凍れるを春立つ今日の風やとくらむ（紀貫之）

（袖の濡れるのもいとわず手で掬《すく》った、あの水は、冬の間は凍ってしまっていた。しかしそれも、立春の今日の風が解かしてくれているだろう。）

（「国語」雑話53／平成25・11）

4

続いて3、4、5、6、7、8、9の七首は「残雪《のこんのゆき》」である。

3　春霞立てるやいづこみ吉野の吉野の山に雪はふりつつ（よみ人しらず）

（もう立春もすんで、春になったというのに、春霞はどこに立っているのだろう。ここ吉野山では雪が降りつづいて全く冬とかわらない。）

4　雪のうちに春は来にけり鶯のこほれる涙今やとくらむ（二条后）

（雪が残って景色はまだ冬のままなのに、暦の上では春になった。山深く冬に堪えていた鶯の涙は寒さに凍っていたが、今はそれもとけて、まもなく美しい声で鳴きはじめることだろう。）

5　梅が枝《え》に来《き》ゐる鶯春かけて鳴けどもいまだ雪は降りつつ（よみ人しらず）

（梅の枝にやってきた鶯よ。お前は春を待ちかねて鳴くけれど、まだ雪が降りつづいている。）

6　春たてば花とや見らむ白雪のかかれる枝に鶯の鳴く（素性法師）

（春になったので、白雪が花と思えるのだろうか。雪の降りかかった枝で、鶯が鳴いている。）

7　こころざし深くそめてしをりければ消えあへぬ雪の花と見ゆらむ（よみ人しらず）
（花の咲くことを、心待ちにしていたものだから、消え残っている雪が、花に見えてしまうのだろうか。）
8　春の日の光にあたる我なれどかしらの雪となるぞわびしき（文屋康秀）
（春の日の光を浴び、皇太子殿下のご庇護を蒙《こうむ》っている私ですが、今、雪が降ってきて私の頭にかかります。私の髪はこの雪と同じほど白くなってしまいました。それが大変情けない思いです。）
9　霞たち木の芽も春も雪ふれば花なき里も花ぞ散りける（紀貫之）
（霞がたち、木々の新芽もようよう張るきょうこのごろ、春の雪が降ると、まだ花の咲かないこの里にも、花が散っているように見える。）

次の10、11、12の三首は、「春の初め」である。
10　春やとき花や遅きと聞きわかむ鶯だにも鳴かずもあるかな（藤原言直）
（春になったのに、花がまだ咲かない。春が早くきすぎたのだろうか。それとも花の咲くのが遅すぎるのだろうか。鶯に尋ねて確かめてみたいのだけれど、その鶯さえもまだ鳴かない。）
11　春来ぬと人は言へども鶯の鳴かぬかぎりはあらじとぞ思ふ（壬生忠岑）
（春が来たと世間では言っているが、肝心の鶯が鳴かないかぎり、そんなはずはないと思う。）
12　山風にとくる氷のひまごとにうち出づる波や春の初花（源当純《まさずみ》）
（山から吹く春風に解けた氷のすき間から、ほとばしる波。これをこそ、春いちばんに咲く花というべきなのだろうか。）

次の13、14、15、16の四首は「鶯」である。
13　花の香を風のたよりにたぐへてぞ鶯さそふしるべには遣る（紀友則）

（風の手紙に花の香を添えて、まだ山にひそんでいる鶯を誘い出す、案内としよう。）

14　鶯の谷より出づるこゑなくは春くることをたれか知らまし（大江千里）

（鶯が冬ごもりの谷から出て、梢で鳴く声が聞こえてこなければ、春の到来を誰が知ることができようか。）

15　春たてど花もにほはぬ山里はもの憂かる音《ね》に鶯ぞ鳴く（在原棟梁）

（待ちわびた春はきたものの、花も咲かないこの山里では、せっかくの鶯も、うかぬ声で鳴くばかりだ。）

16　野辺ちかく家居しせれば鶯の鳴くなるこゑは朝な朝な聞く（よみ人しらず）

（人里離れた野辺に住んでいると、都では自由に聞けない鶯の声が、毎朝毎朝聞こえてくる。）

（「国語」雑話54／平成25・11）

5

ここから後は、17～23（七首）が「春の野」、24～25（二首）が緑、26～27（二首）「柳」、28～29（二首）「鳥」、30～31（二首）「帰る雁」と小さな区分けが続き、その後いよいよ本命の「梅」32～48（十七首）、そして「桜」（「咲く桜」）49～68（二十首）となり、「巻一春歌上」は終わっている。（なお、「桜」はこれで終わりではなく、次の「巻二春歌下」に繋がり、そこで後二十一首加わっている。）

以上、「巻一春歌上」の歌題（主題）の流れ、すなわち構成配列を、岩波版に従って示してきた。その流れの特徴を少し立ちいって見てみたい。すると、まず1、2の「立春」の歌にも3～9の

「残雪」の歌にも、どちらにも共通する思いがあるということに気がついてくる。

ところで、今「思い」と述べたが、それは今図らずも私は『古今集』の特徴を述べてしまったのだが、それは『万葉集』と違って、景色や自然という対象そのものを詠むのではなく、すなわち叙景的にではなく、その対象を使って自分の方の思いを抒《のべ》るというような、すなわち抒情的な特徴のことである。その特徴というのは、「古今集仮名序」で紀貫之が述べていた特徴に繋がる。

やまとうたは、人の心を種として、万の言の葉とぞなれりける。世の中にある人、ことわざ繁きものなれば、心に思ふ事を、見るもの聞くものにつけて、言ひ出せるなり。（「古今集仮名序」）

正にこの主旨に合致した表現が、『古今集』の歌々なのである。だから、ここにあげたどの歌も景色や自然よりも、それに触発された思いの方をより強く感じ取ることができる。しかも、それらの歌をこのように配列してあるので、そのことは余計に強く感じ取れる気がするのである。

では、その感じ取れる、読み取れる思いとは何かであるが、それは1、2の「春歌」にも3〜9の「残雪」についても共通しているが、それは「春への憧れ」、「春を待つ心」である。そして、ここに取り上げられている「残雪」というのは全て、「春への期待」を少しの間滞らせる景物として取り上げられている。そういう期待感を、言わば焦《じ》らす役割を果たしている素材ということで取り上げられている。「雪」を詠んでも「雪」を詠んでいない。「雪」によってはぐらかされ、焦れったく思う気持ちを詠んでいるのだ。換言すれば、その物に対する言わば抵抗の気持ち、すなわち春へのそれだけ強い憧れの思いとして読み取ることができるのである。

次の10〜16は、岩波版では「春の初め」であるが、内実はもうここで鶯が登場している。「鶯」

は、別名「春告鳥」とも言われ、その名の通り「春の初め」の代表格の景物・自然である。が、その登場も、いきなりやってくるというものではない。一方、「春」全体の代表格、すなわち横綱を「桜」とすれば、この「鶯」や「梅」はそれに準ずる位の高い位置づけである。大関といったところだろうか、その辺りが登場するので、前置きがあるようである。10、11がそれである。だからこの部分を松田等は、「鳴く前の鶯」という名称で分類している。そしていよいよ「鳴く鶯」かと思えば、その前に松田に「解氷」と名づけられた、言わばワンクッションが入れられている。この流れを分かりやすく示すと次のようになる。

鳴く前の鶯（10〜11）――解氷（12）――鳴く前の鶯（13〜14）――鳴く鶯（15〜16）

12は、「鳴く前の鶯」の中に挟まっている、と捉えてもいいだろう。この歌の流れの中での位置づけについては、松田は、この中の12〜15の四首は、「寛平御時后宮《かんぴやうのおほんときのきさいのみや》の歌合の歌」（八九三年頃）から採ったものだが、その時の配列順をこの『古今集』では少し変えてあるという指摘をし、「歌の時間的背景である初春を強調させるために」この位置に配列したと想像している。『古今和歌集全評釈』で竹岡正夫は次のように述べている。

この歌（12番の歌（――半田注））の前までは、まだ鶯が鳴いていないが、しきりに鶯を待つ心を詠んでおり、この歌のあとは、鶯を谷から誘い出して鳴くようにするという歌が続く。その中でこの歌だけが鶯を詠んでいない。（中略）やはり、鶯の歌の間に、鶯の出て来る谷の早春の状景を《景》として、挿入したものと解される。（中略）鶯を主人公とする絵巻物がおもむろに繰り広げられていく趣で、この一首はあたかも鶯登場へ向けての前奏曲であり、かつ背景となっている効果をあげている。(竹岡正夫『古今和歌集全評釈』)

(「国語」雑話55/平成25・11)

6

要するに、10~16の一連の「鶯」の歌群とその中での12の歌の位置づけなのであるが、流れを感じ取りながら読んでいけば、ここに書かれたようなことにうなずけると思う。すなわち、鶯はまだ鳴いていないが、鳴くことを期待している10、11がある。そして、次の12で一転、意識は鶯から離れ、鶯が生息している山、あるいは谷から吹き込んでくる春風によって解ける氷の姿に春を感じる心が詠まれる。この春はかなり明瞭な春である。この明瞭な春の徴《しるし》によって、いよいよ鶯の登場の準備ができた。だから13、14で鶯よ、そして鶯の声よ、早く現れよと言っているのである。そして、15、16になると、ここでの主役である鶯がやっとのことで登場し、鳴き声が聞こえてくるという流れになるのである。

……しかし、と言おうか何と言おうか、あれだけ鶯は登場が待たれていた、期待されていた(鶯が待たれる、期待されるというのは、ここまでまだ指摘していないが当然「立春」「残雪」のところで指摘したように「春」への期待感とほぼ同じことを示していると捉えればいいだろう。すなわち、「春」=「鶯」と)のに、その姿や声がそのものとして詠まれるのは僅かに二首だけ、しかも15「もの憂かる音」(うかぬ声)と16「朝な朝な聞く」(毎朝毎朝聞こえてくる)「声」である。どちらも期待が大きかったのに反して、誠に冴えない本体であったということになる。

だから、この辺りの一連のテーマは、やはりその取り上げられた景物や自然ではなく、それを通した歌い手側の「思い」であり、それは徹頭徹尾「春」や「鶯」ではなくてそこに至るまでの時間的な意識、ここでは「春」や「鶯」を待つ心、期待する心であるということがよく分かるのである。

*

以上、『古今和歌集』の春歌上の1～16に焦点を当てて、配列の妙と感じられることを見てきた。そして、編者達は細部にわたってこの作業に当たってきたことが、これだけの範囲においてもこのように見てとれるのである。ということは、今更なのだが、全体ではとてつもない大仕事であったことだろうと思えるのである。さらにここから、彼らのこの作業への思いが熱く強かったことも、併せて想像できるのである。

では、何が彼らをそうさせたのか。それは漢詩や漢文の唐風文化に対しての日本（大和）文化の主張、というようなことが論じられているし、当然そういうことはあると思われるが、もうひとつ重要な事は、そのことを、（当然、当時の）現代人の「時間」の意識の変化という形の中で、どうしても表しておきたかった。歌を選び配列し、形で示しておきたかったのではないだろうか。逆に言っても同じことだが、歌を選び配列し形で示すことで、「時間」の意識の変化を示したかった、ということである。結果的にはそれが日本文化の自己証明のようなものになるのかもしれないが、そんなことは取りあえずの当事者にとってはあまり問題ではなかったのではないのだろうか。ともかく示したかったのだ、彼らは。

「時間」の意識というのは、既に前の方で「皆の意識化途上にある意識に形を与えていった」と述べたのだが、そこでの主旨は今ここで述べたこととほぼ同じことである。だから、ここではそこからさらに踏み込んで、考えてみたい。

そもそも「時間」の意識とはどういうことを指しているのか。結論から言えば、それは、対象を推移し、変化していくものと捉える意識である。正に『古今和歌集』のあの構成配列の形の中に、それが如実に表れていると言えよう。「四季歌」の中では、春夏秋冬。それぞれの中がさらに細分化され、景物や自然が取り上げられている。さらにまた、その中の「春歌」の初めの方は、その季節、春を待つ心＝思いが底を流れている。ということは、表向きに取り上げられている歌題（主題）の数々の歌とそれぞれの底を流れる思いの両方がそこにあるということなのである。このようなことを時間意識と言っていいと思うが、それはここで取り上げた歌の後にもこの両方がありそうな感じがしてくる。

ということで、この後であるが、表向きは前の方の一覧表である程度は確認できそうである。問題はその底を流れる思いの方である。前の方で既に述べたように、『古今集』は個々の対象を詠んでいるようでも、実は詠んでいない。（「『雪』を詠んでも『雪』を詠んでいない」と述べた）詠んでいるのは思いの方であると。そして、それは「春への憧れ」の思いであるという意味のことを述べた。その思いはその後はどうなるのか。それは「惜しむ心」になると思われる。（片桐洋一は「万葉集の自然と古今集の自然」という文の中で、「春歌」前半のテーマは「春」を「待つ心」、後半を「惜しむ心」と指摘した。基本的には私もそのように思う。）そこでは、すなわちこの後であるが、例えば大関格の「梅」は、32〜48の十七首あるが、詠まれているのは梅の姿であるよりも、ほとんどが自己主張としてはやや弱めの「香り」である。また、44以降になるともう「散る」ことを話題にしているのである。

一方、横綱格である「桜」の方は、その最初の49からして「散る」ことが話題になっており、以下延々と「散る」ことを話題とし続け、満開の桜を賞美したりするような歌は、非常に少ない。これらをまとめれば「花」それ自身に対する思いよりもそれが「散る」、すなわち失われることを巡る思い、すなわち「惜しむ心」が多く詠まれているということになるのである。

（「国語」雑話56／平成25・11）

7

さらに言えば、この「待つ心」と「惜しむ心」という捉え方は、全くもって「恋歌」の場合に、そっくりそのまま当てはめることができそうである。「忍び恋」から始まって、恋が成就し、頂点に達する。しかしそれも束の間、すぐその後下降し、懐疑、断念、回想へと流れていくという、この時間進行と全く同じと言ってよいだろう。

すると、「待つ心」や「惜しむ心」、これらを全て包括するような時間意識を見出すことはできないか、という新たな問いかけをしたくなってくる。それぞれの歌に詠まれている景物や自然の姿、その底を流れているこれらの「待つ心」や「惜しむ心」、その思いのさらにその底を流れている思い、と言ったらいいだろうか。これは言い換えれば、底のさらに底を流れる時間意識ということになる。これが何なのかということなのである。

しかし、この答えは少し保留にしてその前に、時代はずっと後になるが、『徒然草』の次の箇所が先程から頭の中をちらちらと過《よぎ》るので引用しておく。

花は盛りに、月はくまなきをのみ、見るものかは。雨に向かひて月を恋ひ、垂れこめて春の行方も知らぬも、なほあはれに、なさけ深し。咲きぬべきほどの梢、散りしをれたる庭などこそ、見どころ多けれ。（「徒然草」第一三七段）

（桜の花は、満開のさまばかりを、月は、曇ったところもなく明るく照り輝いているのばかりを観賞するものだろうか。降る雨を見て見えない月を恋しく思い、家の中に閉じこもって春の過ぎていく先を知らないのも、やはりしみじみと情趣が深いのである。今にも咲きそうな時分の桜の梢、花が散りしおれている庭などこそは、見るべき点が多いのである。）

満開の花や満月はあまり相手にされない。心惹《ひ》かれる情景は、満開の前とその後、満月でない月、見えない月である。これは正に今まで指摘してきたあの「春」や「鶯」や「梅の花」や「桜の花」そのものを詠むのではなく、それを「待つ心」と「惜しむ心」を詠む、そこに通じている意識のように見える。兼好のこの段は、この後「恋」のことについて触れているが、その主旨もここと重なる。ということはやはり、「待つ心」と「惜しむ心」に通じているように見えるのである。

面白いので、これも引用しておく。

よろづのことも、始め終はりこそをかしけれ。男女のなさけも、ひとへに逢ひ見るをば言ふものかは。逢はでやみにし憂さを思ひ、あだなる契りをかこち、長き夜をひとり明かし、遠き雲居を思ひやり、浅茅が宿に昔をしのぶこそ、色好むとは言はめ。（前同）

（全ての物事も、初めと終わりにこそ興趣がある。男女の恋情にしても、ただ逢って契りを結ぶのだけをいうものであろうか。逢わずじまいに終わった恋のつらさを思い、はかない二人の約束事について愚痴をこぼし、長い夜をただ一人で過ごし、遠い空の彼方に住んでいる恋人を思いやって、浅茅の茂る荒れた家で、昔をしのぶような人こそが、色好みの名に値するのである。）

このように、『古今集』とどう見ても通じている、似ている。二者に違いはないではないかと思える。しかし、違うのだ。では違いは何か。それは、その対象に向かう「心」の状態や態度の違いではないだろうか。

兼好は明るく前向きである。さらに言えば断定的である。それもかなり強く。『古今集』の編者は兼好のように、こんなに前向きではない。あれだけ強く「待つ心」と「惜しむ心」で景物や自然を詠みながら、兼好のような断定的な雰囲気も感じなければ、前向きな気分も感じない、それはなぜかだろうか。結論を言おう。それは、兼好の感じ方は、感じる基盤である彼の「心」が「静止的」で、一方、「古今集」の方は、基盤の「心」が「流動的」だからではないだろうか。

だから、兼好は今見てきたよう「満開」＝「満月」＝「契りを結ぶ」恋＝「絶頂」、その前後の「待つ心」と「惜しむ心」の部分、すなわち「流動的」部分（絶頂に向かうのと絶頂から降りて行く部分なので「流動的」と表現した）を、対象は「流動的」であっても、動かぬ目と「心」で定位し、すなわち「静止的」に、価値づけることができるのだ。（「流動的」なものを「静止的」に見るということ。）一方『古今集』の方は、あくまで「心」は「流動的」であるので、対象の「流動的」な姿に共振して、強い主張も価値づけもなし得ないし、そうするつもりもないのである。（「流動」的なものを「流動」的に見るということ。）

ついでにもう一つ、兼好のことで指摘しておくと、「推移」すること、「変化していく」こと自体を強く主張している段があるが、兼好なら「心」が「静止」「定位」しているので、こういうこともあるだろうと思える。なかなか魅力的な文章なので、これも取り上げておく。

（「国語」雑話57／平成25・11）

8

折節《おりふし》の移り変るこそ、ものごとにあはれなれ。

「もののあはれは秋こそまされ」と人ごとに言ふめれど、それもさるものにて、今一きは心も浮き立つものは、春のけしきにこそあんめれ。鳥の声などもことの外に春めきて、のどやかなる日影に、墻根《かきね》の草萌え出づるころより、やや春ふかく、霞みわたりて、花もやうやうけしきだつほどこそあれ、折しも、雨・風うちつづきて、心あわたたしく散り過ぎぬ、青葉になりゆくまで、万に、ただ、心をのみぞ悩ます。（第一九段）

（季節の移り変わりこそ、物事にしみじみとした趣きがあるものだ。

「物事の趣きの深さは秋こそ優れている」と人々は言うけれど、それは確かにそうだが、いま一層心を浮き立たせる季節は、春の景色である。鳥の声も事のほか春めいてきて、のどかな日の光に、垣根の草も萌えいずる時期から、やや春は深まり、霞がかってぼんやりとし、桜の花もようやく色づき始める。ちょうど、雨風が続いて、心が休まる暇もなく桜の花の季節が終わってしまう。桜が青葉になっていくまで、ただすべて、花のことのみに心を悩ませられるものだ。）

これは、『古今集』の時間意識の説明のところで取り上げた「対象を推移し、変化していくものと捉える意識」と、やはり通じる気がする。時間（ここでは「季節」）が「推移」し「変化」していくことを取り上げているのである。しかし、「花は盛りに」（一三七段）のところで説明したのと同じ理由で、『古今集』と兼好は異なる。兼好は、先程の「花は盛りに」で対象に対し「静止的」心で見ていた。それは、ここでも同じである。だから、ここでも、前向きで、強い。そして、ぶれない。兼好は何だか、世を半ば拗ねた自説を曲げない頑固な隠居老人に見えてきた。……そんなことは当り前、何を今更であるが。ここにきて改めてそう思ったのである。

さて、課題であった、歌に詠まれた景物や自然の姿の底を流れている「待つ心」や「惜しむ心」、そのさらにその底を流れている思いについて述べたい。それは時間が「推移」していると感じる心、とでも言ったらいいのだろうか。今述べた、兼好の「折節の移り変はるこそ」にあるような意識である。（しかし、その対象に向かう「心」の状態や態度は「古今集」と異なることは既に述べてある。）

それは広く捉えれば、この世の様々な事物に対して感じられるものであるが、ここでは、日本の景物や自然に特に強く取り上げられているのであった。また、人事の方では「恋」においてそれが強く感じられるのであった。さらに言い換えれば、この感じ方は「無常」とか「無常観」と言う語で説明することもできるだろう。すなわち、世の中や俗世、さらに現世。そして命。こういったものに対してはかなく感じる心といったところだろう、この語の意味は。これは仏教用語であるが、大変重大な語である。

まとめである。

そもそもあらゆる事物は、説明して位置付けると、そのことの価値がそこで一人歩きしそうである。『古今集』が凄いと思うのは、「流動的」な部分や「推移」するものに対して、意識を兼好のように自分の向こう側に置いて、自分を「流動」や「推移」とは関係ない場所で捉えて、価値を与えるというようなことはせず、自分がその「推移」や「流動」そのものになる。言わば、「推移」「流動」を生きる、というような点である。だから、兼好は「無常」を論じるけれど、『古今集』では、論じない。「無常」は生きるものだからだ。それは『古今集』と兼好の時代の四〇〇年位の時間的隔たりの持っている意味なのかそうでないのか、その辺のことは正直私にもよく分からない。

（「国語」雑話58／平成25・11）

第Ⅲ部

「送り手」と「受け手」について――「表現」の問題

1

現役の頃、長く演劇部の指導と演劇鑑賞担当の業務に関わってきたので、今回はこのことに関連して思うことの一端を書いてみたい。実際にどこの学校でどういうことをして、どんなであったかを語るのは、様々な事があったので、興味深い話題と具体的な話には事欠かないが、それは別の機会ということにして、ここでは題に示した「送り手」と「受け手」ということについて考えたいと思う。

さて、演劇の制作は台本選びから始まって、役割分担、読み合わせ、立ち稽古、小返し、通し稽古等々が流れの本流とすれば、その脇（脇ではないという捉え方もある）には役割分担で担う種々の役割の流れが幾筋かあり、これらが本流とほぼ同時進行で進められて行く。そうしたことを支えるにはすごいエネルギーが必要だが、それが一つの舞台に凝縮され完成すると、その瞬間の喜びと満足感は経験した者でなければ分からないほど、大きなものがある。しかも今述べた本流やその他の流れは滑らかに整然と流れるのではなく、大抵の場合、障害物があったり、障害が起こったりするので、完成した時の喜びがいかなるものか、経験のない人も多少は想像できるだろう。

しかし、作り手は作るだけでは終らない。作ったものを、あるいは作られつつあるものを誰かに伝えようとする。すなわち「送り手」であろうとする。ここには、タイトルで示したように「送り手」と「受け手」というテーマがあるので、早くそこに行ってみたいが、その前に演劇、音楽、書道、美術、そして文学等の芸術創作（制作）の出発点に当たる「表現」というところから基本的な事を、まず確認して行きたい。

*

そもそも、あらゆる芸術創作（制作）は、個々人（「各集団」の場合もある）の「表現」したいという基本的欲求から始まる。私達は常に何かを「表現」したいと思っているし、思うも何も、「表現」したいので「表現」している。喋《しゃべ》りたいから喋るし、叫びたいから叫ぶ。また、歌いたいから歌うし、飛び跳ねたいから飛び跳ねる。これがここで言う「表現」のことである。

しかし、この「表現」だけでは、「表現」されたものが外側に上手く伝わらないのである。「上手く伝わらない」というのは、「表現」の持っている力や意味や価値等が自分の所に止まり、他者に届いていかない、伝わらないということだ。だからこれはいくら他者に伝わるような、他者と共有するような媒介物（例えば同一言語、身体、発声器官等）を使っていても無理だ。たとえ、「表現」していることは伝わったとしても、それはそれだけのことでしかない、共感や感動あるいは説得する力を持たない、言わば浅い伝わり方なのである。

このことについて、例えば小説を例に取って考えてみよう。中島敦の「山月記」の中で、虎に変身してしまうという不幸な運命に見舞われた主人公李徴、その友人の袁傪《えんさん》は、李徴の記載依頼を受け、彼の創作した詩を彼自身の朗誦で聞き、その作品における李徴の才能を認めながらも、何か足りない点があると感じている。そこは次のようになっている。

なるほど、作者の素質が第一流に属するものであることは疑いない。しかし、このままでは、第一流の作品となるのには、どこか（非常に微妙な点において）欠けるところがあるのではないか、（中島敦「山月記」）

遠慮しがちで、さらに括弧まで付けて指摘した「（非常に微妙な点において）欠ける」ということがどういうことを指しているのかは、その場で朗誦された詩が示されていないので、我々読者にはよく分からない。しかし、考えるヒントはある。それは、その直後、李徴が現在（虎となり、袁傪と会っている現在のこと）の思いを即席の詩に託して詠む場面がある。この詩は小説の中に示されているので、これを見れば李徴の詩がどういうもので、袁傪の感じた「足りない点」についても、多少なりとも判断できそうな気がする。

（「国語」雑話59／平成25・12）

2

偶 因 狂 疾 成 殊 類

（たまたま気が狂い、人間とは違う生き物になってしまった）

災 患 相 仍 不 可 逃

（災難が内からも外からも重なって、この不幸から逃れることができない）

今 日 爪 牙 誰 敢 敵

（今日では、自分のこの爪や牙に誰があえて敵対することができよう）

当 時 声 跡 共 相 高
（あの頃は、この私も君も共に秀才としての名を高くさせたものだ）
我 為 異 物 蓬 茅 下
（今や私は人間と異なった虎の身となり、蓬や茅等の叢の中に隠れているが）
君 已 乗 軺 気 勢 豪
（君は既に立派に出世して車に乗り、素晴らしい気勢である）
此 夕 渓 山 対 明 月
（この夕べ、私は奥深い山々や谷あいを照らす明月に向かって）
不 成 長 嘯 但 成 嘷
（声を引いて詩を口ずさむこともできず、悲しみのあまり吼え叫ぶばかりだ）

七言律詩。押韻は偶数句末の「逃・高・豪・嘷」。第三句と第四句、第五句と第六句それぞれが対句。構成もシッカリ整然としている。李徴の、記載依頼に従って聞いた詩について袁傪が感じた、「格調高雅」という評言も該当するだろう。「意趣卓逸」（作品意図や主題が抜きんでて優れている）という評言も、やはりこの詩にも該当すると思われる。

では、何が欠けていると言うのか。私なりに用意してある答えを示してみよう。

①李徴の性情や人間（性）の問題（自嘲癖、妻子のことを後回しにする。）によるもの。
②師や詩友と交わって切磋琢磨に努めなかったことによるもの。他者の批評を受けなければどうしても独りよがりになる。
③名声欲によるもの。純粋に詩そのものを大切にするよりも、自分の力を認めさせたい、自

尊心を満足させたいという思いが強い。
大体こんなところだろうとは思うものの、いずれもある種の状況証拠みたいなものばかりである。やはり、できればそのことを「表現」されたものを通して確かめたいと思うのである。そうすると、袁傪が聞いて感じた疑問＝「欠けるところ」の直接の対象は小説上には存在しないが、即席で作られた詩を唯一のヒントとして考えることができそうな気がしてくる。（引用した詩がそれである。）
では、①②③に該当するようなことは、この即席の詩から見てとれないだろうか。はっきりとは言えないが、これはあまりに自分自身の不幸の語り方が、愚痴っぽいのではないだろうか。言い換えれば、「私」の思いや意識が強過ぎるのではないのだろうか。「愚痴」も、場合によっては上手く「他者」に伝わることがあるが、その「他者」が、語る人物と個人的に繋がっていないような場合には大抵聞き辛いものである。恐らく袁傪の疑問はこの辺りにあるのではないかと私には思われるのである。すなわちこのことを、李徴の「表現」は独りよがり（先程の用意した答えの②でその語を使った）であったと言うこともできそうである。

（「国語」雑話60／平成25・12）

3

では、「独りよがり」にならないため、届くため、伝わるために必要な事は何なのか。それは、ひとひねりである（簡単に言ってしまったが）。それは、その自分の「表現」に対して、「表現」活動をしている自身の視点とは違った、より深い視点のことだ。またそれは、客観的視点とか、第三者的視点、さらに言えば俯瞰《ふかん》的視点と言うこともできるだろう。この視点を用意することが必要なのだ。即自的表現に対しての対自的表現というような言い方も可能だと思う。そんな難しげなことが、どうしてこの簡単な言葉の「ひとひねり」なのだと思うかもしれない。しかし、これはある意味では獲得するのがなかなか難しいことだが、別の意味では容易《たやす》いこともいっぱいある。両方なのだ。

「ひとひねり」の内の容易い方の例をあげてみよう。それはその辺に転がっていそうな気がする。「表現」の中で「力や意味や価値等が自分の所に止まる」らず、他者に届き、伝わるようなもの、「共感や感動あるいは説得する力を持」つようなものを探せばよいのだ。例えばその辺にあるわけだから、日常の場面などでも沢山あるだろう。ただし、そこは「ひとひねり」の「表現」でなくてはならない。だから例えば言葉の「表現」で言えば、「別れるときにあの人が言った『ありがとう』が私に伝わり、私は感動した。」というような「表現」の例は、その人と自分との個人的な関係を背景にして言葉の「表現」をしているだけであって、自分が感じたその感動は、その時のその場のその相手に対してだけは（すなわち言葉の「表現」以外の要素で）伝わるかもしれない。しかし、それらの要素がない場合や、また第三者に対しては、これだけでは出来事については伝わるかもしれないが。他のことは、伝わらないだろう。

だから、少し厳密に言えば、「伝わる」とか「伝える」とか言っても表面的な「伝わる」あり方と、深いところに届く「伝わる」あり方があるということだ。この後者のことを「文学」とか「芸術」と言っていいだろう。さらに先程の言葉の繰り返しになるが、「力や意味や価値等が自分の所に止まらず、他者に届き、伝わるようなもの、共感や感動あるいは説得する力を持つようなもの」

と言ってもいいだろう。

そこで右のことをその実際の例の中で少し考えてみたい。先程「それはその辺に転がっていそうな気がする」と書いたように、身近なところで探してみると、ちょうど高校生が創作した短歌と俳句（川柳）が沢山手元にあるのを思い出した。これらは既に「国語雑話」で紹介してきているが、この際、再び彼ら彼女らに登場してもらおう。「短歌」よりも「俳句（川柳）」の方が、ここでの引用としてよりふさわしいように思われるので、こちらの例を幾つか取り上げてみる。なぜふさわしいか。それは「雑話」にも示したが、鎌田東二の「俳諧の主語はつねに自己ではなく他者である」という指摘にヒントがありそうだ。

すなわち、「短歌」はある意味で、事柄をすらすらと説明的に述べることができる形式なので、ただの「表現」でも形さえできていればそれなりのものに見えてきたりするものだが、「俳句（川柳）」の方の「主語」が「他者」ということは、要するに直接的な（一人称の）説明には馴染まず、第三者的視点が必要になるということだ。（この辺のことは「高校生の俳句・川柳――国語雑話34～37」を見てもらいたい。）だから、「他者」の視点を必要とする「ひとひねり」の様子を伺うのにはこの「俳句（川柳）」の方がふさわしいに違いない。

①テスト前鉢巻しめてテレビ見る（昭和62・城北工）
②子供より親がはりきる子の行事（平成17・金谷）
③うちの犬人間よりも金かかる（平成17・金谷）
④水泳が楽しくないぞ男子校（昭和62・城北工）
⑤二、三日姿を消すと丸坊主（昭和62・城北工）

⑥雨の日は部長一人で部活やり（昭和62・城北工）
⑦紫陽花が宝石つける雨あがり（平成10・藤西）
⑧冬の空見上げてびっくりダイヤモンド（平成10・藤西）

（「国語」雑話61／平成25・12）

4

①テスト前なら、テレビなど見ないでしっかり勉強しなければならない。それなのに、テレビを見ている。これではいけないという思いが詠まれている。しかし、このように説明するとただの事実、事柄の説明で終ってしまう。それがこのように詠むことで、ひとひねりが働いている。それは、まず流れ、これがいい。「テスト前鉢巻しめて」というところから、そうしなければならない意気込み（勉強？）が詠まれ、「受け手」はそれを素直に感じ取る。しかしその後、「テレビを見る」とくることで、常識的な流れに違和が生じる。この「違和」がいいのだが、このことを先程の説明のようにしてしまうと誠に平凡でつまらない「表現」にしかならない。

②「子の行事」というの、子が通う学校の行事か何かであろう。それが、当事者である子供よりもその親が張りきって関わっている、ということを詠んでいる。詠み手、すなわち表現者の視点はどこにいるのか、「子」かもしれないし、「親」にあるかもしれない。はたまた、それ以外の第三者かもしれない。以下簡単に。

③第三者的視点がよく現れていると思う。

④自分の思いも入っているが、それを一般化して「男子校」という俯瞰的視点で「表現」している。
⑤だから何、ということは表現されていない。
⑥自分が「部長」であるかどうかはよく分からない。そういう感じはするけれども。
⑦たぶん「露」だろう、それを「宝石」と表現している、ここがいい。
⑧これも表現の仕方は⑦と同じだ。たぶん「星屑」のことだろう、それを「ダイヤモンド」と「表現」している。

このような「表現」の仕方が、客観的、第三者的、俯瞰的視点ということになるのである。これらは皆、自分の「表現」の基本の欲求をそのまま「表現」することが抑制されている「表現」である。当然「独りよがり」にはなっていない。

*

今見てきたように、ただの「表現」の地点から「ひとひねり」を通過することによって「表現」は「表現活動」さらに「芸術」表現にまで昇格していく。これが基本である。ただしここにあげた例は、先程も述べたようにあくまでも「ひとひねり」内の、容易い方の例であるので、どの「表現」も、いつもこんな風に行くわけではない。

ではこの客観的、第三者的、俯瞰的視点というのは、どのような場面で獲得できるのか。これは「表現」の種類によって違いがあるような気がする。芸術表現を大きく時間芸術と空間芸術の二者に分ける方法はあり得る気がするが、まずその定義だが、辞典には次のようにある。

時間芸術――音楽・詩歌・舞踊など、音響また様態を手段とし、それらの運動や継起的変化によって表現される芸術。（『広辞苑』）

空間芸術――物質的素材を用いて一定の空間に形象をつくる芸術。絵画・彫刻・建築など。造形芸術。視覚芸術。（前同）

今ここで話題にしようとしている「送り手」と「受け手」という観点で捉えてみると、この「時間芸術」の中でも「詩歌」＝「文学」は他の「音楽」や「舞踊」（ここには書いてなかったが、ここには当然「演劇」という言葉も入れてしかるべきである）とは少しだけ色合いが異なるだろう。すなわち、今まで述べてきた「客観的、第三者的、俯瞰的」なものが、比較的早い段階で要請され、かつ可能なのは「詩歌」＝「文学」以外の「音楽・舞踊」そして「演劇」なのである。

「演劇」を例にとってみよう。「演劇」の場合、「表現」する側、ここでは「送り手」となる、これと基本的に「客観性」を支える「受け手」側とが同じ空間と時間を共有することになる。だから、「表現」することが、そのまま「送り手」の役割を持たざるを得ないことになる。分かりやすく言えば、「表現」しながら、舞台での観客の反応を同時に感じざるを得ないと言うことだ。

だから、ここでは「表現」者は同時に「送り手」であり、「受け手」を強く意識せざるを得ないのだ。しかし、その分今まで述べてきたように、「客観的、第三者的、俯瞰的視点」を、早い段階で獲得しやすいのだ。「送り手」と「受け手」という意識は、例えば演劇の原点について語った次の言葉が明快で分かりやすい。

（「国語」雑話62／平成25・12）

5

どこでもいい、なにもない空間――それを指して、わたしは裸の舞台と呼ぼう。ひとりの人間がこのなにもない空間を歩いて横切る、もうひとりの人間がそれを見つめる。――演劇行為が成り立つためには、これだけで足りるはずだ。（ピーター・ブルック『何もない空間』）

行為者（送り手）と観客（受け手）の二者の存在、これが原点であると語っている。さらにその二者の抜き差しならぬ関係について、「俳優の仕事は決して観客のためのものではなく、しかしつねに観客のため」（前同）と述べる。そしてその関係は、さらに深められた言葉でもって表現される。

演ずるという行為は犠牲を供える行為、人がふつう隠しておきたいと思うことを犠牲として差し出す行為となるー彼が観客へ捧げるのはこの犠牲なのだ。このとき、俳優と観客との関係は司祭と信者の関係に似てくる。（前同）

漢文の教科書等に出てくる「知音」なども、これは音楽の方だが、二者の深い関係について述べている文章だ。現代語訳の方を載せておく。

伯牙《はくが》は琴の演奏の名人で、鐘子期《しょうしき》はその琴の音をよく聞き分けた。ある日、琴を演奏する時伯牙は太山にいるような気分で演奏した。（すると）鐘子期は、「実にすばらしい、この琴の演奏は、まるで山が高くそびえて太山にいるかのようだ。」と言い当てた。しばらくして、今度は伯牙が流れる川を思い描いて演奏すると、鐘子期は、「実にすばらしい、この琴の演奏は、まるで川がとうとうと流れているかのようだ。」と言い当てた。後に、鐘子期が死んだ。すると、伯牙は琴を壊し、弦を断ち切って、一生涯、二度と琴を演奏しなかった。(『呂氏春秋』)

＊

六〇年代に登場した既成演劇に対する疑問や否定の声と実践は小劇場演劇とかアングラ演劇とか言われているが、その中でも例えば、「受け手」との関係性の自覚によって、「送り手」側の役者の「表現」の武器である「肉体」について述べた唐十郎の次の文章は、関係性への覚悟をすごいレベルで実感的に述べている。

痛みは、肉体を気づかせ、恥は、肉体の痛みを持続させる。しかし、痛みの意識は、自らの内に自然に発生するものではなく、そこに必ず他者の視線が介在する。石に頭をぶつけて、痛いという感覚とは逆に、視られた肉体の痛みは、自らを石にさせるのだ。(唐十郎『特権的肉体論』)

こういう関係に対する真剣さは、先程のブルックの「司祭と信者」という指摘に相通じるものがある。唐十郎はさらに「観客」と「役者」についても次のように述べる。

観客にとって、劇的体験とは、見ることによって、たとえ自分の足場が急転するとしても、いさぎよく、その時代の生の極限状況を自分を投企してみようと決断する、あの悲劇願望以外の何ものでもない、また、舞台に立つ役者とは、常に「奈落」という地獄からはい上がってきた者であるため、究極的には、客をかどわかして連れ去りたいというういたずら心で一杯だ。(前同)

また、早稲田小劇場の鈴木忠志は次のように述べている。

人間は存在するだけで他者の期待や軽蔑のまなざしから自由ではないように、演技者にあっては視線というものはもっとも本質的な制約である。というより、どういう視線によって自らを被視的存在として意識したか、そしてその視線とどのような関係をとり結ぼうとしたか、このことが舞台の演技の質を決定してくる本質的な制約なのだといったほうがいいだろう。（鈴木忠志『騙りの地平』）

＊

正にこれら演劇人の述べているのは、「送り手」と「受け手」の関係が持つ「場」の直接性や同時性、そしてその重さである。これが演劇の本質であることを語っているのだ。

一方、「詩歌」＝「文学」表現は、「送り手」「受け手」意識はここまで強くはない。しかし、「送り手」と「受け手」が「場」の中で関係を持って成立する形というものは、あるにはある。文学の初期段階においては特にそうだ。例えば記載文学に至る前の口承文学。また、古典文学における和歌の贈答歌や連歌、俳諧。歌物語や物語等々、皆「場」の中で成り立つ文芸である。さらに、現代においても句会や歌会等も皆、「場」を抜きにしては語ることはできない。

しかし、文学が全てそういうもので成り立っているわけではなく、やはり近い時代になるにつれ、相対的に「場」から離れていくのである。（「場」で成立するのか、「場」から離れるかについては、文学の言わば宿命のようなものであるので、両面を受け入れなければならないだろう。）

（「国語」雑話63／平成25・12）

6

……というわけで「場」から離れる文学表現は、「演劇」と違って関係の「場」は緩《ゆる》やかである。だから「受け手」側のことを時に失念してしまうこともあるのである。それがあの李徴の甘さなのである。彼は、「独りよがり」でも成り立ってしまったのだ。

ではどうすればよいのか。話は戻るが、先程それは「ひとひねり」とか客観的視点とか俯瞰的視点とか述べた。ここでは違う言い方として、ブレーキをかけると言っておきたい。抑制するのである。これが、独りよがりにならないため、空回りしないために是非とも必要な態度である。このブレーキというのは、先程引用した鈴木の「視線というものはもっとも本質的な制約」ということに通じているような気がする。ただし、演劇表現ではそのブレーキは他者の「視線」であるのに対し、文学表現でも他者の「視線」という言い方でも間違ってはいないが、演劇の直接性よりもブレーキの説明が難しい。

例えば、「叫び」はどういった状況のどういう場面での「叫び」であるのか、ともかくその背景を冷静に客観的に示さないと分かりにくい。すなわち、「受け手」に伝わりにくい。また、おしゃべりについても同じである。状況の説明がないと分かりにくい。もしそれがないのなら、せめてヒントがないと何のおしゃべりなのか分からない。こういったことが、文学表現におけるブレーキ＝抑制の役割を果たすのである。

もっとも「叫び」も「おしゃべり」もその意味を考えようとするから背景や状況が何かを求める

のであって、もしそこに意味など求めずに、単なる「音」、しかも様々なエネルギーを持った「音」として捉えるなら、それはそれでよいのかもしれない。しかし、「表現」として「受け手」に伝えるためには、何らかの意味というのは必ずあるわけであって、意味がないことを伝えることだって、意味がないということを伝える意味というものはあるだろうし、「送り手」がそのことまで否定してしまうと、「表現」活動が成立しなくなってしまう。それはただの自然の「叫び」でしかない。だから、ブレーキ＝抑制が必要となってくる。いずれにしろそれは、その「表現」を「受け手」に正しく伝えるために、存在しなくてはならないものなのである。

＊

さて、再び演劇の話に戻るが、演劇は「表現」することが、そのまま「送り手」になると言う意味のことを述べてきた。さらに「送り手」は同時に「受け手」を意識しなければならないとも述べてきた。そこで重要になってくるのが、「受け手」の存在であり、それとの交流である。「表現」し、「送る」側の方に意味や価値があるとして、私達はこれを「作品」とか「芸術」とか言っているわけだが、これが「表現」者、「送り手」側だけで成立つわけではなく、必ず「受け手」に対する意識やそれとの交流によって成立つということを考えるなら、「受け手」は創作の重要な担い手ということになるわけである。

だから、例えば劇を作ることに意味や価値があり、教育的活動であるのと同じように劇を観て、感じ、思い、考えるというような劇への反応体験も、それ自体が劇に対する客観性（反応者自身は主観的な反応であっても）を示すものであり、ブレーキの役割を果たすのである。この「表現」に対する「ひとひねり」の役割を果たすのである。そして、そのような意味において「表現」活動に関わっているのである。

だから、「受け手」はできればその客観性を、その場で示さなくてはならない。そして、それは反応と言う形で示すことができるだろう。さらにその反応を言語化して示すことができれば、演劇「表現」自体がより深まって行くであろう。この辺の一連の体験が特に意味や価値が多くあるところであるだろう。高校生に合同の演劇鑑賞の機会を用意するのも、本当は観せるだけではなく、その反応体験を言語化することができればさらに深く「表現」側の創作に関わる度合いが深まる事であろう。

そういう意味では、唐突に持ち出すが、浜松の合同の演劇鑑賞教室は、観劇する作品について事前の資料を作り、観劇後には感想文等を書くことを課しているが、こういった取り組みが継続的になされていることは大変意義深いことだと思う。そこに関わっていた者がこのように書くと自画自賛みたいになってしまうので、少し言いにくいが、この取り組みは継続されているので、頑張って欲しいと思う。（残念ながら、各校の諸事情よりこの事業から撤退した学校の数が増えているのは気がかりなことではある。）

（「国語」雑話64／平成25・12）

7

さて、この辺まで書いてきて少しばかり疑問が湧いてきた。それは、文章が行ったり来たりしているということだ。演劇の話から、文学の話に移り、それがまた演劇になり、演劇鑑賞になり、である。それ自体はどうということはないのだが、なぜその辺を絡めようとしているかだ。そうしているのは、おそらく自分がその辺の所の重なるところ、共通点を探りたい、というより確認したいという気持ちの表れであるように思う。しかし、起きてきた疑問は、そんな分かりきったようなことをわざわざ書く必要はないではないか。むしろ、そう書くことによって、自分にとっても読み手にとっても、それぞれの「表現」の持っている強さとかエネルギーが、薄れて行ってしまうのではないかというようなことである。

歴史的に見れば、文学と演劇は明治以後かなり論じられてきた。大体はその二者は重ねられて捉えられてきた。いやむしろ、文学があって、演劇はその下に従属するような意識で捉えられてきた。だからまず文学＝言葉＝脚本（台本）を前提にして、俳優（役者）はそれをよく理解して身体（肉体）で表現する——こういう演劇論、俳優論であった。もちろんこの論理は今も有効であるが、一九六〇年代以後の小劇場運動等の広がりの中で、既成の演劇について様々な疑問や否定が叫ばれ、この演劇論、俳優論にも疑問の声が強く上がってきたのである。

その流れは変質しながら今に繋がっているのだが、いずれにしろ文学＝ことばよりも身体（肉体）の復権論は、文学と演劇とのいわば力関係を一変する主張なのである（厳密に言えばそんな単純なことではないかも知れないが）。だから、こういう地点を通過してきている我々には、ある意味で文学と演劇とが違うものであるという主張の方が自然であるような気がしている。だからわざわざ共通点など取り上げなくてもいいのではないか、そんなことは分かりきったことなのだから、という意見に自分も一部賛同するのである。しかし、私としては、私の言葉や私の表現として、確認したいことなのだ。

この文章は、特別目新しく、人々を覚醒させるような目的で書いているわけではない。自分の狭い範囲の通過してきたことや体験してきたこと、感じてきたこと等を踏まえながら浅く広く知識等を分かりやすく伝えるのを目的としているのである。

そういうわけで、この文章が、それこそ「他者」にどのように伝わるかは、演劇と違って時間のズレが生じるので、この場ではあまりよくは分からない。書く側、表現する側、そして伝える側にとっての課題であるだろう。


（「国語」雑話65／平成25・12）

コミック・アニメ『ヒカルの碁』について

1

もう十年以上前になるが、前々任校にいた時に、私は囲碁教室を開いていたことがあった。それは、学校五日制になり、小中学生の休日活用の支援をするため、県教育委員会が主催した事業(「ゆうゆうクラブ」という名称であった)として開かれたものであり、そこに囲碁教室を開設したのであった。会場としては学校の図書館を利用し、参加者は年二〇~三〇人程集まるほどの盛況ぶりで(三〇人を越えた年もあったような気がするが)、数年続けたのだった。

この教室を開催したのは、それまで何年か囲碁の指導に関わってくる中で、囲碁の教育的効果を信じるようになってきていたからである。しかし、今ここではそのことはあまり話題にしない。それはそれで、語ると実に面白いのだが、取り上げると話が広がり過ぎてしまうので、別の機会にとっておこうと思う。ここでの本題は、題名に示したように『ヒカルの碁』なので、こちらを話題にしていこう。(多少そこから発展した話題も扱うが。)

さて、この囲碁教室は最初小一~中二までの生徒を対象にして募集したのだが、実際は中学生は一人も希望者が出なかったので、次年度からは中学生は募集対象から外した。また、小学一年生は初年度には希望もあり、実際に教えたのだが、何しろ小学一年生というのは落ち着きがなく、碁を打っても上の空なので、これは無理であると思い、次年度には募集対象から外したのだった。実際問題として全くの初心者を、しかも全く面識のない子供達を二〇人も三〇人も一人で教えるというのはかなり大変なことなのだ。そのこともあったので、この教室の初めの方の時間はこのアニメ『ヒカルの碁』を見せることにしたのである。教室は二週間に一度だったか一ヶ月に一度だったか、土曜日の一〇時位から一二時位までだったような気がする。その最初の二〇分位を毎回このアニメ観賞の時間にしたのである。

『ヒカルの碁』は、私は最初コミックの方で読んで、囲碁のこのようなコミックが登場したことにまず驚いた（それまで、江戸時代の棋士達の様々な戦いを描いたものは見たことがあったが、それは少し取っ付きにくいものであった）のだが、併せてその作品としての出来栄えに感心したのであった。やがてこれは、アニメとしてテレビでも放映されるようになり、広く人々に認知されるようになっていったのである。

何しろ囲碁を全く知らない人（子供）でも、興味が持てるようなドラマとして作られているのだ。（子供向きのコミック誌で連載されたのが最初である）。だから、特に子供である小学生等は、コミックやアニメは大好きなので、この『ヒカルの碁』を通して囲碁に興味関心を大勢が持ったのだった。囲碁は年配者が打つものだというような固定観念もある程度変える力もあったようだし、また、実際に子供の囲碁人口の下降に、大きな歯止めの効果ももたらしたようであった。子供達が囲碁を習い始めるきっかけが『ヒカルの碁』に興味を持ったからというような、言わば『ヒカルの碁』現象みたいなことがかなり見られるようになっていったのである。だから、入門期の肩慣らしみたいなつもりで、これを使ったのである。

＊

さて、いよいよこの『ヒカルの碁』だが、これは、要するに現代のごく普通の小学生、進藤ヒカルがプロ棋士を目指していく成長のドラマである。進藤ヒカルは小学六年生。その彼に、平安時代の碁打ちで宮中の御前対局（指南役を決めるという重大な対局）で、濡れ衣を着せられた（無実の罪を負わされた）結果、無念の敗北を喫した藤原佐為が、幽霊となってヒカルに取り憑《つ》くという設定で始まるドラマである。

そもそも佐為が幽霊となってヒカルに取り憑くというのは、無念の入水自殺をした佐為であったが、彼の魂は死んでからも碁を打ちたいという強い思い（＝執念）が残り、碁を打たしてくれる人物に取り憑く機会を何百年もの間、伺っていたのである。それが幕末の頃の本因坊秀策（実在の人物で、歴史上最強の碁打ちと言われている。幼名は虎次郎と言った）にまず取り憑いたのだが、彼は流行り病で若くして亡くなってしまったのだ。そこで次なる取り憑く先として平成の時代の小学六年生、進藤ヒカルを選んだのである。

これがヒカルと佐為との出会いということになるのだが、この時ヒカルは囲碁というものについて全くの無知であった。従って最初の頃は、佐為の囲碁を打ちたいという強い思いを受け、ただ意識の中で聞こえてくる佐為の意思に従って碁を打つ、というより指定した場所に、石を機械的に置いていくだけなのである。しかし、このように関わるうちにヒカルは囲碁の世界に少しずつ興味を持ち始め、自分の意志で打ちたいと思うようになっていくのである。同時にこの二人は、徐々に深い友人関係となっていくのである。

（「国語」雑話66／平成25・12）

2

さて、このドラマは興味深い点が幾つかあるので、それを順番に整理しながら示し、説明していこうと思う。

まず、設定。幽霊が取り憑くという設定、これが大変良いと思う。何も囲碁との出会いのドラマを示すのに、平安時代の碁打ちを、幽霊として登場させなくてもよいのにとも思うが、実はそうすることは、ドラマとして極めて効果的なのである。佐為は取り憑いている幽霊なので、外からはその存在は見えないし、分からない。しかし、ヒカルには見えないとしてもその気配は感じている（ということは半ばは見えているようなものかもしれない）し、その意思は通じている。だから、天才的な碁打ちである佐為の意識の中で打ったり、まだ下手な段階のヒカルが打ったりすれば、周囲は混乱するであろうことは容易に想像できるであろう。周囲とのギャップは、物語を面白くさせるのである。

また、ヒカル自身も内部に常に佐為という一人の理想的な他者（友人であり、先輩であり、かつまた先生でもある）を住まわせているので、そことの会話を常にすることができる。すなわち、意識のやり取りや点検をすることができるのである。これは、自分を客観化できる視点が、こういう設定によって常に用意されているということであり、特に子供が成長していくため、すなわち大人になっていくためには持たなければならない視点であろう。そういう意味でヒカルに碁の指南をする存在という意味もあるが、より重要なのは、ヒカルが成長していくというこのドラマの重要なテーマを実に上手く支える役割を果たしていると思う。

この佐為との友情のドラマには二つの節目がある。まず最初は、ヒカルが囲碁の世界に一歩足を踏み入れるところであろう。ヒカルは初めのうちは佐為の言いなりに、佐為の言うように機械的に打っていた。すなわち佐為のためにだけ打っていたのだが、ある地点から自分の意志で打とうとするのだ。これなどは、ヒカルが親や先生や大人に従属していた地点から一歩踏み出し、自立に向かう、すなわち成長のため、大人になるための初めの一歩に見える。

佐為はそこでは置いておかれる大人側の存在でもあるし、同時にそれを見守る近い存在、すなわち兄や先輩の位置に立つことにもなる。

人が成長していくに当たって、周囲の教育環境は重要である。教育とは詰まるところ環境だ、と私は言いたいのだが、正にこのヒカルにとって、見守り、様々な言葉を交わす佐為の存在とは、成長していくための理想的な環境を意味していると思われる。

そこで突然だが、思い出すのが、辻仁成の『ミラクル』という小説である。これは主人公の少年（アル）が、愛する妻を失って自暴自棄となりアル中となった、駄目な父親（シド）を乗り越えて行く（といっても棄て去るわけではないが）物語であるが、この少年にヒカルにとっての佐為のような幽霊（ダダとエラソーニという面白い名前の二人の幽霊）が取り憑くのである。この幽霊の役割は正にお兄さん、先輩役なのである。その他にも小説などで出て来る子供と幽霊という組み合わせは、この意味合いであることが多いような気がする。

*

さて、二つ目だが（そしてこれが最後だが）、それは佐為がヒカルの意識から消えて行くところである。『ヒカルの碁』は佐為が消えてからもドラマは続いていくが、特にこの佐為が消える場面、すなわちヒカルとの別れの場面は、このドラマ全体の流れの中で極めて重大な意味があると思う。

この別れは佐為にとっては既に少し前から分かっていたことだが、ヒカルにとっては全く予想もしていなかった出来事で、そのことを信じられないで苦しむヒカルの心は、読者には痛いほどよく分かる。これは、愛する人がある日突然交通事故か何かの不慮の出来事で、突然目の前から消えて行ってしまったようなものであろう。だから、この別れがヒカルの心のドラマとして最大の危機となるのである。そういう意味で、重大な意味があると述べたのである。この箇所を、ヒカルが立ち直るまでたっぷりと時間を掛けて描写しているところ等、誠に上手い流れの作り方だと思う。

これについては後でもう少し詳しく書いてみたい。

（「国語」雑話67／平成25・12）

3

次に興味深い点は、ヒカルと囲碁との関係、併せてヒカルと囲碁を打つ人達との関係のことである。このドラマは、この点についても実にリアルに面白く、関心興味を喚起するように描いている。特に囲碁を打つ人達との交流は、それぞれ下手であろうが上手かろうが、レベルも低かろうが高かろうが、またアマチュアであろうがプロであろうが、誠に個性的な面々が登場するのである。どの場面においても戦いは繰り広げられるのだが、そこが興味深いのは言うまでもなく、盤外の戦いやドラマの方もとんでもなく面白いのだ。囲碁には人生が表れるとか人柄が表れるとか言われているが、正にこのドラマは盤中に止まらず、あらゆる場面での人生のドラマが描かれるのである。囲碁の内容も多少描かれるので、少し囲碁が分かっていればその盤中のドラマの意味も感じることはできるが、そのことはこのドラマではたいして重要な事ではないだろう。なぜなら、盤中のドラマを見せるためにこのドラマが存在しているのではなく、碁が分かる分からないに関係なく見せようとする（ということは当然盤外ということになる）のが、このドラマの主眼だからだ。盤中のドラマなら棋譜を見ればいいのであって、『ヒカルの碁』を見る必要はないということになるだろう。

さて、このドラマの囲碁を打つ人達で、ヒカルとの関係で最も重要なのは、何と言っても塔谷アキラであろう。アキラは当代の囲碁界の第一人者である塔谷行洋名人の息子で、若手の第一人者として絶大な期待を掛けられている子供である。ヒカルと会ったのは、ヒカルが佐為と出会ったばかりの頃の小学六年生。ヒカルとは同級生ということになる。アキラがヒカルと出会った頃、アキラは余りに強すぎて、周辺にはライバルらしき人物はいなかった。それが、ヒカルと（すなわち佐為と）打ち、それこそ打ちのめされてしまったのだ。これにアキラは強い衝撃を受け、ヒカルに食らいつこうとするのである。

ヒカル（すなわち、佐為）の強さが周囲に少しずつ伝わって行くが、一方自分の意志で打つヒカル自身の碁はまだとても低いレベルである。このアンバランスに対して周囲はその訳を知ろうとするが、よく分からないでいるのである。その中でもアキラは、特に強くそのアンバランスさに不思議の念を持つのである。この辺りの登場人物たちの困惑、混乱ぶりは、大変ドラマチックで面白い。読者にはカラクリが全て分かっていて、登場人物ではヒカル（と佐為）以外は誰も分かっていない。

こういったところなどは、読者側の楽しむ権利を、十二分に行使させてもらっているのである。

この二人はこの後、紆余曲折しながらも、お互い強いライバル意識を持つようになっていくのである。この二人について語るのも誠に面白いのだが、きりがないので先に進む。

アキラ以外では……と考えて、一瞬手が止まる。ちょうど碁を打っていて、重大な局面で止まるかのようだ。ただしここで止まるのは、重大はその通りなのだが、それより打つ手が多すぎるのだ。どの手を打っても面白そうだ、そういう手が沢山あるということだ。すなわち、取り上げると面白い人物が多いのだ。そこで登場人物を簡単にではあるが、少し整理してみる。

まず、主要人物は何と言ってもヒカル、佐為、アキラ、この三者は譲れない。次に、登場人物をおおよそ古い方から上げていく。まず、ヒカルが所属していた葉瀬中囲碁部、ここの面々である。この中で特に重要なのはあかりである。ヒカルと同い年で幼馴染である。ヒカルに付いて囲碁を始めるが、あまり上達はしない。ヒカルに好意を持っているようで、あれこれと気遣ったり声を掛けたりするが、ヒカルはほとんど気づいていない。筒井さんは、ヒカルより二つ年上で、葉瀬中囲碁部の創設者。真面目な人柄である。その他葉瀬中囲碁部は真面目なタイプは多いが、個性的な者も何人かいる。加賀は、今は囲碁を毛嫌いしているが、相当打てる。生徒指導の先生から目を付けられている問題児である。もう一人、やや屈折している（素直でない）三谷もいる。

院生（日本棋院・関西棋院などで、棋士を目指して研鑽に励む生徒のこと。）とかプロ試験の箇所でも、ヒカルと同じく棋士を目指す若者が大勢登場する。その中で特に重要な役割を果たすのが伊角さんである（他の院生よりも少し年齢が上なので、皆からこう呼ばれている）。ヒカル達とプロ試験本戦（総勢二八名の総当たりで約二ヶ月間の戦い）を戦うが、合格枠は三名、そのうち一名は既に越智《おち》に決まっている。残り二枠を掛けて三敗の和谷とヒカルがそれぞれの最終戦を戦っている。その戦いに勝てば、和谷もヒカルも三敗を維持しどちらも合格となる。一方、全ての対局が終っている伊角さんは、四敗で単独で四位となっている。だから、この最終局で和谷かヒカルのどちらか一方でも、負ければ四敗となるので、伊角さんとのプレーオフということになる。

（「国語」雑話68／平成25・12）

4

その結果を待つ時の伊角さんの孤独な様子が、大変印象的である。そもそも伊角さんは何回も（プロ試験は一年に一度きりなので、何年もということになる）プロ試験を受けている。そして、実力は受験者の中でも高く、合格最有力候補者なのである。その伊角さんがこの年のプロ試験でも、ヒカルとの碁で重大なミスをして、そこまでトップを走っていた地点から崩れて行ったのである。後少しの所で崩れた伊角さんは、正に自滅の道を進んだのである。しかし、星勘定はまだぎりぎり、プレーオフに最後の僅かな期待をしていたのである。

和谷は、伊角さんと共にヒカルと最も親しい間柄である。ヒカルが、おじさん（大人）達と打ち慣れていないところからくる苦手意識を解決するべく、ヒカルのために伊角さんも入れた三人で、碁界所めぐりなどもする友達思いの人物である。

他に、越智（先程述べたように既に合格が決まっている）、福井（通称フク）、奈瀬明日美、本田等がヒカルの競争相手として、あるいは友人として登場してくる。その他、外来（院生以外）として、学生囲碁タイトルを総ナメした門脇、ヒゲの椿等の個性派も登場する。

プロの世界では、何と言ってもアキラの父親で、囲碁界の頂点に立つ塔谷行洋。塔谷門下でアキラの兄弟子に当たる、次世代のエース格でタイトルも獲得した緒方九段。そして、このドラマの中で私が最も好きな、老獪《ろうかい》な勝負師の桑原本因坊。彼はヒカルのただならぬ気配に、ヒカルの将来と囲碁界の未来を予感する鋭い勘を持つ不思議な人物である。そして、アキラやヒカルより一つ上の世代に当たる倉田七段等々、興味深い人物は上げれば尽きない。ついでながら、株の失敗を取り戻すため、インチキをして業者と結託して碁盤を高く売ろうとしている御器曽七段、という困った棋士も登場したりする。

アマチュア棋士で、日本アマチュア界のNO1の、広島県の周平、ヒカルがよく通った碁会所の河合さんとマスター、そしてそこに集まる囲碁好きの面々。囲碁記者の天野さん。

……このように、ヒカルの周りの囲碁を打つ人物達を上げるときりがない程大勢いるのだ。正に、『ヒカルの碁』は人物達のオンパレードだ。

かつて、ある若い女性の英語の先生で、『ヒカルの碁』の大ファンの人がいた。その人と『ヒカルの碁』、特にその中の人物論、というのは当然碁を打つ人達だが、その人物論を始めるとなかなか終わらない、ということがあった。当然だ。個性的で面白い人物が多いのだ。個性的と言っても普通の人なのだが、要するに囲碁を通過すると個性的な面が集約的に表れるということなのだ。正に『ヒカルの碁』は囲碁を通して、人間の内部も外部も色濃く表れるドラマなのである。

＊

興味その三は、種々混ざるが、例えば絵がきれいであるということ。また、表情も豊かであること。その表情というのは、真面目で重苦しい場面と軽妙で冗談っぽい場面が混ざり、その表情の幅が広いというようなことだ。アニメの場合は、背景の効果音や音楽等もよく吟味されて取りこまれていて、好感が持てる。演劇で言えば舞台装置に当たる、背景の風景や大道具・小道具等の設《しつら》えも現代的な雰囲気を出していて、コミックやアニメとしては違和感なく入っていける。おそらく作り手は、今上げたような点は、できるだけ滑らかに自然に仕上げることにしたのであろう。そうすることで、表現の勝負を囲碁を通しての人間のドラマに絞ったのであろう。

（「国語」雑話69／平成25・12）

5

最後は、先程書きかけた点、佐為が消えていくところ――重大な意味があると述べたところである。佐為が消えることがヒカルに大打撃を与えるという筋書きから考えてみても、このドラマの中で大変重要な箇所である。

まず消える直前の箇所から考えてみよう。そこは、ヒカルがもう熾烈《しれつ》な戦いのプロ試験にも合格し、前年に、一足早くプロの道を進んでいるアキラを追いかけ、気力も充実し、これからという時期である。

一方、佐為の方は、今までヒカルの身体を借りて碁を打っていたのだが、ヒカルがその道で成長するに従って、そしてそれはヒカルに碁の指導もしてきた立場や役割という点から言えば、悦ばしいことではあるが、徐々に自分が打たせてもらえる回数が減ってくることでもあるのだ。さらに、佐為は幽霊なので永遠の時間があると思っていたが、実はその時間も、間もなく消えて行くだろうということを予感し始めている。だから、佐為は「神の一手」を打ちたい、極めたいと思い、焦ってきているのである。しかし、ヒカルにもう自分の時間がないということを伝えても、一向に真剣に受け止めてもらえず、わがままを言っていると跳ねのけられてしまうのである。

こういう二人の状況の中で突然に、ふっと佐為が消えてしまうのである。これはヒカルにとって大事件である。先程、「これは、愛する人がある日突然交通事故か何かの不慮の出来事で、突然目の前から消えて行ってしまったようなものであろう」と書いた。そうなのだ、正にそうした大事件なのである。今までヒカルは、佐為と出会ってからずっと共に生きてきた、と言っていいだろう。だから佐為はヒカルのことはほとんど何でも理解できるのであった。佐為は最も身近な友人であり、兄であり、先輩であり、先生だったのだ。

……そして、物語は滑らかな時間の進行が、この辺りから滞り始める。まだるっこい位停滞するのだ。佐為がいなくなったことを信じられないヒカルは、佐為がどこかに隠れていると思って、佐為がいそうな場所や行きそうな場所を探し回る。やがて、佐為がヒカルの前に取り憑いた虎次郎のお墓や住まい（広島の因島《いんのしま》）等にも、必死に足を運ぶのである。さらに念押しに、東京のお墓までも訪ね回るのである。しかし、努力の甲斐もなく、佐為の気配はどこにも感じることができないのである。

このように、佐為を見つけることができないヒカルは、腑抜《ふぬ》け（積極的に事に当たろうとする気力がないこと。意気地のないこと。また、そのような人。腰ぬけ）状態になっていく。既述したように、この時ヒカルはもうプロの道を歩き始めている。しかもアキラに追いつく大きな目標を持ってである。ところが、ヒカルは佐為が消えてから、今述べたように気力が失せ、囲碁に対する情熱もほぼ失ってしまったのである。だから、打たないことには始まらないプロの対局も、サボってしまうのである。それも何回も。この辺の、ヒカルの心理を踏まえた様々な周辺（＝周囲への波紋）の描き方は、大変巧みである。後ろ向きの事態に対する受け止め方が様々であるところなども、よく描かれていると思う。（その中では、やはりあの桑原本因坊のヒカルに対するブレない見方は、特に興味深い。）

さて、この状態が長く続く、というように読者には見える。しかし考えてみれば、それは伊角さんが中国へ武者修行に行っている間の期間だと思われるので、二ヶ月位ではないかと思われる。伊角さんが中国に発つ前にはヒカルが対局を休んでいる話はまだなかったものと思われる。帰国の乗り物の中で、ヒカルが対局を休んでいることを知り、程なくヒカル宅を訪問し、ヒカルの変転が起こるのだから、伊角さんがちょうど中国へ行っていた期間、二ヶ月位が、このヒカルの挫折、スランプの時期と重なるだろう。だから、そんなには長くないのかもしれない。しかし、読者の印象としては、かなり長い。そのように感じるのは主人公のスランプ、停滞あるいは後ろ向き状態をかなりたっぷりと描いているからである。

ヒカルが腑抜けになっているのは、ヒカルの周囲の者にとって困ったことであり、人によっては不快なことでもある。それは読者にとって同じことである。あの佐為に打ってもらうカラクリが分かって、読者の楽しむ権利が行使できるという意味のことを先程述べたが、この場ではそういった読者の特権はない。作品に登場する人物達と同じように感じなければならないだろう。ここの時間はかなり長く感じるのだが、それは停滞と後ろ向きの箇所なので余計に長く感じるのである。否、感じざるを得ないのである。

（「国語」雑話70／平成25・12）

6

さて、そのスランプをヒカルはどのように克服していったのか。その場面が、「ヒカルの碁」の中で最重要場面であると私は思っている。そもそも私がこの文章を書こうと思ったのも、その場面があったからだ。だから、ここまでの文章は、極論すればその場面を書くための、導入のようなものである。とにもかくにも、その場面を再現して文章で示したかったのだ。それほど私はこの場面を重要視したいのである。

ヒカルがスランプを克服するきっかけを作ったのは、結果的には伊角さんだった。あの伊角さん、彼は実力では院生の最高の位置にいたのだが、既述したように、前回のプロ試験本戦のヒカルとの対局で、重大なミス（＝ハガシの反則）をしてしまい、その後自分を失い（自滅し）、結果的に僅差で勝利することができなかった。すなわちプロ試験に合格できなかったのであった。

強いはずの彼が合格できないことについては、ここ一番の強さが発揮できないことでもあるのだが、これについて彼の精神的な脆《もろ》さが外部から指摘されるし、自分でもそのことは、痛いほどよく分かっているのである。彼は自分の碁に納得していない、必ず来年もう一度プロ試験に挑戦する（伊角さんの年齢では、来年がプロ試験の最終チャンスということになる）という意味のことを、院生の指導をしている師範の篠田先生も語っている。

その伊角さんは、中国に行き、中国棋院プロ養成の機関（＝日本の院生と同じ）で勉強をして、大きな刺激を受ける。さらに、一人だけ予定を大幅に超えて逗留し、修業に励むのである。ここで彼は、中国囲碁界のエリートの若者達のレベルの高さに打ち勝つ、強い精神力を身に付けるようになるのである。一回り大きくなった伊角さんは、帰国する乗り物の中でヒカルが対局を休んでいることを知り、さらに和谷から、もう長く対局を休んでいることを聞くのである。伊角さんは、躊躇《ためら》うことなくヒカルを訪ねるのである。その場面が近付いてくる。

……学校から帰宅したヒカルは、自分の部屋に人の気配を感じ、佐為がもどったのではないかと僅かばかり期待の念を抱く。しかし、そこにいたのはヒカルの留守に訪ねて、ヒカルの部屋で待つ伊角さんであった。伊角さんは、ヒカルの部屋に入ってすぐに、部屋の隅に置かれている碁盤に目をやり、指で盤面をなぞり埃が厚く付着しているのを確認している。

すなわち、ヒカルがもう長く碁を打っていないということを確認している。そこにヒカルが戻ってくる。二ヶ月ぶり位の再会である。ヒカルは、期待に反してそこにいたのが伊角さんなので、少しがっかりする。伊角さんから対局を休んでいること、碁を打っていないことを尋ねられるので、何とかそこから逃げ出すことも考えたりしているのである。

伊角さんはアキラのことも話題にしたりするが、やがて話の流れで、伊角さんがヒカルに、「なぜ碁を打とうとしないんだ」と問い詰める場面となっていく。それに対してヒカルは「碁を打とうと止めようと勝手だろう」と売り言葉と買い言葉みたいになっていく。そして、二人の間に長い沈黙が続く……。

伊角さんは立ち上がり、碁盤の近くに寄る。碁盤を持ち上げようとする寸前に言う。「進藤、一局打とう」。ここから後は暫く原文に従って示していく。

ヒ「伊角さん！俺、打たねえよ！放っといてくれよ！俺の心配なんかするなよ！」

伊「お前のことを心配して言っているんじゃあない。」

ヒ「え？」

伊「俺の、俺のために一局打ってくれ。今日はそのために来たんだ。」

ヒ「伊角さん……。」

伊「進藤、覚えているか、去年のプロ試験、俺とお前との一局……。」

（その場面が示される。）

伊「去年のプロ試験、俺がハガシの反則をした一局、投了を躊躇った長い時間、反則をごまかせないかと考えた自分……苦い記憶だ。進藤、お前とはあの一局が最後となってしまっている。今年のプロ試験が始まる前に、お前と、きちんと打ち切りたい。……進藤、頼む、俺をそこからスタートさせてくれ。」

ヒ「伊角さん……」

伊「頼む、進藤。」

ヒ（心中語）「でも、俺は……。俺もまた碁を打ったら佐為は……？」

伊「進藤、頼む、一局だけでいい。」

ヒ（心中語）「佐為、俺は……、俺は……。」

（伊角さん、おもむろにカバンからハンカチを取り出し、碁笥《ごけ》（碁石を入れる容器）にかぶった埃を拭《ぬぐ》う。それを見てヒカルは動揺する。）

ヒ「あ、あっ。」

伊（拭きながら）「俺、中国へ行ってプロになりたいという気持ちを強くした。若い棋士達が、一日碁の勉強に明け暮れている中にいて、俺もこの道を歩きたいとおもったよ。プロ試験は目標だけど、ゴールじゃない。道はずっと続いている。みんな戦い合っているが、同じ方向に歩いているんだ。トップ棋士達も、お前達も。」

（「国語」雑話71／平成25・12）

7

ヒカルが碁を打たない理由はこの一場面からも見当がつくが、要するに佐為を気にしているのである。ヒカルは、佐為が消える前にもう時間がないから、もっと打ちたいと訴えたのだが、それを真剣に受け止めなかった。それどころか、わがままだと言っていたのである。だから、そのために佐為が消えたと思い、そのことに重大な責任を感じ、自分を責めているのである。自分が碁を打つと佐為はますます遠くに行ってしまうと思っているのだ。だから、佐為を呼び戻すためには、自分が碁を打たなければいいと考えているのである。

もちろん、ヒカルの本心には碁を打ちたいという気持ちは強く存在している。だから伊角さんの強い態度に対して動揺しているのである。しかも、伊角さんの主張は筋が通っている。ヒカルに対する同情からでないことをきっぱりと主張する。ヒカルの論理からすれば、自分のため、自分への同情のためでなく、伊角さんのためということなら、佐為に対する申し訳もたつというものである。結果的には伊角さんのこの論理がヒカルの心を動かしていくことになるのである。

伊角さんの依頼が繰り返され、ヒカルは動揺から迷いに気持ちが変わって行く、打つか打たないかの。ヒカルは、何気なく座っていた碁盤の前を離れ、「打たねえ、打たねえってば！」と大声をあげる。それを見て伊角さんはダメ押しをする。

伊「進藤、進藤お前の人生なんだから碁を止めようが、とやかく言うつもりはないけれど、でも一局だけ俺と打ち切ってくれないか。俺のために。」

ヒカルはここで、「伊角さんのため」という言葉を心内で反芻《はんすう》し、佐為に「これは伊角さんのためなんだ。俺が打ちたいわけでじゃないから」とこの種の釈明を繰り返す。最後に、「まっすぐ碁の道を歩こうとしている伊角さんの気持ちはお前もわかるだろう」「仕方なく打つんだからな。俺この一局だけはいいだろう、な」と最大限の釈明をして対局が開始されるのである。場面はここで、アキラの本因坊三次予選で対局している（戦っている）様子が示される。アキラの心内語、「進藤、来い！俺はここにいる！」

再び二人の対局場面。ヒカルは打ち始めると、ワクワクしてくる。そういう自分に対して、ヒカルはブレーキを掛ける。この後対局が進められるが、その間に二人の心内語が続いていく。それは今打ち進められている対局の内容をそれぞれが語っているのである。そして、いよいよその場面がやってくるのである。

ここは是非とも原文を使いたい。

ヒ（心内語）「伊角さんの石が浮いた。これを攻めながら割《さ》いて出れば……。」

伊　（心内語）「ここを連絡すれば……。」
ヒ　（心内語）「地合いは俺の方が有利……攻め取りか？」
伊　（心内語）「これで形勢はまだ五分、まだまだ……。」
ヒ　（心内語）「伊角さん」
伊　（心内語）「進藤」
ヒ　（心内語）「これで右辺の白模様を荒らせば……。」
　　（ヒカルが黒石を置こうとする。その手に佐為が打つ場所を示す扇子が重なる。ヒカル、思わず佐為の気配を感じて後ろを振り向く。しかし、佐為はいない。虚空を見つめるヒカル。自分の掌を見るヒカル。）
ヒ　（心内語）「佐為？」
　　（ヒカル、涙をこぼす。）
伊　「進藤？」
ヒ　（心内語）「この打ち方、あいつが、あいつが打ってたんだ。こんなふうに。」
　　（碁盤に並べられた碁石の間を、ヒカルの涙の粒が落ちる。）
ヒ　（心内語）「いた。どこを探してもいなかった佐為が……こんなところにいた。」
伊　「進藤。」
ヒ　（心内語）「佐為がいた。どこにもいなかった佐為が、俺が向かう碁盤の上に。俺が打つその碁の中に。ここに隠れてた。お前に会うただ一つの方法は打つことだったんだ。」
　　（ヒカル、さらに泣く。）

ヒ「佐為、俺、打っても、いいのかな?」
伊「進藤。」
ヒ「伊角さん、俺、俺、打っていいのかもしれない、碁。」
（ヒカル、声を殺して泣く。）
伊「今まで、苦しんでいたみたいだな。」
ヒ「打つよ、俺。これから何十局でも何百局でも何千局でも……。伊角さんとも和谷とも越智ともみんなと。」
伊「ああ、俺も、同じ道を歩きたい。」
ヒ「ありがとう、伊角さん。俺も、ここから再スタートだ。」

（「国語」雑話72／平成25・12）

8

立ち直るというのはこういうことを指すのである。さらに、大人になるとはこういうことを指すのである。正にヒカルを襲った二ヶ月間の試練はこれで山を越えたと言っていいだろう。『ヒカルの碁』は優れた読み物そして見る物である。そう思うのは、このようにこういうところをたっぷりと描いているからである。

これで、当面書こうと思ったことは書けたので取りあえずは終るが、最後に補足したい。それは石倉昇九段の『ヒカルの碁勝利学』という本のことと囲碁に関する言葉のことである。

石倉昇九段は、日本棋院の棋士であるが、その経歴がやや異色である。大抵棋士は、『ヒカルの碁』にも描かれていたように、小さい頃から碁を打ち、十代前半にはプロ試験に合格し、プロの棋士としての道を進む。しかし、石倉九段は、大学（東大）を卒業後銀行員として勤務し、その後にプロ試験受験資格の年齢制限ぎりぎりの、申し込み時二十四歳、受験時二十五歳に受験したのだ。背水の陣で臨んだ試験だが、強敵ぞろいのメンバーの中で、この年の合格枠二名の中で、トップ合格することができたのであった。この背水の陣というのは、勤務先の一流銀行を退職して、（負けたらまた銀行に戻ろうというような道を敢えて閉ざして）望んだということを指すのである。だから、プロ棋士としては誰よりも一番遅い出発となったのである。

エリートコースから敢えて横道に入り、棋士としては寄り道をしてきたことになるが、これは棋士としては取りあえずマイナス要素である。しかし、彼の囲碁の情熱はそのマイナスを跳ね返し、一流の棋士となって今に至るのである。大体こういう寄り道をしてきた棋士は、せいぜい五段止まりだろうとも言われていたようだが、それを跳ね返したのである。

恐らく、彼の場合寄り道をした分、出遅れてはいるが、まっしぐらに進んでいる棋士達にはないものを持っているのではないかと思われるのだ。それは、人生に対する溜《た》めや応用力、といったようなものではないかと思う。それが、勝負の中で微妙な力となって表れているのではないのだろうか。また、対局だけでなく、囲碁の文化といったものにも、強い興味と関心を持っている点なども、溜めや応用力に通じているものと思う。

石倉九段は『ヒカルの碁勝利学』という本で、『ヒカルの碁』を材料にして、囲碁文化を自身の諸体験と絡ませながら、分かりやすく伝えている。その中でも特に私が興味を持ったのは、この本の第三章「囲碁は右脳で打つ！」（全部で六章から成る）である。さらにその三章の中は、六つの節から成っている。参考までにその六つの節のタイトルを上げてみる。

1．コンピュータと囲碁　2．囲碁は右脳を使う　3．アキラの計算能力　4．バランス感覚　5．老人が強い　6．政治家・経営者と囲碁

幾つか興味深い箇所を引用しつつ、説明したい。まず、「1．コンピュータと囲碁」のところでは、囲碁の場合他のゲームと違って、なかなかコンピュータが強くならないことが、まず述べられている。そして、その理由として囲碁は右脳を働かせる部分が大きいことを述べている。まず、「右脳」「左脳」について辞書で確認してから、その箇所を引用したい。

右脳――大脳右半球。視空間性、非言語性の情報処理を行うと考えられている。左脳に比して直感的で全体把握に優れている。みぎのう。（『大辞林』）

左脳――大脳左半球。言語・文字などの情報の処理を行なっていると考えられている。右脳に比して論理的で分析的処理に優れている。ひだりのう。（前同）

囲碁にも「定石」という、記憶力でマスターできる部分があります。また、「石の生き死に」のような狭い範囲での戦いは「読み」ですから、コンピュータが最も得意とするところです。ところが、一局の中で「定石」が占めるのは一割以下、「左脳」を駆使できるのはせいぜい二割です。残りの八割は、「右脳」――言い換えれば、人間の感性を働かせるゲームなのです。感性は、コンピュータの手には負えない部分でしょう。（石倉昇『ヒカルの碁勝利学』）

（「国語」雑話73／平成25・12）

9

これに関連して趙治勲（囲碁史に残る大棋士。数々の大記録を残している）の言葉を思い出したのでこれを引用しよう。

碁は碁自体に、いい加減な部分がかなり多いのです。方程式がしっかりしていないから、まだコンピュータに負けなくて救われてるんだと思いますよ（笑い）。ぼくも間違った手を打ってるかもしれないんですが、絶対正しい手というものが分からないから助かってるところもあると思う。（平成9・9・8「朝日新聞」）

これは、正に碁というものが「右脳」「感性」の部分での戦いであることを言っているのだ。石倉九段はさらに「1．コンピュータと囲碁」の続きで次のように述べている。これも趙治勲の語りと重なるだろう。

一流棋士がときどき思わぬところに石を打ち、いったいなぜそこに打ったのかそのときにはさっぱり理解できないのですが、何十手も進んだ頃に、その一手がキラキラと輝いてくることがあります。決して左脳を使って先を読み切ったわけではないでしょう。これは、右脳のはたらき、つまり「ひらめき」「勘」です。そして、一流のプロの勘は「芸」と呼ぶべきものなのです。（中略）一局の中で、相手の記憶力や読みの深さに感心することはあります。しかし、感動するのは人間の「芸」に対してです。（石倉昇『ヒカルの碁勝利学』）

では、あと一箇所、「5．老人が強い」の節を見てみたい。石倉九段は、ここで将棋界と比べている。すなわち、将棋界だと多くの棋士が二十代で頂点を極めているのに対して、囲碁の方はもちろん二十代でトップになる棋士もいるが、かなり上の世代であってもトップになっていると指摘している。具体的には藤沢秀行九段は六六歳で「王座」位を獲り、六七歳でその防衛も果たした。また、工藤紀夫九段は五七歳で「天元」位を獲り、杉内寿子《かず》八段は六七歳まで女流タイトルを持っていた。アマチュア界でも菊池康郎さんは七五歳で世界アマチュア選手権の日本代表になった。このような指摘がなされているのである。

その後次のように述べる。

「老人が若者と互角に戦える」――これは非常に珍しい。こんなことは、勝負の世界で、囲碁の他には考えられません。(前同)

そして、老人が強い理由を次のように述べる。

囲碁の要素には、「部分の戦い」と「大局観」があります。

定石を徹底的に研究したり、石の生き死にを読んだりというのは、「記憶力」や「読み」や「計算力」など、左脳をフル回転させる分野。この「部分の戦い」に強いのは、何といっても若手です。

一方、大局観というのは、右脳の感性を使う分野でしょう。「このあたりで戦いを起こすとうまくいきそうだ」とか「自分のこの石がとられそうだ。相手のこの石を取れそうだ」という、計算や読みでは解決のできない石の強弱を判断する感覚は、長年の経験で鍛え上げられていくものです。

人間の左脳の記憶力は、二十代をピークに下降線をたどっていくのですが、右脳の感性は、

「学習すれば八十歳を過ぎても伸びていくものだろう」と、老年医学の権威の折茂肇先生もおっしゃっています。

そう、つまり、囲碁を打つ老人たちは、右脳の感性が研ぎ澄まされていたのです。（前同）

そして、この節のまとめとして「色々な経験を積んで人間の幅を広げると、必ず囲碁も強くなる」と述べて、文章を終えている。ここまで来れば大体分かると思うが、これは囲碁だけのことを言っているのではない。囲碁を使って人生とか、文化のことを言っているのである。長い年月、連綿として打ち続けられた、語り続けられたということからして、囲碁というものがただ者でないことを意味している。

（「国語」雑話74／平成25・12）

10

囲碁という意味を表す言葉自体も、沢山存在している。「囲碁」「碁」以外に、「爛柯《らんか》」「黒白」「烏鷺《うろ》」「橘中《きっちゅう》の楽しみ」「方円」「坐隠」「河洛」「手談」等がある。また、「囲碁」から生まれた言葉も数多くある。しかもこれらの多くは、今も我々の日常語として使われている。例えば、「捨石（棄石）」「布石」「駄目」「ダメを押す」「局」「大局」「終局」「局外」「打込み」等はすぐに上げることができそうだ。

将棋の場合にもこういった語は多いが、それはここでは省略し、碁将棋に共通な言葉から生まれた日常語というものがかなりあるので、これらを少し見てみよう。「初盤」「序盤」「中盤」「終盤」

「先手」「後手」「定石（定跡）」「読みが深い（浅い）」「段違い」等である。

　今度は逆に、日常語の方から碁や将棋に入ってきた言葉である。「着手」「起手」「好手（好着）」「善手」「妙手（妙着）」「巧手」「軽手」「奇手」「悪手」「拙手」「劣手」「徒手」「落手」「緩手」「重い手」「凝り手」「薄い手」「嵌《は》め手」「手広い」「手抜き」「手詰まり」「手順」「手拍子」「手筋」「手数」「手所」「本筋」「筋」「芋筋」「勝負所」「必死」「含み」「紛れ」「凌《しの》ぎ」「仕掛け」「捌《さば》き」「搾《しぼ》り」「攻め合い」等々、かなり多く見つけられる。（この辺は三田村篤志郎「囲碁・将棋からきたことば」という文章を参考にした。）

　このように多くの言葉が囲碁から日常語へ、また日常語から囲碁へ向かったということは、やはりそこに囲碁の文化がかなり根強く存在してきていることを意味している。皆もぜひ、この歴史ある文化に、きっかけは何であれ、触れてもらいたいと思うのである。


（「国語」雑話75／平成25・12）

宮本輝「蛍川」の評価をめぐって

1

かつて行った授業で、色々な意味でこれは面白いと思われる授業の内容をここにまとめてみようと思う。その手始めとして宮本輝の「蛍川」のそれを取り上げてみたい。この作品（教材）を取り上げたのは、工業高校の三年生の「現代文」（あるいは「国語Ⅱ」）の授業であった。

この作品は、教材として高校三年生が勉強するのに比較的分かりやすく、入り込みやすいものである。だから生徒達は、授業でかなり作品の中に入っていたように思われる。そして、そのことは結構なことではある。しかし、私としては今一つ物足りない感じも抱いていたのであった。それはどういうことか。それはこの作品が、今述べたように分かりやすく入り込みやすい一方、登場人物達の世界が単純過ぎる、浅過ぎるという感じがすることである。（これから話題にする「選評」の中でも、そう言った主旨の表現はある）

高校三年生、すなわち高校最終学年の「現代文」でたどり着く小説の読解到達点は、決してこんな地点のものではないはずだ。だから、「私」としては何かを加えておきたかったのだろう。そうこうしているうちに間もなく、「蛍川」の指導書の終わりの方に参考資料としてこの作品が芥川賞を受賞した時（昭和五二年・第七八回）の審査員たちの選評が出ていたのを見つけたのだった。

ここから、これを使って生徒達がどういうレベルでこの作品を受け止めたかを確かめることを思

×否定	△中間			○肯定			
7. 大江	6. 安岡	5. 吉行	4. 中村	3. 井上	2. 滝井	1. 丹羽	
	難点がない。文章にも独特の雰囲気。描写力。	全体としての完成度は高い。抒情が浮き上がらずに、物自体に沁みこんでいる。	一種の抒情性がみなぎっていて、それが結末の川の描写で頂点に達します。これだけの題材をまとめた構成力は立派。	久しぶりの抒情小説。うまい読み物。却《かえ》って新鮮。	父親の亡くなったあとの少年と母親とその周辺の物語。わかりやすい。蛍の光景は美しい。	最後の群舞のところで生彩。それが鮮やかな出来映え。	肯定○
いま現に同じ時代のうちに生きている若い作家が、ここにこのように書かねばならぬという、根本の動機がつたわってこない。	新しさがない。感受性の若わかしさ感じられない。色の褪《あ》せた古い写真をカラー・フィルムでとりなおしたといった面白さがあるだけ。	「泥の河」の抽象さがない。	それだけに主人公が、いくら子供でもいい気すぎて、人間関係の彫りが浅すぎる。				否定×
2	18	0	39	6	24	6	95
2	57			36			95
2%	60%			38%			100

い付いたのだった。確かめるのは指導者である「私」であるので、まずこれは「私」のために行ったことであるが、一方生徒にとっても少し離れた地点から総合的に作品の価値を捉えるという、いつもとは違うことが体験できるということであった。ここにその「選評」の一部（特徴的な部分）を示してみるが、丹羽文雄から大江健三郎まで七名、当時の一流どころが集まっている「選評」である。

さて、選者七人の下す作品評価について自由に、アットランダムに意見を述べると言う方法もあるかもしれないが、無理がなく整理して示し、結果も無理がなく求められるならばそれに越したことはないだろうと思ったところ、具合良く行きそうなのでその方向で進めて行った。

「私」はまず、七人の選者達がこの作品に対して肯定的（○）か否定的（×）か、あるいはその中間（△）かで大きく三つに分類してみた。すると、肯定は丹羽文雄、滝井孝作、井上靖の三名、否定は大江健三郎の一名、中間は中村光夫、吉行淳之介、安岡章太郎の三名という分類結果（しかもかなり明瞭なもの）となった。今からそれを分かりやすくこの場で一覧表にして示してみる。

（「国語」雑話　番外編1／平成25・7）

2

一覧表の下方三行の数字は投げかけに対する受け止め方の数字なので、取りあえず後回しとする。（たまたまスペースの都合上一つにまとめてみただけであるので）まず、この表の作成について、繰り返しになってしまうが、七名の選者の評を内容から肯定派・否定派・中間派の三つに分類できることを生徒に説明し、確認させる。さらに、中間派でも中村と吉行は下げてから最後に上げているので、どちらかと言えば○に近く、安岡は最後に下げているから×に近いことも確認しておく。全てを説明した後に、各自、自分としてはどの評価や意見に近いかを挙手で答えてもらうという進め方である。その結果が先程述べた下方の三行の数字である。

三クラスで計九五というのがこの調査の有効人数であり、それぞれを選んだ生徒の人数も示されているとおりである。有効人数が少ないのは、生徒の数がやや少なめであることもあるが、主な理由はおそらく挙手しなかった者が数人ずついたのではないかと思われる。

さて、この結果から何が分かるか。以下箇条書きで示してみる。

1．全体的に×が少ないのは、「蛍川」のような抒情性の強いこういう作品に対して生徒はあまり「否定」的でなく、許容する傾向が強いということを意味しているものと思われる。おそらく様々な条件を考慮しても普通の高校生は同様の傾向だろう。もっともここの生徒達は地方の生徒であり、割と恵まれた環境の中で育ってきていて、その分素直な性格の者が多く、授業で出された作品（教材）に対しても普段から極端に「否定」的であるようなケースは少ない。そう言ったことは文学作品の読書体験にも通じていて、穏やかで分かりやすい作品世界を、まず基本として許容するという価値観の中に生きているものと思われる。だから、レベルの高い文学作品の読書体験等を経過してきているような者ならあり得るような、「否定」的な評価を選んだ者が少なかったのではないかと思われる。

しかし、もう少し正確に言い直せば、「否定」的意見も挟みこまれている「中間」派には六〇％の賛同があったということは、必ずしも肯定しているだけでなく、それなりの批判や否定も感じとっていたことを意味している。そういう意味では、「否定」が少ないのではなく、大江的な発想の「否定」が少なかったということになるだろう。

2．安岡の「否定」的意見はかなり厳しいものだが、ある程度の賛同がある。1．で述べたように大江的な「否定」は許容しにくいが、この作品の物足りない点を感じとっている者が一定数存在していることがよく分かる。同じく中村も冷静に「否定」の意見の方も述べている（ニュアンスとしては安岡よりやや穏やかな疑問・否定といったところか）が、この中村に対する賛同が一番多い。肯定と否定がほどよく示されていて納得しやすかったものと思われる。

3．吉行が0なのは、「『泥の河』の抽象さがない。」と言うところの意味していることがよく分からなかったからかもしれない。いちおう説明としては、作品の打ち出している、提出しているものに、深さ、思想性のようなものがないというようなことであろうという意味のことを述べておいたのだが、理解しにくかったのだろう。

4．「肯定」的評価の中で、滝井が多いのはこの表現が一番ストーリー中心に述べられていて、「肯定」的な意見の中でも生徒の作品への関心の持ち方に近かったと言えよう。しかも抽象的でなく極めて具体的で分かりやすい

大体以上であるが、ここから問題とか課題とが見えてきたであろうか。結論を言えば、結果は大体は予想の範囲内であった。授業としてはほとんどの生徒が自分なりに授業を通して作品と向き合っていた。そして、おそらく一つの受け止め方でなく、多様な価値の置き方の中で向き合っていたことであろう。

それ故にと言おうか、当然のことながら作品に物足りなさを感じる者も存在する。だからと言っ

て「蛍川」に物足りなさを感じるレベルの生徒に合うような作品を、いつも用意して授業をするというわけにもいかない。そんなことばかりしたら、大多数の生徒の方が置いてきぼりを食ってしまう。かといっていつも「蛍川」、高三になってもこれ、というのでは片手落ちである。必要なのはバランスである。

しかし、最後に述べておきたいのは大江健三郎の「否定」的意見、「いま現におなじ時代のうちに生きている若い作家が、ここにこのように書かねばならぬという、根本の動機がつたわってこない」。これが一番面白いと私は思っているのだが、この言葉の意味を理解するにはやはり、大江や安部公房等の「現代」という時代を意識させる作品と出会うか、あるいは村上春樹の中から「現代」性を見つけだしたりすることが入りやすい道であろう。

「現代」という時代の中の課題、ここまで感じとるのが、本当の意味での「現代」文学であり、高校三年生にはその入り口位には入ってもらいたいと思うのである。

（「国語」雑話　番外編2／平成25・7）

「おつるの涙」――「清光館哀史」授業後の生徒作品

1

筑摩書房の高校の「国語」の教科書は、他の出版社のそれらと比べて、編集の仕方に特徴があり、個性的であった。現在（平成二五年）もその雰囲気は多少残るが、かつて我々国語の教員が感じたような特徴も個性も薄れて、手にとっても心ときめくような興奮は、今は残念なことにあまり感じることができない。（時代状況の違いであろう。）

筑摩の教科書の特徴的なことと言うのは、時代や社会状況といった大局的な視点が全体に貫かれていて、作品の読解は自ずからそのことを、指導者側も意識せざるを得ないような刺激的なものであった。また、社会という視点は、書き言葉を持たないような大衆や常民にまで及んでいて、彼らの置かれてきた状況や生き方等にまで、「国語」の学習の領域を広げてもいるのであった。（古典文学では「歌謡」、『万葉集』の「東歌」や「防人歌」、「説話」等の、大衆が主人公の作品は普通に取り上げられているが、近現代では比較的少ない。）三省堂の教科書もある意味で筑摩と同じように刺激的であった。「状況」「常民」という観点はどちらにも共通していた気がする。

さて、筑摩の『現代国語3』の教科書であったが、その中に柳田国男の「清光館哀史」という文章があった。特に力の入ったような、メッセージが強く出ているようなものではなく、全くさり気なく肩ひじ張らない文章であった。

実は、私はあまりにあっさりしていたせいか、あまり深い意味が最初読み取れなかった。これは、私にとっての盲点であったと思う。この頃の私は、大学を出てまだ幾らも年月が経っていない時期だ。現代思想や現代文学等が全てであるかのように思っていて、それらが頭の相当の部分を占めていた頃だ。大衆や常民の世界や生き方にあまり注意も払ってきていないのだ。だから、分からなかった、盲点だったのだ。（もちろん、その後の自分自身の人生経験や学習の中で、少しずつその意味や重さが、理解できるようにはなったとは思う。）

しかし、頭でっかちのその当時の私には、よく分かっていなかっただろう。逆に、頭でっかちでなく、素直で柔軟な感性の高校生の方がかえってよく理解していたのではないかとも思えるのである。

そこで、当時の高校生の書いた創作文を一篇紹介しようと思う。この生徒は私が授業で受け持った者ではない（別の先生に受け持たれていた。私の方は文芸部の顧問であり、部員としての本人と関わった）が、「清光館」の授業後に、創作意欲に駆られて創作したのだ。

おつるのなみだ

M・N（女子）

いつの頃じゃったかな。ある貧しい漁村のお話じゃ。

土地もやせているこの村じゃ、海に出んことには今日のおまんまも食えんかった。しかし村人の乗っている船といったら、どれも朽ちかけたおんぼろ船じゃった。そのおんぼろ船がわずかな糧を積んで、漁から帰ってきて砂浜に打ち上げられる頃は、もう村は暮色に包まれてしまう頃じゃった。おんぼろ船と、潮風とをようやく防ぐあばら屋も赤く照らされておった。

この村じゃ男手は、いくらあっても足りんかった。なぜなら男が漁に出るからじゃ。だけどこの小さな村には、漁のできる男は、数えるほどしかおらんかった。

そんな貧しいこの村に、おそろしい盗賊たちが入ってきた。盗賊の主の名は〝はやぶさ〟と呼ばれてみんなから恐れられておった。

この村のわずかな貯えは、このはやぶさに次々奪われ、一夜のうち一軒を残して、どの家も本当の無一文になってしまったのじゃ。

はやぶさは手下にこう言った。

「次の家が最後の家じゃ。こげん貧しい村じゃ仕事にならん。今夜は、この家で夜をこし、明け方隣村へ立つことにする。手下ども！さあいくぞ！」

ダダダダッ
そうおどり出したかと思うと、もろい戸はあれよという間に折れ、はやぶさを先頭に盗賊は、家の中におし入ったんじゃ。

ここの家の貧しさは、この村でも一番じゃった。やせ面の髪もほつれた、だが若い優し気な「おつる」という女と子供が二人、三人きりで寄り添うように生活しておった。おつるは盗賊を見るなり子供を両手にしっかりと抱え込み、ぷるぷる震えながらようやく言った。「なになさるんじゃ。父ちゃんも嵐で死んで、うちの宅はこの子ら二人、他になあんにもありゃしないだ。

はやぶさは女を見て笑って言った。

「おまえの家のものはみんなちょうだいする。だがきょうはここで夜を明かす。少ししばれてきたから、一晩中火を絶やしたらぶっ殺すぞ。」そう一気に言うと、手下の者に酌をさせて酒をのみはじめた。

（「国語」雑話　番外編3／平成25・8）

2

おつるはあまりの怖ろしさに声も出んかった。

するとはやぶさが「なんか食うものはないのか。魚ぐらいはあるだろうに！」と大声で言った。おつるはいっそう青ざめて、やっとの思いで口を開いた。

「わたしらは魚など食べたことはありゃしないだ。魚ひとつ米ひとつこの家にはありません。」

盗賊は飲むだけ飲んで、すっかりよっぱらって、眠りについたんじゃ。しかしおつるは言いつけどおり火を守って起きておった。おつるの両膝を枕に子供らは寝っておった。

しかしおつるも一日働きづくめに働いて、体はぼろ切れのように疲れておった。はやぶさの大きないびきを聞くと、つい気がゆるんでうとうとしてしまったのじゃ。

肌寒さに眼を開けたはやぶさは、消えかけた囲炉裏火と寝ているおつるを見つけると、まっ赤な顔をして、

「なんというあまじゃあ！」

と腹の底から呟くと、腰の刃に手をあてて、ひらりとさやをぬこうとした、その時じゃ。

眠っていたはずのおつるの目から、すっと涙がこぼれた。――。

「父ちゃん……父ちゃんなぜ死んだ。父ちゃん帰ってきてや。」と言った。

はやぶさは、はっとしておつるの寄りかかっている小さな台に眼をやった。

そこには一りんの野菊と位牌が置いてあり、おつるらは今日はなんにも食っておらんだろうに、ひともりのかぼちゃの煮物が添えられておった。

たったそれだけの貧しい仏前に、若くして父ちゃんを失ったおつるの哀しみと、愛とがふつふつと感じられた。

その時はやぶさの脳裏をはっきりと駆けぬけていったひとつの面影が会った――。

おつるのそのやせた姿とだぶった――。

「おっ……おっかあ。」

はやぶさは知らずうちにそう呟いておった。

はやぶさは、はっと我に返ると静かに刃を鞘におさめた。そして手下の者を小声で起こしはじめたんじゃ。

「おめえら起きるんじゃ。もう立つぞ。」まだ外は月も出てない、まっくら闇じゃった。

なんの事やら解らぬ手下の者は、口々に「なんじゃ、もう立つんか。」と言いつつ起きた。

みんなが起きるとまたはやぶさは、おつるらを起こさんよう小声で言ったんじゃ。

「この村でとったものを、みんなこの土間に出すんじゃ。」

驚いた手下の者どもは
「なんでだ、親分。」と聞いたんじゃ。

するとはやぶさは、腹の底からすごみのある声で
「おれの言うことを黙って聞くんじゃ。」と言った。

しぶしぶながら手下の者は、馬からぬすんだものを降ろして土間に並べた。どれも貧しいものじゃったが、この村の宝の全てじゃった。

全て出たのを確かめるとはやぶさは、

「さあ、もう立つんじゃ。」そう言って手下の者を家から出したんじゃ。

いつもとあまりに様子の違うはやぶさに、手下の者はもう何も言わんかった。なんかとても大切なものを感じておった。

最後に家を出るはやぶさは、もう一度眠っているおつると、その二人の子供を顧みた。

そしてふところに手を入れて財布を取り出すと、ほこりのたまっている米びつにそっと入れたんじゃ。

そして赤子のような笑いをひとつおつるに送ると、もうはやぶさは、振り返らなんだ。

それからもうはやぶさの話を聞くことはなかったんじゃ。

とうちゃん
かえってきてや

とうちゃん
もういちど
おつるとよんでや

（「国語」雑話　番外編4／平成25・8）

3

とうちゃん
もういちどこんなよるは
抱きしめてくれや
しおからい　ふというでで

とうちゃん
とうちゃんによくにたこどもらは

もう
ふたつと
みっつになるんよ

「清光館哀史」は、「浜の月夜」と「清光館哀史」の二つの文章（随想・紀行文）で構成されている。（「謎解き」のような上手い構成だと思う。）「浜の月夜」でまず、東北小子内《おこない》の一回目の旅のことが語られる。その地の清光館という名の宿に泊まった時のことだ。そこでは、大きく二つの内容を読み取ることができると思われる。当時の私の「授業メモ」によれば、「①清光館の主人達の歓待（親切）ぶり。②踊り――集団の中での楽天的振る舞い。参加への意気込み。翌日は日常（褻《け》）への回帰」とある。

そして、数年後の二回目の旅が「清光館哀史」の旅である。また「授業メモ」を使うが、それによると、ここでは第一回目の旅で感じたことを受けて、「①清光館没落を知り、ある感慨を持つ。②盆踊りの歌の文句――前回未解決の問題が解決する（歌の意味が分かる）。①と②から、ある一つの発見をする」とある。

その「発見」というのが重要で、これは要するに歌の文句を通すことによって、その背景にある人々（常民）の生活の、また生きることの悲しさの発見ということだ。さらに具体的に言うと、村人達がなぜあんなに盆踊りに意欲的なのかの答えとして、それは背景に日常的痛苦があったからという発見をしたということだ。本文では「忘れても忘れきれない……そういう数限りもない明朝の不安」（これは清光館の没落から得た感慨である）があったから、というのがその答えの箇所になる。

柳田が最後に語ったキーワードは「痛みがあればこそバルサムは世に存在する」である。「バルサム」（精油の一種。神経性の緊張に心を暖め、気分を開放する。鎮痛の効果）は、痛み止めと捉えればいいだろう。だから盆踊り＝「バルサム」ということである。「おつるの涙」を一読すれば、創作した生徒は、正に柳田が感じたような思いを持ったということが分かると思う。

ついでに言えば、この時の文芸部の別の部員達はこのテーマを自分の父親に質問したそうだ。質問は「お父さんにとってバルサムとは何か」である。するとある父親は「時間だ」と答えたそうだ。また、別の父親は「お前だ」と言ったとか。それを聞いた本人は何も答えることができなかったみたいだ。それを聞いた私もその時、何も答えられなかった。ともあれ、印象深い話であった。

（「国語」雑話　番外編5／平成25・8）

『源氏物語』現代語訳の話——与謝野晶子、谷崎潤一郎、円地文子

1

1．はじめに

『源氏物語』は大作であり、その分量は膨大なものである。これを原文で読み下すのは、いくら面白いからといっても相当の根気が必要となる。それに、全ての場面が面白いというわけではなく、その場面を理解するための「繋《つな》ぎ」的部分も相当量を占めている。そう捉えれば、ますます誰でも原文読破というわけにはいかないだろう。『源氏物語』研究者でもない限りはそのことは断念するのも止むを得ないと私は思う。適宜、フットワーク軽く、現代語訳を活用して理解し、味わっていけばいいと思う。

そこで、「現代語訳」である。色々な訳が世に出回っている。今からそれらの「現代語訳」の中から、代表的なものを取り上げて読み比べてみようと思う。取り上げるのは次の三人の訳である。古い順に、与謝野晶子（新訳一九一二～一九一三、新々訳一九三八～一九三九）、谷崎潤一郎（旧訳一九三九～一九四一、新訳一九五一～一九五四、新々訳一九六四～一九六五）、円地文子（一九七二～一九七三）である。

なぜこの三人かと言うと、この三人の訳が以前から定評があるからである。この三人は歌人（晶子は作家でもある）と作家ということで共通性があるが、それ以外にも当然その道の専門家である

国文学者の訳というのも多く存在している。しかし、ここではその多くは取り上げない。なぜなら、そこを取り上げるとなると訳し方の正しさをできるだけ学問的に追求することになりそうで、この文章の主旨からズレていってしまうような気がするからだ。だから、文学者三人に絞ってみたいのである。（といっても、比べる必要がない箇所等で、使わせてもらうことになるが……。）

それはそれとして、円地文子訳以後、瀬戸内寂聴訳（一九九八）というのも大分話題になったし、それ以外にも田辺聖子（一九七八～二〇〇四）、橋本治（一九九一～一九九三）、近いところでは林望（二〇一三）といったところの訳も出されている。しかし、この場ではそこまで目を向ける範囲を広げない。準備不足もあり、これはまたの機会にということにしておこう。

さて、比べ方だが、まず『源氏物語』の中の面白そうな箇所で、なおかつ三者の違いが分かりそうな箇所と言う観点（と言っても、違いが分かりそうな箇所の方を嗅ぎ当てるのは結構難しい）で取り上げていきたい。そんなに深い根拠はないが、劇的要素の多い箇所、なおかつ『源氏物語』なのだから、男女の絡みが見られる箇所、こういったところを取り上げていきたい。

そういうことからまず取り上げたいのは、第二巻「帚木《ははきぎ》」の巻の後半部（それも末尾に近い部分）。源氏一七歳の頃。例の有名な女性論が語られる「雨夜の品定め」の後、中流階級の女性に興味を抱いた源氏は、方違《かたたが》え（陰陽道の俗信。他出する時、天一神のいるという方角に当たる場合はこれを避けて、前夜、吉方の家に一泊して方角をかえて行くこと。――『広辞苑』）で紀伊守《きいのかみ》邸に赴き、そこで垣間見た紀伊守の父伊予介《いよのすけ》（今は任地の伊予に赴いていて、ここにはいない）の後妻、空蝉《うつせみ》（中流の女性ということになる）の寝所に忍び込む場面である。

まず源氏は皆が寝静まった様子なので、試しに「空蝉」の寝所に通じる襖の掛け金を引き開けてみる。すると、向こう側からの掛け金は掛かっていないので、そこを抜け、几帳《きちょう》（平安時代に起った屏障具の一つ。貴人の坐側に立て、あるいは簾の面に沿って置いて、室内の仕切りや装飾に用いた。）を越え、唐櫃《からびつ》（中国風に作った長方形の櫃。「櫃」は、上方からふたをする大型の木製の箱。用途や形など様々である。）のようなものが置いてある所を縫うようにして入っていく。「灯はほの暗きに見たまへば」とあるし、その前にも「空蟬」の弟が灯りを立てているらしき箇所もあるので、暗いとはいうものの、完全な闇ではなく、多少の明るさはあるようだ。

そして、源氏は女の気配のあるところまで入っていき、「ささやか」（こぢんまりとした）な様子で寝ていた女に近づき、「中将召しつればなん。人知れぬ思ひのしるしある心地して」（「中将をお呼びになりましたので。人知れずお慕いしていたことのかいがあった気持ちがしまして」）と述べる。「中将」と源氏が言ったのは、この直前の場面で「空蟬」が、心細くて自分に仕える女房を呼んでいたのを受けている。その女房の名が「中将」で、偶々《たまたま》現在の源氏の位（「中将」）と同じであったので、源氏は「空蟬」の呼び掛けに対して咄嗟《とっさ》の機転を利かして、名告り出たのである。だから、源氏の名告りは間違っているわけではない。しかし、当然のことながら、「空蟬」には予想もしなかったこととなるのである。どさくさにまぎれてだが、実に鮮やかな源氏の関わり方である。以下、この場面での源氏の「空蟬」への口説きとそれに伴う行為が続いていくわけだが、ここからの源氏の遣り口を原文と三者の訳で読み取っていこう。

まず初めはA場面である。「空蟬」の身体には衣が掛かっていて、「空蟬」は状況がよく分からないでいる。彼女は困惑し、怯《おび》えて声を立てるが顔に衣がかぶさっていて声にならない。ここからだ、A場面は。

（「国語」雑話　番外編6／平成25・10）

2. A場面（源氏の台詞A）

Ⅰ　原文

（源氏）「うちつけに、深からぬ心のほどと見たまふらん、ことわりなれど、年ごろ思ひわたる心の中《うち》も聞こえ知らせむとなん。かかるをりを待ち出でたるも、さらに浅くはあらじと思ひなしたまへ」と、いとやはらかにのたまひて、鬼神も荒だつまじきけはひなれば、はしたなく、（女）「ここに人」とも、えののしらず。心地はたわびしく、あるまじきことと思へば、あさましく、（女）「人違へにこそはべるめれ。」と言ふも、息の下なり。（傍点半田・以下同）

Ⅱ．与謝野晶子訳（新々訳・以下同）

「出来心のようにあなたは思うでしょう。もっともだけれど、私はそうじゃないのですよ。ずっと前からあなたを思っていたのです。それを聞いていただきたいのでこんな機会を待っていたのです。だからすべて皆前生《ぜんしょう》の縁が導くのだと思ってください」

柔らかい調子である。神様だってこの人には寛大であらねばならぬだろうと思われる美しさで近づいているのであるから、露骨に、

「知らぬ人がこんな所へ」

とものしることができない。しかも女は情けなくてならないのである。

「人まちがえでいらっしゃるのでしょう」

やっと、息よりも低い声で言った。

Ⅲ．谷崎潤一郎訳（新々訳・以下同）

「あまり突然のことですから、ふとした出来心のようにお思いになるのも道理ですが、年ごろ思いつづけていました胸のうちも聞いていただきたくて、こういう折をようよう摑《つかま》えましたのも、決して浅い縁《えにし》ではないと思って下さいまし」と、たいそうやさしく仰せになって、鬼神でも荒立つことができない様子をなすっていらっしゃるので、そうはしたなく、「ここに怪しい男が」などと喚《わめ》くわけにも行きません。けしからぬことと思うにつけてもやるせなく、浅ましい気がして、「お人違いでございましょう」と、言うのも息の下なのです。

Ⅳ．円地文子訳

「出来心に、無体なと思われるのも、無理ではありませんけれども、ずっと慕いつづけていた心の内も、聞いていただきたいと思って、得がたい折と待ちもうけていたのです。いい加減な気持ちではないと思って下さい」

　とやさしくおっしゃってしっとり寄り添われると、まるでおびただしい匂いをこめた冷たい花びらの渦の中にでも埋もれたようで、女は半ば気を失いながらその快さに逆らおうとして喘《あえ》いだ。鬼神でさえも荒くれ怒ることは出来まいと思われるような御様子なのに、はしたなく、「ここに人が……」などと騒ぎ立てられたものではない。さりとて、気も魂も身に添わず、あるまじきことと思えば、浅ましく情けなくて、

「お人違いでございましょう」

と言うのがやっとの思いで、あるかなきかの虫の息のような微かな声である。

源氏の口説きの台詞のその1である。（先程の「中将召しつればなん。人知れれぬ思ひの……」の台詞は、「口説き」というよりは、まずは「挨拶」といったところだろう。）いずれにしろ、どちらも見事としか言いようがない。そして、これからさらに源氏の滑舌は滑らかさを増していくが、それは少し置いといて、三者の比較をしておきたい。

一番に気のつくのは円地文子訳の分量が多いということである。源氏の台詞については三者とも分量の違いはあまりない。また、内容的にもそんなに大きな違いは見られない。（「縁」という語を訳の中に入れるか入れないかの違いはある。）しかし、その後の地の文が大きく違うのである。どういうことなのか。それは、円地の訳は全体的に説明的で長いというより、修辞的要素が多くて長くなっているようだ。修辞と言うのは飾りの表現であるから、その部分がなくても意味上は特に差し障りはないはずだ。それが多いのである。傍点箇所がおおよその箇所に該当するが、少し注意して点検すれば分かると思うが、この箇所に当たる原文は存在していないのである。原文にない部分を筆者の想像によって補って訳すという方法は、訳者が作家などであればあり得ることなのだが、この箇所は正にそれに当たるのだ。そして、その箇所に集約的にその訳者の特徴が表れる。この場合もそうである。

（「国語」雑話　番外編7／平成25・10）

3

今ここで「空蝉」は源氏に襲われようとしている。しかし、ここでの書き方からは源氏に襲われることの「快さに逆らおう」と書いてはあるが、むしろ「快さ」に半分以上引きずられているような印象を受ける。それは、「快さ」が強い分、一生懸命それに逆らおうとしている、逆に言えば、それだけ「快さ」が強いということを図らずも示しているのである。それがここでの修辞表現の効果である。「しっとり寄り添われる」、「おびただしい匂い」、「冷たい花びらの渦の中」などという表現の効果である。しかし、作家だけあって（他の二人も作家ではあるが、志向が少し違うようだ）上手いものである。文章の流れ、物語の流れの中に自然に溶け込んでいて、正に原文とは一味違う個性的な源氏訳と言えるだろう。

その他で気づくのは、先程指摘した「縁」のことである。晶子訳と谷崎訳には、源氏が二人の関係について「縁」という言葉（かなり重い言葉であろう）を使っているように訳してあるが、一方円地訳にはその重い言葉は使われていない。原文の方も、「浅くはあらじ」とだけ表現されていて、「縁」という語は使われていない。これをどう見るか。よくは分からないが、円地は「縁」を持ち出すのはこの場面では重すぎると考えたのではないだろうか。この「縁」という重い言葉を使うと、ある意味で逆に源氏の軽薄さが際立ってしまうのではないか。（「軽薄」というのは、いずれにしろこの場面での源氏は、半ば行き当りばったりで行動しているのであって、ここでの口説きもほぼ出まかせに近い台詞みたいなものだからである。）そのことを源氏贔屓《びいき》である円地は直感的に感じたので、軽い訳の方にしたのではないだろうか。（いくら図々しくてもそこまではやり過ぎ、言い過ぎと思ったのではないだろうか。）

ちなみにこの箇所は、「自分の志が浅くはない、の意。二人の因縁が浅くはない、ととる説もある」（小学館版日本古典文学全集『源氏物語』）とあるように、語釈的にはどちらもあり得るようだ。

次はB場面である。A場面のすぐ後、源氏の2番目の口説きの台詞である。「お人違いでございましょう」というのがやっとの「空蝉」の様子を、あわれで愛しいものに感じた源氏は、さらに次のように続ける。

3．B場面（源氏の台詞B）

Ⅰ．原文

（源氏）「違うべくもあらぬ心のしるべを、思はずにもおぼめいたまふかな。すきがましきさまには、よに見えたてまつらじ。思ふことすこし聞こゆべきぞ」とて、いと小さやかなれば、かき抱きて障子《さうじ》のもとに出でたまふにぞ、求めつる中将だつ人来あひたる。

Ⅱ．与謝野晶子訳

「違うわけがないじゃありませんか。恋する人の直覚であなただと思って来たのに、あなたは知らぬ顔をなさるのだ。普通の好色者がするような失礼を私はしません。少しだけ私の心を聞いていただければそれでよいのです。」

と言って、小柄な人であったから、片手で抱いて以前の襖子《からかみ》の所へ出て来ると、さっき呼ばれていた中将らしい女房が向こうから来た。

Ⅲ．谷崎潤一郎訳

「人違いなどするはずのない思いに導かれて来ましたものを、お惚《とぼ》けなさるとは情《つれ》ないことです。決して決して浮気な心でお逢いしようというのではないのです。少し思うことを聞いていただきたくて」と言って、非常に小柄な体《からだ》なのを、抱きかかえて襖の外へ出ていらっしゃると、さっき呼ばれた中将の君という人らしいのが戻って来るのにお出あいになりました。

Ⅳ．円地文子訳

「間違うはずもない心当てを、わざと空とぼけて逃げようとなさるのですか。失礼なことなどしようとは思いもよりません。常々思っている心の内を少しだけお話したくて……」とおっしゃって、大そう小柄なので、無造作に抱き上げて、障子口までいらっしゃる時、さっき呼んでいた中将らしい女房が来るのと出合った。

（「国語」雑話　番外編8／平成25・10）

4

晶子訳は、基本として分かりやすい解釈、換言すればそれだけ割り切った解釈をして、表現にも端的で分かりやすい言い回しを心掛けているように思う。だから、例えばこの場面の最初の部分も、谷崎訳「人違いなどするはずのない思いに導かれて来ましたものを、お惚《とぼ》けなさるとは情《つれ》ないことです」、円地訳「間違うはずもない心当てを、わざと空とぼけて逃げようとなさるのですか」とあるのを、晶子訳は「違うわけがないじゃありませんか。恋する人の直覚であなただと思って来たのに、あなたは知らぬ顔をなさるのだ」とある。谷崎、円地訳よりも、より直接的、直情的と言ってよく、真直ぐである。語尾表現も「……じゃありませんか。」「……失礼を私はしません。」「……それでよいのです。」となっており、より断定的、さらに言えば攻撃的気分が漂っているように見える。このことは、A場面においても全く同様のことが言える。すなわちそこでも源氏は、極めて直接的、直情的思いを断定的に表現している。

さらには、晶子訳「少しだけ私の心を聞いていただければそれでよいのです」になると、もはや表現が断定的であることが、そのまま断定的内容と全く持って重なっているように思われるのである。すなわち、この源氏の言葉は相手に自分の思いを真直ぐにぶつけている。さらに言えば、それのみならず相手に自分の願望を一方的に押し付けている内容である。これが強い押し付けであることを読者に示すためには、やはりここは婉曲的表現でない、断定的な表現が相応しい、と晶子訳から感じ取れるのである。それはまた、晶子訳の特徴でもある。

一方、谷崎、円地訳では、こういう源氏の強引な場面でも、源氏が相手に対する配慮を忘れないと見ているので、そういう内容になっているし、表現も柔らかで婉曲的表現になっている。（今更ながら、『源氏物語』に限らずであるが、表現と内容の繋がりの深さに納得するのである）総合的には、源氏が強引で一方的であることは否定できないが、この婉曲表現の方が、源氏の人物像としては、より興味深くかつ面白いものと思われる。

さらに文末表現について加えると、晶子訳と円地訳は源氏の台詞は「です・ます体」、地の文は「だ・である体」である。谷崎訳は源氏の台詞も地の文もどちらも「です・ます体」である。（ここからは三者の決定的違いを読み取ることは少し難しいが、谷崎の丁寧な調子は、後で指摘する「鷹揚」ということに通じているかも知れない。）

さて、源氏は強硬手段で、女を抱きあげて自分の寝所まで連れて行こうとする。その途中で源氏は、先程の話題の「女」の召使の中将らしき人物（薄暗いのではっきりと認めたというわけではない）と出会い、さすがに少し驚く（？）ものの、全くもって堂々と寝所に入る。その間、中将の方は相手が源氏であることに気づきうろたえ、何もできないまま、ただ源氏の後を追う。そして源氏は、障子を閉めると、「明け方にお迎えに参れ」とその中将に命じるのである。

一方抱えられた「空蝉」の方は、源氏に対する恥ずかしさに加えて中将の思惑（中将が自分と源氏の事をどう思うか考えること）も想像して「死ぬばかりわりなきに、流るるまで汗になりて、いとなやましげなる」（死にそうなほどつらいので、びっしょりと汗になるまでになって、ひどく苦しそうなのを）という状態になっている。

源氏はその様子に同情しつつも、例の言葉を尽くして優しくかき口説く。それに対して「空蝉」は恥ずかしく情けなく（円地訳）、また厭わしい（谷崎訳）思いで次の言葉を述べる。ここの場面を「空蝉」の台詞およびその周辺ということで小文字を使い、ここはその最初なのでaとする。

（「国語」雑話　番外編9／平成25・10）

5

4．a場面（空蝉の台詞a）

Ⅰ．原文

女「現《うつつ》ともおぼえずこそ。数ならぬ身ながらも、思《おぼ》し下《くだ》しける御心ばへのほどもいかが浅くは思うたまへざらむ。いとかやうなる際《きは》は際とこそはべなれ」とて、かくおし立ちたまへるを深く情なくうしと思ひ入りたるさまも、げにいとほしく恥づかしきけはひなれば、

Ⅱ．与謝野晶子訳

「こんな御無理を承ることが現実のことであろうとは思われません。卑しい私ですが、軽蔑し

てもよいものだというあなたのお心持ちを私は深くお恨みに思います。私達の階級とあなた様たちとの階級とは、遠く離れて別々のものなのです。」

こう言って、強さで自分を征服しようとしている男を憎いと思う様子は、源氏を十分に反省さす力があった。

Ⅲ．谷崎潤一郎訳

「うつつのようにも覚えませぬ。数ならぬ身ではございますが、そのように人を見下し給うお心のほどを、何で浅からず考えられましょう。かような者にはかような者の分際がございますものを」と言って、こんな風に御無体《ごむたい》になさるのを、つくづく情けなく、心憂く思い入っている風情なので、不憫にもきまり悪くもおなりなされて、

Ⅳ．円地文子訳

「こうしているのが現実《うつつ》とも存じられませぬ。いかに数ならぬ私のようなものだと申して、これほど見下げ果てたお扱いをうけて、どうして深いお心のお方と思うことが出来ましょう。このような身分の者には、また、それとしての恥も外聞もあるものなのでございます」と言って、こんなふうに無体に振舞われたのを、心底口惜しく悲しいと思い入っているさまも、ほんとうにいとおしく、こちらが恥ずかしくなるような心深い様子なのである。

先程のB場面での説明のところで、晶子訳は「分かりやすい解釈」「分かりやすい表現」、また「直接的・直情的」「断定的」と述べたが、ここではそれに加えて、晶子訳の「単純化」ということについて指摘してみたい。

このa場面は、源氏の行為（ここまでは、「空蝉」の寝所に押し入り、抱きかかえて自分の寝所まで連

れてきたことを指す）および「心ばえ」（実際は「行為」よりも「心ばえ」の方である）に対する「空蟬」の非難の思いをやっと口にする（できた）ところである。その「空蟬」の言葉である。

例えば、「……思し下しける御心ばへのほどもいかが浅くは思うたまへざらむ」（お見下しになりましたお気持ちのほども、どうして浅いものと存じあげずにおられましょう。――以下特に指定がなければ、（　）内の訳は小学館版日本古典文学全集『源氏物語』）について、特にその後半部を谷崎・円地は、反語のニュアンスを含んで訳している（谷崎「何で浅からず考えられましょう」、円地「どうして深いお心のお方と思うことが出来ましょう」）。それに対して晶子は、単純に結論の方の「お恨みに思います」としか言っていない。ここは、是非とも原文のニュアンスを生かして、「単純化」せずに「空蟬」の言い回しを残して欲しいと思う。

さらに言えば、この部分の表現のニュアンスは複雑で、肯定的なのか否定的なのかが、そもそも分かりにくいところなのである。これは「浅くは思うたまへざら」は「浅いものとは思っていません」の意であり、「いかで……む」をここにかぶせて表現する（これがおそらく反語表現ということになる）ことによって、「どうして……か。いや……」のニュアンス加えることになるだろう。すなわち、「どうして浅いものと思っていない（＝深いものと思う）ことがありましょうか。いや、浅いものと思っております」の意となるであろう。だから、谷崎・円地訳の方が原文の「空蟬」の思いに近いだろう。

この一見分かりにくい言い回しが使われているということは、当然単純化できない思いとして作者は意図したのであって、それをしっかり、我々はくみ取らなければならないと思う。それは、いくら「空蟬」が源氏を非難すると言っても、断定的一直線に伝えようとしているのではないということだ。この遠回しの表現があって、次の断定的な厳しい物言い（「いとかやうなる際は際とこそはべなれ」）が生きるのである。要するに、それが「空蝉」の人物像と言うことになるのである。それでもこれが「空蝉」の精一杯の抵抗なのである。

（「国語」雑話　番外編10／平成25・10）

6

ついでに言うと、「思し下しける御心ばへのほども」（お見下しになりましたお気持ちのほども）とあるところは、その前にA場面での源氏の「さらに浅くはあらじと思ひなしたまへ」（「自分の志が浅くない」と「二人の因縁が浅くない」の両説あるとAのところで指摘した）を受けて、当てこすって（遠回しに悪口や皮肉を言う）いるのであろう。このように先程の相手の台詞を取り上げて、その矛盾（?）を突くというのは、「空蝉」は頭がいいということが分かる。しかも、大変遠回しの言い方である。なかなかの女性である。

また、「空蝉」が非難しているのは、源氏のここまでの強引な行為であるよりも、その「御心ばへ」に対してである。ここにも「空蝉」の人物像（当時の価値観か?）が伺えるのである。

次の「際は際とこそ……」の部分は後回しにして、その次の地の文の箇所を問題にしたい。原文「かくおし立ちたまへるを」（こうして無理強いをなされるのを）というのは、源氏が無理強いすることを説明した文だが、これを谷崎訳は「こんな風に御無体になさる」、円地訳は「こんなふうに無体に振舞われた」としているのに対し、晶子訳は「強さで自分を征服しようとしている男」としている。晶子訳は分かりやすくはある。

また、そのことに対する「空蝉」の様子については、原文「深く情なううしと思ひ入りたるさま」（心底から思いやりがなくつらいと思い入っているさま）を、谷崎訳「つくづく情けなく、心憂く思い入っている風情」、円地訳「心底口惜しく悲しいと思い入っているさま」としているのに対し、晶子訳は「憎いと思う様子」としか書いてない。まことにあっさりとしている。

最後に、その「空蝉」に対しての源氏の様子の方は、原文「げにいとほしく恥づかしきけはひなれば」を谷崎訳「不憫にもきまり悪くもおなりなされて」、円地訳「ほんとうにいとおしく、こちらが恥ずかしくなるような心深い様子なのである」とし、晶子訳は極めて単純で分かりやすく、「源氏を十分に反省さす力があった」となっている。

今まで指摘してきたように、晶子訳の「分かりやすい解釈」「単純化」とはこういうことなのである。晶子訳はそれぞれの箇所での訳が、説明的で総括的（まとめ的）な感じが強いように思う。これは、出版事情か何か絡んでいて、訳本の分量を制限されていたのかもしれない。あるいは、分かりやすさを要請されていたのかもしれない。あるいはそうでないかもしれない。その辺りのことは調べてないので、残念ながらここでは分からないが、そんな気さえしてしまうのである。

この場面の最後として「際は際とこそはべなれ」について取り上げたい。晶子訳「私たち階級とあなた様たちとの階級」、谷崎訳は「かような者にはかような者の分際がございます」、円地訳「このような身分の者には」とそれぞれ微妙に異なる語を使っている。晶子訳の「階級」と言う概念は、当然中古文学の時代にもあったであろうが、我々の語感から言うと主に明治以後に使用されたような感じがする。『ブリタニカ国際百科事典』には次のような説明がある。

「広義には社会を構成する各社会階層を示すが、近代階級として厳密には近代資本主義社会に特有な階級を意味することが多い。」

晶子は歌人であると同時に、西洋的な近代国家を目指した明治以後の時代において、社会改革への強い志向を持っていた作家でもあった。女性の地位の向上を目指しただけでなく、資本主義社会における階級的な矛盾にも関心を持ち、発言していった人物である。だから、この「際」を「階級」と訳したのにはそういった晶子の意識の一面が強く表れているような気がする。しかも「分かりやすい解釈」「分かりやすい表現」、また「直接的・直情的」「断定的」にも合致している。

『源氏物語』の訳としては、この部分は谷崎訳の方がいいだろう。谷崎訳の「分際」というのは、原文の「際《きは》」の持つニュアンスに一番近い言葉だと思う。「分際」は「その者に応じた程度・限界。身の程。身分」（『広辞苑』）といったやや広い意味が見られる語だ。

原文の「際」という語の方は、さらに広い意味がある。「①端。②境目。③極み。限り。限界。④最期。⑤ほとり。そば。あたり。⑥ほど。程度。⑦時。折。場合。⑧身のほど。身分。家柄。⑨（近世語）支払日」（『全訳読解古語辞典』）このように広い意味のある、すなわち含みのある語は、いくら分かりやすくあってもあまり断定しない方がいいだろう。まあ、この部分は今まで受けているだけで、何も意志を示すことができなかった「空蝉」が、精一杯抵抗していると取れるところだから、断定的で強い言葉を分かりやすく示すのは分からないでもないが。

さて、次のC場面は、今見てきたa場面の直後、地の文に続く場面である。当然「空蝉」の自分に対する非難を受けての場面である。そこでの源氏の台詞である。口説き番号4．となろうか、相変わらず達者である。

（「国語」雑話　番外編11／平成25・10）

5. C場面（源氏の台詞C）

Ⅰ. 原文

源氏「その際際をまだ知らぬ初事《ういごと》ぞや。①なかなかおしなべたるつらに思ひなしたまへるなん、うたてありける。②おのづから聞きたまふやうもあらむ。③あながちなるすき心はさらにならはぬを。④さるべきにや、げにかくあはめられたてまつるもことわりなる心まどひを、みづからもあやしきまでなん」など、⑤まめだちてよろづにのたまへど、⑥いとたぐひなき御ありさまの、いよいようちとけきこえんことわびしければ、⑦すくよかに心づきなしとは見えたてまつるとも、⑧さる方の言ふかひなきにて過ぐしてむと思ひて、つれなくのみもてなしたり。⑨人がらのたをやぎたるに、強き心をしひて加へたれば、なよ竹の心地してさすがに折るべくもあらず。

Ⅱ. 与謝野晶子訳

「私はまだ女性に階級のあることも何も知らない。はじめての経験なんです。①普通の多情な男のようにお取り扱いになるのを恨めしく思います。②あなたの耳にも自然はいっているでしょう、③むやみな恋の冒険などを私はしたこともありません。④それにもかかわらず前世の因縁は大きな力があって、私をあなたに近付けてそしてあなたからこんなにはずかしめられています。ごもっともだとあなたになって考えれば考えられますが、そんなことをするまでに私はこの恋に盲目になっていろいろと源氏は説くが、⑥女の冷ややかな態度は変わっていくけしきもない。女は一世の美男であればあるほど、この人の恋人になって安んじている自分にはなれない、⑦冷血な女だと思われて⑧やむのが望みであると考えて、⑨きわめて弱い人が強さをしいてつけているのは弱竹《なよたけ》のようで、さすがに折ることはできなかった。

Ⅲ．谷崎潤一郎訳

「その分際ということもまだよく分からない初心者《しょしんもの》なのです。①なかなか世間一般の男のようにお思いになっては困ります。②大方噂などで聞いておいでになることもあるでしょう。③これまでついぞ無躾《ぶしつけ》な浮気ごころを起したこともありませんのに、④こうなる因縁《いんねん》がありましたのか、今さら何とおっしゃられても仕方がないほど迷いこんだのが、われながら不思議でなりません」などと、⑤仔細らしくいろいろに仰せられるのですが、⑥世にたぐいないお姿を見るにつけ、いよいよ打ちとけてお近づき申し上げることが羞《はず》かしいので、⑦情の硬《こわ》い、ぶっきらぼうな女のようにお取りになろうとも、⑧そういう方面では全く話にならない者になりすましておこうと思って、わざと無愛想にばかりもてなすのでした。⑨もともとやさしい人柄なのが、努めて強気《つよき》に構えましたので、なよ竹のしなしなしているように、折れるかと見えて折れるべくもありません。

Ⅳ．円地文子訳

「その人妻というけじめさえ弁《わきま》えないほど初心《うぶ》なのですよ。①それを何かいっぱしの好色者《すきもの》扱いされるのはひどいと思います。②自然と耳にしていらっしゃることもあるでしょう。③無体に女人を玩《もてあそ》ぶようなことは未だ一度もしたこともないのに、④どうした因縁やら、こんなにあなたに辱《はずか》しめられて是非ないほど、迷いこんでしまうなんて、われながら不思議でならない……」

などと⑤真面目らしくさまざまに仰せられるけれども、⑥女は、ほのかな灯影にさえ顔と顔のふれあうほど近く寄り添われているだけに、君の類なく美しくおわすお顔立ちや、照り輝く御肌えにふれるにつけても眩《まばゆ》く、いよいよわが身が恥づかしくて、うち解けにくく思い沈むままに、⑦たとえ情け知らずの片意地者とお蔑《さげす》みになろうとも、⑧色恋の道には疎《うと》い女になって通そうと、ひとえに情《つれ》なくばかり振舞っていた。

⑨人柄のたおやかなのに、しいて強く気を張りつめているので、ちょうどなよ竹の細々と風に撓《しな》いながら、なかなか折れそうにもない（注——訳は切れていないが、原文はこの箇所で切れている。）のと同じようで、苛立《いらだ》たしくもあるし、それだけにこのひとの内にこみ入って行こうとする情念は刻一刻増していって、ついには堰きとめがたく取り乱してしまった。

（「国語」雑話　番外編12／平成25・10）

8

前節5の「4．a場面（空蝉の台詞a）」の説明の終わりの方で、晶子訳は「分かりやすい」が、「直接的」「断定的」なので、原文のニュアンスから離れ、一方、谷崎訳は広くて含みのある語を使っているので、原文のニュアンスに近いという意味のことを述べ、併せてその評価についても述べた。

ところが、ことはそれで終えてしまうほど簡単ではないということに、ここに来て気づかざるを得ないことになった。どういうことか。それは、その「空蝉」の源氏への非難の場面で述べた「際《きわ》」という言葉を受けて、今度はこのC場面（源氏の台詞C）の最初に、その「際」という語をいわばおうむ返しのように源氏は相手にぶつけるのだが、その箇所（その一文）の理解が難しく、分かりにくいのである。

先程は、「一見分かりにくい言い回しが使われているということは、当然単純化できない思いとして作者は意図したのであって、それをしっかり我々はくみ取らなければならないと思う」と、「分かりにくい」のはそのまま「分かりにく」く、という訳を推奨したのだが、この箇所をどう考えるかは難しいところだ。そのまま原文と近く、谷崎訳のように「分際」と訳すのは、今度はその分かりにくさが目立ってしまう。もちろん原文も「分かりにくい」。それなら、晶子訳との間をとって、円地訳のように「身分」としたらどうだろうか。しかし、これでも「分かりにくい」。ここは、部分的にどの言葉を使う使わないの問題とは違う問題があるように思う。

背に腹は変えられぬ、ここは助っ人に立ってもらう。学者の注釈を参考にしたいと思う。小学館版日本古典文学全集『源氏物語』ではこの箇所を、「どういう身分の者がどういう恋をしかけるものかをも、まだ知らない恋の初心者のふるまいですよ」と、本文の訳の方ではなく注釈の方に書いている。

要するに、「空蝉」が「いとかやうなる際は際とこそはべれ」（「このような無体なことをする身分の者は、それだけの身分の者」と申しております。）と強調表現で、なおかつ「際」という語を二度使用して強めている。源氏はそれをそのまま受けて「際際」を知らないと答えている。源氏は恐らく「空蝉」の強調した真の意味を理解しているわけではないだろう。相手が、重大視し、強調していることを、「まだ知らぬ初事」とかわしているのである。

そう考えれば、どのような訳でもあまり問題はないのかもしれない。源氏は「空蝉」が言おうとした真意は分かっていないのだから。おうむがえしに「際」を「際」と答えただけなのだから。すなわち、言葉のリレー（やり取り）はここでは成立っていない、演劇的には成立っていても（「演劇的」というのは、言葉の意味内容の論理で展開していくのではなく、その場における気持ちの流れの展開といったらいいだろうか、要するに気持ちのリレー〔やりとり〕のようなこと）。

学者の注釈は大変参考になる。しかし、訳文の中にその注は入れてない。入れるとあまりに説明的、解説的な台詞になってしまうので、さすがに学者と言えども、そこまで原文の雰囲気からはずれたくなかったに違いない。だから、学者は訳の中に解釈を込めることを我慢し、代わりに注釈の方でしっかり説明することにしたのであろう。小学館版での学者の訳は、「その身分身分ということもまだ知らぬはじめての経験なのですよ」と誠にあっさりとしている。

そもそも考えてみれば、学者は別段、現代語訳に勝負を掛けているわけではない（だからここも「あっさり」で不思議はない）。注釈も含めたトータルの形で勝負しているのである。その点は、今ここで作家達が勝負している訳とは、その存在の意味が違うのである。本文を普通に訳しても分かりにくいような場合でも、学者は本文に忠実に訳す。いくらわかりにくくても、それが原文の意図に一番近い方法だ。しかし、「分かりにくい」のは確かなのだから、それを厚い注釈で補うのである。それができるのが彼らの強みである。

それに比べれば作家の方は大変だ、「分かりにくい」からといって注釈を随所に加えたりはできないのである。注釈を読みながら小説を読むようなものだから、注釈のたびに流れがいったん滞り、文章世界を味わうのに白けてしまうだろう。だから作家の訳は、多少の分かりにくさには深く関わらずに、原文に忠実に従いつつ、併せて自分なりの解釈（「注釈」という形を通してではなく）を訳の中に潜《もぐ》り込ませて、自分の訳文を作って行くのである。

結論を急ごう。

C場面（源氏の台詞C）の「際際」の訳の問題だ。先程、「部分的にどの言葉を使う使わないの問題とは違う問題があるように思う。」と書いたが、それはどういうことか。それは、実はその言葉の意味が「分かりにくい」というより、「空蝉」から源氏に繋がる会話の流れが「分かりにくい」のである。やはり先程、「演劇的」には成立っていても、意味内容の論理では成り立っていない、という意味の事を述べたが、正にこの部分の読み取りで重要なのは「空蝉」の台詞の意味をよく理解しないまま、源氏がその言葉をそのままおうむ返しのように使っているところである。源氏のはぐらかし、あるいは開き直りとも言える、このことが分かることが重要なのである。

（「国語」雑話　番外編13／平成25・10）

9

では、この「はぐらかし」「開き直り」をさらに丹念に見てみたい。少し繰り返しになるが見ていきたい。まず「空蝉」の台詞は、「身分の差があるのに」源氏が自分に言いよってくることを見下していると思い、精一杯の抵抗を示す＝非難する、わけだが、そのことを源氏はまともには受け止めていない。「その際際をまだ知らぬ初事」（その身分身分ということもまだ知らぬはじめての経験なのですよ）と言う。これが「はぐらかし」と言えるところである。ともかく「知らない」「分からない」ことなのだから、仕方がないじゃあないかと言外に込めている風にも感じる。その言外の気分は以下の台詞で明らかになってくる。ここから源氏の攻勢（ここは口説きというより「攻勢」と言った感じだ。「開き直り」とも言えそうである）が始まる。

①「なかなかおしなべたるつらに思ひなしたまへるなん、うたてありける」（それをなまじの世間並みの浮気と同列にひとりぎめしていらっしゃるのは、ひどいことですな。）自分は世間の普通の男とは違う、同列に扱うのはけしからん、と言っているのである。すなわち、自分が特別の者であることを示そうとしているのである。現にその後②「おのづから聞きたまふやうもあらむ」（私のことはしぜんにお耳にはいることもおありでしょう。）と言う。自分はあの「源氏」であるということを遠回しに主張しているのである。すなわち、簡単になびかぬ「空蝉」に対して、自分のセールス・ポイント＝世間での自分の評判、言わば「切り札」を持ち出して来ているのである。そして、そのセールス・ポイントは次の③の台詞にも被《かぶ》さって来る。

③は「あながちなるすき心はさらにならはぬを」（無体にふるまうような気持ちを抱いたことはいままで全然ありませんのに。）である。要するに源氏は、普通の男とは違って、無体に振舞う気持ちもないという主張を「源氏」という一番の「売り」＝ブランドを使って勝負に出ようとしているのである。

④は被害者を装い、一転して泣き落しにかかる。「さるべきにや、げにかくあはめられたてまつ

ることわりなる心まどひを、みずからもあやしきまでなん」（前世の宿縁でしょうか、なるほどこのように疎んじなさるのももっともなこのとり乱しようは、自分でも不思議なほどです。）である。「さるべき」は、「然るべき」と書くことができるが、これは「然るべき」「そうなるべき」「そうなるのが当然であるような」というような意味が基本である。そこから「そうなるべき」の「そう」を考えれば、ここは男女関係についての話題なので、当然その「運命」、すなわち男女の「宿縁」という訳になるようだ。「さるべきにや」の「にや」は下に「あらむ」が省略されている形だろうから、「そうなるべき宿縁であったのか」位の訳でいいだろう。

いずれにしろ、これも一種の「切り札」＝殺し文句である。源氏の言葉もいよいよヒートアップしていく。そして、相手の思いへの理解を示しつつ、自分の心の乱れを訴えかけるのである。

以上、源氏の言葉は「空蝉」の伝えようとした意図を「はぐらかし」「開き直って」という主旨で見てきたし、基本はそうだと思うが、しかし源氏は、これはこれでかなり真面目に言っているのかもしれない。ただそれは相手には伝わらないものではあってもだ。おそらく自分の思うように生きてこられた高貴な身分で、周囲からの期待も大きい若き源氏にとっては、ここで言っていることは嘘ではないかもしれない、とも思うのである。

しかし、通常に捉えればこの源氏の台詞Cは「まじめ」らしく見えるだけである。現に原文でも次（この源氏の台詞Cの直後の地の文）は⑤「まめだちてよろづにのたまへど」（まじめぶって、いろいろおっしゃるけれど）とあり、三者もおおよそそのように訳してある、と思ったら、二者であった。面白いことに晶子訳は、何故なのかはよく分からないが。「らしく」とか「ぶって」というような演技を装うような表現が使われていない。ただ「まじめになっていろいろと源氏は説くが」となっているだけである。語釈的に見てみると、「まめ」は「真面目。誠実。」、「だちて」は「だつ」が接尾語であり、意味は「そのような様子である。」「……のようである。……がかる。……らしく見える。」である。そこから「まめだつ」というのは、「真面目らしく見える」とか「真面目ぶる」とかいう訳が可能になって来るのである。だから、内容から見ても、語釈の点から見ても晶子訳の方は物足りないのである。

（「国語」雑話　番外編14／平成25・10）

10

話はもう源氏の台詞Cの後の、地の文に入っているが、今度は⑥「いとたぐひなき御ありさまの、いよいようちとけきこえんことわびしければ」（女はたぐいもなく美しいお姿であるにつけ、いよいよ、すべてをお許しするのはみじめな気持がするので、）である。すなわちここは、源氏の「ありさま」（事物の様子や状態。人については容姿・態度をいう）と、それに対するこの場での「空蝉」の思いを描いている箇所である。まず源氏の容姿や態度について作者は「いとたぐいなき」と絶賛している。この作者の描写（説明）は、当然それを目の前で見、感じ取っている「空蝉」のそれと重なっているだろう（逆に言っても同じことだ。「空蝉」が感じ取っていることを、作者が「空蝉」になり替わって描いているとも言えるということだ）。

いずれにしろ、作者（「空蝉」）は、絶賛しているが、この部分の訳は、やはりと言おうか、予想通り円地訳が一番分量も多いし、思いが多く込められている。原文では短いけれども、作者が伝えようとしていることは十分わかる。しかし、円地訳はそもそもこんな短さでは満足しないのである。既に引用してある（⑥の箇所である。該当するのは、その前半である）が、分かりやすくするためにその部分だけをもう一度引用する。

「⑥女は、ほのかな灯影にさえ顔と顔のふれあうほど近く寄り添われているだけに、君の類なく美しくおわすお顔立ちや、照り輝く御肌えにふれるにつけても眩《まばゆ》く、」

円地訳はここまで書くのであるから、当然、このことが次の箇所の読み取り方にも影響を及ぼしてくる。⑥の後半部は原文「いよいようちとけきこえんことわびしければ、」（いよいよ、すべてをお許しするのはみじめな気持がするので、）であるが、円地訳は「いよいよわが身が恥ずかしく、うち解けにくく思い沈むままに、」とあり、谷崎訳も「空蝉」の気持ちをいちおう「羞《はず》かしい」とはしてあるが、同じ「ハズカシイ」でも二者のニュアンスは少し違う感じがする。円地訳の「恥づかし」というのは現代語の、主にこちら側の気持ちをいう「恥ずかしい」＝羞恥心であるよりも自分と相手と比べて自分が劣るというような感じで気が引ける、気後れするといったニュアンスなのである。

さらに言えば、「相手と自分との関係を意識したときに生じる、自分にひけめを感じる気持ちや、自分が劣っていることで相手の重圧を感じる気詰まりな気持ち、また相手との関係で、相手がきわめてすぐれている場合に、こちらが恥ずかしくなるほど相手が立派だという評価を示す意」（『全訳読解古語辞典』三省堂）とあるように、古語で使われる「恥づかし」のニュアンスに近いと思われる。谷崎訳の方は、そこまで古語に近くないと思う。

いずれにしろ、作者でさえここでの「空蝉」の気持ちを「恥づかし」ではなく、「わびし」としか使ってなかったのに、この円地はその作者よりも一歩も二歩も踏み込んでいるという気がする。それもこれも、円地の作り出す『源氏物語』の世界がそうせざるを得なくさせているのである。

すなわち、先程少し述べておいたように、⑥の前半部で源氏の姿を筆を尽くして絶賛していた影響を受けざるを得ないのである。源氏の容姿が素晴らしく、美しければ美しいほど（薄暗がりだが、顔と顔が接するほど近いのでそれが分かる）、先程の源氏への非難、抵抗も色褪せ、「空蝉」の意識は相手に対する抵抗感というよりも逆に自分への気持ちの方へ思いが向いていく（内向していく）のである。だから、円地の「恥ずかしく」は円地訳の流れで必然でもあるが、なかなかの読み方だと思われる。ついでに言うと、円地訳では、その箇所の指摘は省略するが、この周辺にも「恥ずかしい」と訳してあるところが後二箇所はある。谷崎の方はそこにはない。晶子訳では、ここでの話題は遠い話となる。

今度は⑦と⑧だ。「⑦すくよかに心づきなしとは見えたてまつるとも、⑧さる方の言ふかひなきにて過ぐしてむと思ひて、つれなくのみもてなしたり。」（⑦たとえ強情で気にくわないとごらんになろうとも、⑧恋の道に関してはわからず屋の女で通してしまおうと思って、いつまでも拒む態度を変えなかった。）

もうここでは「空蝉」はすっかり」内向してしまい、自分の世界の中での解決を図るのである。ただし、それだからといって、最後の一線は守ろうとしている。そして、「⑨人がらのたをやぎたるに、強き心をしひて加へたれば、なよ竹の心地してさすがに折るべくもあらず。」（人柄が柔和なうえに、無理に強情な態度を付け加えているので、なよ竹のような感じがして、さすがに手折《たお》ることはできそうにもない。）

ここで一度話の流れが途切れる。というのも流れが滑らかでない感じがするからである。どう滑らかでないかは次の6のD場面（源氏の台詞D）の節で見てみる。ここでは、ここに行替えがあって段落が設けられている、ということだけを指摘しておく。

（「国語」雑話　番外編15／平成25・10）

11

6．D場面（源氏の台詞D）

前節7の「5．C場面（源氏の台詞C）」では、源氏の台詞Cとそれについての説明、および「空蝉」の内向する気持ちを見てきた。そして、その「空蝉」の気持ちの説明で終っていた。それが、右にあるように「なよ竹のような感じがして」「手折ることはできそうもない」のところであった。説明するまでもないかもしれないが、念のために一応確認しておく。「手折ることはできそうもない」ということの意味は「手で折る」ということだが、そこから比喩的に女性を自分のものとすることを意味している。だからここは、「空蝉」が源氏になびきそうもないことを意味しているわけだ。

で、どうなるか。この場面で水入り（相撲で、勝負が決せず双方取りつかれたとき、しばらく引き離して休ませ、力水をつけさせること。――『広辞苑』）になるかのように、この後流れに切れ目がある。その後は、「空蝉」の様子とそれに対する源氏の気持ちが書かれている。それが次の源氏の台詞Dに繋がっていくのである。そういう箇所だ、ここは。

Ⅰ．原文

①まことに心やましくて、あながちなる御心ばへを、言ふかたなしと思ひて、泣くさまなどいとあはれなり。心苦しくはあれど、②見ざらましかば口惜しからましと思す。慰めがたくうしと思へれば、（源氏）「などかくうとましきものにしも思すべき。おぼえなきさまなるしもこそ、契りあるとは思ひたまはめ。むげに世を思ひ知らぬやうにおぼほれたまふなん、いとつらき」と、恨みられて、

Ⅱ．与謝野晶子訳

①真からあさましいことだと思うふうに泣く様子などが可憐であった。気の毒ではあるが②このままで別れたらのちのちまでも後悔が自分を苦しめるであろうと源氏は思ったのであった。もうどんなに勝手な考え方をしても救われない過失をしてしまったと、女の悲しんでいるのを見て、

「なぜそんなに私が憎くばかり思われるのですか。お嬢さんか何かのようにあなたの悲しむのが恨めしい」

と源氏が言うと、

Ⅲ．谷崎潤一郎訳

①胸苦しそうな様子をしながら、あまり御無体なお心なのがうらめしく泣いている姿など、大層あわれなのです。でも、気の毒ではあるけれども、さりとて②これだけの人を知らなかったらどんなに残念であろうかとお思いになります。いっかな機嫌を直しそうもなくふさぎ込んでいるのを御覧なされて、「なぜそう疎《うと》ましい者にお思いになるのです。ゆくりなくお目にか

かれたのが、因縁の深い証拠だとはお考えにならないでしょうか。まるで世の中を知らないように空惚《そらとぼ》けておいでになるのは、あんまりだと思います」とお怨《うら》みになりますと、

Ⅳ．円地文子訳

①無体ななされ方を、言いようなく恥ずかしく思って、忍び泣くさまをあわれとは思召《おぼしめ》すものの、②逢わずにすんでしまったらば、やはり取り返しのつかぬ悔いを残したに違いないと光る君は思われる。

慰めようもないまでに、女が思い嘆いているので、

「どうして、そうまでうとましいものにお思いになるのでしょう。ゆくりなくこうしたことになるのも、深い縁とは思われませんか。世を知らぬ娘のように一途《いちず》に泣き悲しまれるのはあんまりひどいと思います」

とお恨みになる。

では、水入りの後どうなったか見てみよう。まず「①まことに心やましくて、あながちなる御心ばへを、言ふかたなしと思ひて、泣くさまなどいとあはれなり。」（女はほんとうに嘆かわしい思いで、無理強いする源氏の君のお気持ちを言いようもなくひどいと思って泣く有様などは、まったく胸がつまるようである。）

三者の訳の比較の前に、原文とその後の（　）の中の学者の訳とを比べてみる。「手折る」ことができたかどうか（受身で捉えれば「手折られる」となるが）は、訳の方でもはっきりとは分からない。「無理強いする源氏の君のお気持ち」を「ひどいと思って泣く」のを源氏が「胸がつまる」ようだと言っているのだが、考えてみれば、先程からずっと源氏は「無理強い」をしている。だから

これだけでは先程とどこが変わったのかは判断がつきにくい。また、「空蝉」が源氏を「ひどいと思って泣く」のも今までよりもさらに何か「無理強い」したのかもしれないが、そのことは何も書かれていないのでよくは分からない。

（「国語」雑話　番外編16／平成25・10）

12

では原文の方はどうか。むしろこちらの方にヒントがあるように思われる。それは、「あながちなる御心ばえ」（無理強いをする源氏の君のお気持ち）を「言ふかたなしと思ひて、泣く」の「あながちなる御心ばえ」というのはどこかで聞いた言葉ではなかっただろうか。実はその言葉は先程の源氏の「空蝉」に対する攻勢の場面（C場面の源氏の台詞C）で「あながちなるすき心はさらにならはぬを」（なまじの世間並みの浮気と同列にひとりぎめしていらっしゃるのは、ひどいことですな。）と真直ぐに主張（先程「開き直り」と言った）していたのだ。

その言葉の箇所を「空蝉」が「ひどいと思って泣く」という作者の説明なのであるから、源氏の言葉からは、あり得ないはずの「あながちなるすき心」が起こったことが、それとなく想像されるのである。

それ以外にも②も二人が結ばれたことを示すと、見ようと思えば見ることもできるだろう（もっとも、これは全ての訳に取り上げられているが）。また、この後の「おぼえなきさまなるしもこそ、契りあるとは思ひたまはめ」という源氏の台詞などからも、二人の新たな関係を明瞭にではないが、示唆していると読めるのである。この辺になるともう学者の訳も原文もどちらがどうとも言えない。いずれにしろ、原文はそれとなく示すだけであって、しっかり読まないと重要な事を読み落としてしまいそうである。注には次のようにある。

「折るべくもあらず」と述べたあとの空白の中に、かなりの時間の経過と紆余曲折のあったことを読者に察せしめる。男女の情交そのものについては、記述しないのがこの作者の常である。

（小学館版日本古典文学全集『源氏物語』）

……というわけで、分かりにくいはずである、その部分は記述しなのだから。前の方でも述べたが、学者は書かれていなくても、ここでのように注釈を施すという奥の手を使って書いてない部分やら何やら、何でも補うことができる。一方作家の現代語訳は、やはり前の方で述べたが、分かりにくい部分もぼかしたまま、あるいは遠回しのままの方がよい場合と、はっきりさせて方がいい場合とありうる（もちろん注釈を入れるわけにはいかない）。ここはやはり読者に分かるように示さなければ、話がもっと分かりにくくなってしまうだろう。

では三者は、そこをどのように示しているのか。まず晶子訳では、滑らかな文章の流れの中とは言えないが、ともかくも傍線部「救われない過失をしてしまった」というそのものズバリの表現から理解することができる。谷崎訳が、実は一番わかりにくい。原文は分かりにくいのだが、それ以上に分かりにくいかもしれない。せいぜい源氏の言葉の中の傍線部「ゆくりなくお目にかかれたのが、因縁の深い証拠」この辺から想像するしかないのかもしれない。まあ、この場面の最後の「空蝉」の台詞bの「仮初めの浮寝」という言葉のところにやってきてやっと、ああ二人に関係があったのだなということがかなりの確度で持って分かるのである。谷崎訳は、随分鷹揚《おうよう》な訳であるとも言えるだろう。

円地訳はどうか。円地訳は、先程「水入り」と言う言葉で説明したように、CとDとの間に切れ目、時間的な「間」があると思われ、そこに二人の関係の行為があったものと思われるのだが、そしてそれをDのところでそれとなく説明しているのが原文および他の訳だが、説明をそこまで待てないようだ。「水入り」の前に早くもしっかりと説明に入っているのである。「苛立《いらだ》たしくもあるし、それだけにこのひとの内にこみ入って行こうとする情念は刻一刻増していって、ついには堰《せ》きとめがたく取り乱してしまった」と早々と抑えきれない情念が飽和状態になって、相手の中に入っていった様子が説明される（描写される）のである。もっとも、この部分があることでその後の「空蝉」や源氏の様子や思いが、言わば手に取るように読者には分かるのである。巧いタイミングで示したものである。

さて、源氏は関係した後の「空蝉」の嘆いている様子に不満の念を抱く。もうこの辺CそしてDまでくると、前世の宿縁とか因縁とかいう言葉がどんどん出されてくる。この言葉は言わば切り札だったのだが、源氏はそれを一度ならず使うようになるのである。それだけもう、説得する＝口説く他の言葉は効力を失ってきているということであろう。その中で、面白いことに晶子訳はDになるとそういうことを言わなくなる。晶子訳はもう源氏が相手への説得を投げてしまったようにも見えるのである。

いずれにしろ、他の二者の訳も何やら諦めめいた気分が漂っていることは同じである。それは、「世を知らぬ娘のように一途に泣き悲しむのはあんまりひどいと思います」（円地訳）とまで言っていることからも分かるのである。結ばれたのに、何でそんなに嘆くのかと言いたいようである。

最後に「空蝉」は、起こったことは仕方ないと思って、次のように言う。

（「国語」雑話　番外編17／平成25・10）

13

7．b場面（空蝉の台詞b）

Ⅰ．原文

（女）「いとかくうき身のほどの定まらぬ、ありしながらの身にて、かかる御心ばへを見ましかば、あるまじきわが頼みにて、見直したまふ後瀬《のちせ》をも思ひたまへ慰めましを、いとかう仮なるうき寝のほどを思ひはべるに、たぐひなく思うたまへまどはるるなり。よし、今は見きとなかけそ」とて、思へるさまげにいとことわりなり。おろかならず契り慰めたまふこと多かるべし。

Ⅱ．与謝野晶子訳

「私の運命がまだ私を人妻にしません時、親の家の娘でございました時に、こうしたあなたの熱情で思われましたのなら、それは私の迷いであっても、他日に光明のあるようなことも思ったでございましょうが、もう何もだめでございます。私には恋も何もいりません。ですからせめてなかったことだと思ってしまってください」

と言う。悲しみに沈んでいる女を源氏ももっともだと思った。真心から慰めの言葉を発しているのであった。

Ⅲ．谷崎潤一郎訳

「こんな具合に憂き身の縁が定まらない昔の頃にでも、そのお志を伺うことができましたら、僭越《せんえつ》な己惚心《うぬぼれこころ》からでも、末には見直していただけると思って気を取り直す術《すべ》もございましたでしょうが、このような仮初《かりそめ》の浮寝《うきね》のことを考えますと、いよいよ心が乱れるばかりでございます。この上はもう『見きとなかけそ』」と言って、思い悩んでいる有様も理《ことわり》なのです。君は定めしまごころ籠《こ》めてお誓いになったりお慰めになったり、いろいろとおありになったことでしょう。

Ⅳ．円地文子訳

「まだ、こんなふうに人の妻と身分の定まらぬ昔のままの身で、こうしたお情けにあずかることもございましたらば、はじめはともかく、後々には見直して下さることもあろうかと、身のほども知らず、あなたさまお一人にすがって空頼みしてもいられましょうが、ほんとうにこのような水鳥の浮寝のような仮初《かりそめ》の一夜を思いますと、どうにも忍びようもないほど悲しく思い乱れるのでございます。せめては今となっては、何事もなかったとだけでもお思いになって……」

と沈み入って言うさまも、まことに道理至極である。それにつけても、忘れがたく思されるので、心をこめて将来のことを契り、しきりに慰め励ましていらっしゃる。

娘の立場であったなら、まだ頼むこともあるかもしれないが、今は人妻なのでそれも叶わない。だから、なかったことと思うようにして欲しいという意味のことを言うのである。源氏はここまで来て、女への同情の心が湧いてくる。注釈には次のようにある。

ここまで聞いて、男には初めて苦しむ女への同情がわく。一方、女も、くやしさと惑乱とともに源氏の君と逢った喜びもないではないが、それだけに、かえって、喜びにひたってはならないわが身の運のつたなさに泣く。（小学館版日本古典文学全集『源氏物語』）

（「国語」雑話　番外編18／平成25・10）

14

8. まとめ

「まとめ1」は、各場面を一覧表にしてみる。

1. はじめに	
2. A場面（源氏の台詞A）	「うちつけに、深からぬ心のほどと見たまふらん、ことわりなれど〜」
3. B場面（源氏の台詞B）	「違うべくもあらぬ心のしるべを、思はずにもおぼめいたまふかな。〜」
4. a場面（空蝉の台詞a）	「現ともおぼえずこそ。数ならぬ身ながらも、思し下しける御心ばへの〜」
5. C場面（源氏に台詞C）	「その際際をまだ知らぬ初事ぞや。〜」
6. D場面（源氏の台詞D）	「まことに心やましくて、あながちなる御心ばへを、言ふかたなしと思ひて、〜」

7. b場面（空蝉の台詞b）	「いとかくうき身のほどの定まらぬ、ありしながらの身にて、～」
8 まとめ	各場面／三者の訳の特徴

「まとめ2」は、三者の現代語訳の特徴を示して、順に振り返って整理してみる。

晶子訳	谷崎訳	円地訳
分かりやすい解釈 割り切った解釈 端的で分かりやすい言い回し		分量が多い 修辞的要素が多い 個性的な訳
直接的、直情的 真直ぐ 断定的、攻撃的気分	表現も柔らか、婉曲的	表現も柔らか、婉曲的
源氏の台詞「です・ます」体、地の文「だ・である」体	源氏の台詞、地の文「です・ます」体	源氏の台詞「です・ます」体、地の文「だ・である」体
単純化	原文の「空蝉」の思いに近い遠回し	原文の「空蝉」の思いに近い遠回し
あっさりしている		
「階級」という訳し方に晶子の意識の一面		

	広くて含みのある語を使用、原文のニュアンスに近い鷹揚な訳	

（「国語」雑話　番外編19／平成25・10）

15

9. 補足

最後に、まとめ3というより補足として、ここで取り上げた場面での源氏の口説きについて、恋愛の指南師みたいな作家、渡辺淳一の意見（『源氏に愛された女たち』）を取り上げてみたい。まず、A場面（源氏の台詞A）については次のようにある。

> むろん咄嗟《とっさ》の出まかせだが、これほど落ち着いてこともなくいうのは難しい。（中略）おかげで女性は、人を呼ぶこともできず、「人違いでございましょう」と訴えるのが精一杯だが、源氏はさらに愛の口説を機関銃のように、女の耳もとに注ぎこむ。（渡辺淳一『源氏に愛された女たち』）

さらに、B場面（源氏の台詞B）については次のようにある。

> 男は一度、口説くと決めたら、あとは一気呵成にすすまなければならない。途中で休んだり逡巡しては、それまでの台詞がしらけて、気の抜けたビールのようになってしまう。このあた

り、源氏の手練に抜かりはない。（前同）

また、最後のD場面（源氏の台詞D）について、今まで見てきた原文と訳では、二人が関係した後の台詞と見ているが、渡辺の方は、結ばれる前の最後の口説きと捉えているようだ。すなわちこの台詞によって「空蝉」が「折れた」と見ているようである。まあそれはある意味では、そのように捉えることもできないわけではない。そこで、次のように述べる。

この源氏の一連の口説には、なんの根拠もない。はっきりいって口から出まかせに、勝手気儘に喋っているだけである。

だがこれが、女性には徐々に効いてくる。

とやかくいっても、女性は懸命に一途に、かき口説く男に弱い。いや、それは男も同様である。（前同）

この辺までくると、『失楽園』『シャトウルージュ』『愛の流刑地』といった際どい恋愛小説を世に出した渡辺淳一の独壇場になる感じである。最後にb場面（空蝉台詞b）では、もう止まらなくなっている。

この部分にいたって、女性はすでに許すことを決めている。（中略）こうなってはもはや仕方なく、許すよりない。（中略）ここで源氏の巧みなところは、「こうなったのは、すべてあなたが強引で、勝手だからです」というように、女が許さざるを得なくなった理由を、自分一人でかぶろうとするところである。いいかえると、女性はそれなりのもっともな理由があれば許しやすい。人妻も、やむにやまれぬ理由があれば、ときに許すことがある。（中略）女性と親しくなるためには、懸命で優しい口説と、ときを見た強引さと、女性が許しても仕方がなかったと思いこめる、たしかな言い訳をそなえておくことである。「帚木《ははきぎ》」のこの部分は、それを鮮やかに、かつ的確に示している。（前同）

「空蝉」は決して「許す」ことを決めたわけではないと思うのだが、渡辺は言わば大変楽天的に、この辺りを捉えている、あるいは捉えたいと思っているのである。さらに渡辺はこの辺りのことを「紫式部自身の願望」とまで言い、「空蝉」と紫式部とは立場が似ていることを考えると、それがこのシーンを説得力をもって浮かびあがらせるというのである。確かに、二者が境遇としては似ている感じはする。渡辺の説明をそのまま借りよう。

ともに中流階級で、受領のもとに嫁いでいる。しかも夫はかなり年上で、優しく誠実ではあるが、地方長官なので任地におもむくことが多く、残された妻は都で一人で暮らしていることが多い。（前同）

「空蝉」の夫の伊予介は地方「長官」ではなく「次官」であるので、この部分の説明は間違いかもしれない。（あるいは、「長官」の守《かみ》が不在の場合は介《すけ》が「長官」の代理をするので、「長官」と書いても間違いとは言えないかもしれない。また、原文では、最初に「伊予介」を話題にする時には「伊予守朝臣」として登場し、その次には「伊予介」となり、以下ずっと「伊予介」であるが、この最初の部分について、注では「『次官』の『介』を『かみ』」と呼ぶことはしばしばある」ともあるので、この点から見てもどちらもありそうだ。）

が、「次官」が「長官」であっても、ここで述べようとする主旨には大きな違いはない。いずれにしろ、紫式部と境遇的に似ていることは確かだ。だから、色々な意味で感情移入を、他の女性以上にしやすいということは言えると思う。事実、様々なところでそのことは指摘されている。渡辺が言うように「願望」であった、ということは恐らく否定はできないような気はするのである。

（「国語」雑話　番外編20／平成25・10）

あとがき

本書の文章は、いちおう語りかける相手を想定して書いたものである。その相手と言うのは、まず高校生であるが、それ以外にも職場の先生や職員方、そしてカルチャーセンターの受講生（大人）達。さらに加えて酒場の女将や常連客も想定に入っている。ということは、要するに自分の周囲のごく普通の人達が、ほとんど入っているということである。

だから、分かりにくかったり、専門的過ぎたりするような箇所は、できるだけ分かりやすく表現することを心掛けた。さらに場合によっては、話の流れの途中で意味や解釈を（　）を設けて加えたりもしている。こういうところは、あるいはしつこくて、くどいと感じたかもしれない。また、文章がある地点まで深まりつつある所で、いきなりプツンと途切れて、これはまたの機会にとか、これ以上広げるのは主旨でないとか言って、逃げている箇所もあるが、これも学術論文ではないので、止むを得ないことだと思っていただきたい。

このように曖昧な部分が多い文章だと思うが、ここで書いたことは、どうしても一度は書いておきたかった、すなわち伝えておきたかった。このことははっきりしていると思う。

もうひとつ、この文章は大変「引用」が多いと思うが、そのことについても述べておきたい。そもそも「引用」するものは、文章の流れの中では一種の「異体」であるが、その中に上手く取り込めれば、書いている文章に味方してくる。この文章では、この味方を多く作るために「引用」を多用している、と言っていいかもしれない。これは要するに書き手に従属させ、書き手の目的に役立てるということで、主従関係ははっきりしていると言えるだろう。

一方、「引用」と言っても右に述べたこととは逆のあり方もある。それは主従関係が逆転する場合である。「異体」である「引用」文の方が強く自己主張する場合である。「国語」という授業を担当する立場で言えば、基本的にこちらの態度が基本になる。だからここにあるのは、自分が何かを表現し伝えるためにある文章を役立てるのと違って、徹頭徹尾「異体」の方に寄り添い、それに従属する態度ということになる。もうこうなると、それは「引用」とは言わないで、こちらの側が、主役となった「異体」を解釈するとか解説するとかいう立場になるであろう。

この文章における「引用」は、その中間位を行くような気がする。いずれにしろ、「引用」というのは面白いものだと、幾つかの文章を書いてみて改めて思ったのである。そしてまた、自分が人に伝えるのにこんなに沢山「引用」をしていたということにも、改めて驚いているような次第である。

最後に、このような一冊の「本」という形を作るに当たって、幾つかは読むのに付き合ってくれた高校生はじめ様々な方々、また講釈にうなずいてくれたカルチャーセンターの受講生や酒場の女将等にお礼申し上げたい。また出版にあたっては長年の友人小田光雄氏にお世話になった。お礼申し上げる。

平成二十六年七月

半田勝良

＊引用文献・参考文献

吉本隆明と私――「固有時との対話」のこと（「国語」雑話〔以下、雑話〕1〜4）

○吉本隆明「固有時との対話」現代詩文庫8『吉本隆明詩集』（思潮社）一九六六

○粟津則雄「吉本隆明論」現代詩文庫8『吉本隆明詩集』（思潮社）一九六六

○北川透「吉本隆明　本文および作品鑑賞」『鑑賞日本文学第30巻　埴谷雄高・吉本隆明』（角川書店）一九八二

○吉本隆明「箴言Ⅰ」「箴言Ⅱ」『初期ノート増補版』（試行出版部）一九六四

○吉本隆明「マチウ書試論」『吉本隆明全著作集4　文学論Ⅰ』（勁草書房）一九六九

○伊藤整「解説」『現代日本文学全集36　横光利一集』（筑摩書房）一九五四

○吉本隆明「言語にとって美とは何か」『吉本隆明全著作集6　文学論Ⅲ』（勁草書房）一九七二

天皇の名前の話（雑話5〜6）

○detail.chiebukuro.yahoo.co.jp〈Ｙａｈｏｏ知恵袋トップ〉教養と学問、サイエンス〉歴史「歴代天皇の名前で…」二〇〇五・一二・一

百人一首の話（雑話9〜11）

○『金葉集』雑上586、詞書　山岸徳平『八代集全註第二巻』（有精堂）一九六〇

○「大江山」他題名『十訓抄』高等学校『国語総合――古典編』（東京書籍）『精選古典』（大修館）他

○益田勝美「歌語りの世界」『益田勝実の仕事2　火山列島の思想』（ちくま学芸文庫）二〇〇六

○吉原幸子『百人一首』（平凡社）一九八二

○大岡信『百人一首』（講談社文庫）一九八〇

○池田弥三郎『百人一首故事物語』（河出書房新社）一九七四

ノートの話（雑話12）

○kotobank.jp/word/ 断捨離　『デジタル大辞泉』（小学館）

「論語」の思想（雑話14〜16）

○宮崎市定「論語」『宮崎市定全集第四巻』（岩波書店）一九九三
○貝塚茂樹訳『論語Ⅰ』『論語Ⅱ』（中公クラシックス）二〇〇二〜〇三

ユダヤの格言の話（雑話17〜19）

○yusan.sakura.ne.jp/library/judaism/「ユダヤの教え・格言」My Library Home　二〇一三
○matome.naver.jp/odai/2133721224089431201「ユダヤ人の格言」NAVERまとめ二〇一二・六・七
○capm-network.com/?tag= ユダヤの格言　二〇一三

「変わったこと」と「変わらないこと」（雑話20〜22）

○ja.wikipedia.org/wiki/ グローバリズム　フリー百科事典「ウィキペディア」二〇一三・九・一九
○内田樹『脱グローバル論　日本の未来のつくり方』（講談社）二〇一三

「変わったこと」と「変わらないこと」続（雑話23〜33）

○『小論文頻出テーマ解説集　現代を知る』（第一学習社）二〇〇八
○kotobank.jp〈みんなの知恵蔵〉とっさの日本語便利帳　パラサイトシングル（朝日新聞社）二〇一三
○『ブリタニカ国際大百科事典　小項目電子辞書版』（TBSブリタニカ）二〇一一
○米山公啓『こんなに違う！女の脳と男の脳』（中経出版）二〇〇四
○アランビーズ／バーバラビーズ『話を聞かない男、地図が読めない女』（文庫・主婦の友社）二〇〇二
○www.men-joy.jp「こんなに差があるなんて…男と女の脳の大きな違い」Menjoy 編集部二〇一一・一二・六
○田中冨久子『女の脳・男の脳』（NHKブックス）一九九八
○sooda.jp〈すべてのカテゴリ〉美容・健康〈健康管理〉病気・症状二〇〇八・三・三一

高校生の俳句・川柳（雑話34〜37）

○www.basho.jp/ronbun/gijiroku_4th/4th_2.html　江田浩司「第四回芭蕉会議の集い『俳句と短歌』発表の概略及び報告記」二〇一三
○鎌田東二「自我の他在――あるいは非-私の文学としての俳諧」『異界のフォノロジー―純粋国学理性批判序説』（河出書房新社）一九九〇

東北地方と百人一首（雑話38〜39）

○島津忠夫『新版百人一首』（角川ソフィア文庫）全面改定新版一九九八
○田辺聖子『田辺聖子の小倉百人一首』（角川書店）一九八六
○『新訂増補國史大系第4巻三代實録』（吉川弘文館）二〇〇七
○ja.wikipedia.org/wiki/貞観地震　フリー百科事典「ウィキペディア」二〇一三
○ja.wikipedia.org/wiki/猩猩　フリー百科事典「ウィキペディア」二〇一三

俵万智『サラダ記念日』と高校生の鑑賞文（評釈文）（雑話40〜50）

○俵万智『サラダ記念日』（河出書房新社）一九八七
○立和名美智子「うたうことと生きることと―俵万智歌集『サラダ記念日』を読んで」（新聞名・日付不明）
○川村二郎『サラダ記念日』解説（河出文庫）一九八九
○篠弘『疾走する女性歌人――現代短歌の新しい流れ』（集英社新書）二〇〇〇

『古今和歌集』の面白さ――構成・配列の妙（雑話51〜58）

○『日本古典文学全集7　古今和歌集』（小学館）一九七一
○『新潮日本古典集成　古今和歌集』（新潮社）一九七八
○松田武夫『古今集の構造に関する研究』（風間書房）一九六五
○窪田空穂「古今和歌集概説」『古今和歌集評釈上巻』（東京堂）一九六〇
○『新日本古典文学大系　古今和歌集』（岩波書店）一九八九

○竹岡正夫『古今和歌集全評釈』（右文書院補訂版）一九八一
○片桐洋一「万葉集の自然と古今集の自然」片桐洋一編『王朝和歌の世界』（世界思想社）一九八四

「送り手」と「受け手」について──「表現」の問題（雑話59〜65）

○中島敦「山月記」　高等学校『現代文』に多数収録
○ピーター・ブルック／高橋・喜志訳『なにもない空間』（晶文選書）一九七一
○「知音」『呂氏春秋』　高等学校教科書『新編古典』（筑摩書房）『精選古典』（大修館）
○唐十郎「特権的肉体論」『腰巻お仙 附・特権的肉体論』（現代思潮社）一九六八
○鈴木忠志『騙りの地平』（白水社）一九八〇

コミック・アニメ『ヒカルの碁』について（雑話66〜75）

○小畑健『ヒカルの碁　全23巻』（ジャンプ・コミックス）（集英社）二〇一〇
○辻仁成『ミラクル』（新潮文庫）一九九七
○石倉昇『ヒカルの碁勝利学』（集英社文庫）二〇〇九
○「語る趙治勲の世界　1冒険者　碁はまだよく分からない」（「朝日新聞」一九九七・九・八）
○三田村篤志郎「囲碁・将棋からきたことば」金田一春彦編『ことばの由来』（講談社）一九七八

「蛍川」の評価をめぐって（雑話　番外編1〜2）

○宮本輝「蛍川」　高等学校『新編国語Ⅱ』（三省堂）

「おつるの涙」──「清光館哀史」授業後の生徒作品（雑話　番外編3〜5）

○柳田国男「清光館哀史」　高等学校『現代国語3』（筑摩書房）一九七八

『源氏物語』現代語訳の話──与謝野晶子、谷崎潤一郎、円地文子（雑話　番外編6〜20）

○与謝野晶子『全訳源氏物語上巻』（角川文庫クラシック）一九九八
○谷崎潤一郎『新々訳源氏物語巻一』（中央公論社）一九六四
○円地文子『源氏物語巻一』（新潮社）一九七二

○『日本古典文学全集１２　源氏物語』（小学館）
○『ブリタニカ国際大百科事典　小項目電子辞書版』（ティビーエス・ブリタニカ）二〇一一
○渡辺淳一『源氏に愛された女たち』（集英社）一九九九

【著者略歴】
半田勝良（はんだ・かつよし）
1951年、静岡県沼津市生まれ。中央大学卒業。1974年、静岡県立高校教師となり、多くの高校で国語科教諭を務める。現在は藤枝北高校教諭及びSBS学苑特別講師。藤枝市在住。

教室の外の「国語」雑話

2014年10月10日　初版第1刷印刷
2014年10月20日　初版第1刷発行

著　者　半田勝良
発行者　森下紀夫
発行所　論 創 社
東京都千代田区神田神保町2-23　北井ビル
tel. 03（3264）5254　fax. 03（3264）5232　web. http://www.ronso.co.jp/
振替口座　00160-1-155266
装幀／宗利淳一＋田中奈緒子
印刷・製本／中央精版印刷　組版／フレックスアート
ISBN978-4-8460-1371-4